高橋虫麻呂の万葉世界

異郷と伝承の受容と創造

大久保廣行
OKUBO Hiroyuki

笠間書院

高橋虫麻呂の万葉世界——異郷と伝承の受容と創造◉目次

余滴

はしがき

時は奈良時代、元正・聖武天皇のころ（8世紀前半あたり）、律令制下の下級官人（役人）として国に仕えた一人の男がいた。もし彼が18編36首の和歌を『万葉集』に残さなかったら、高橋虫麻呂というその名は歴史の底に埋もれたままに終わったことだろう。万葉の時代で言うと、柿本人麻呂らの活動した宮廷和歌全盛期に次ぐ第三期（和銅三年710〈平城京遷都〉～天平五年733）に当たる。

ところが、虫麻呂がどんな人物だったかはヴェールに包まれたように曖昧模糊《あいまいもこ》としている。近代文学の場合、作家研究は作品研究と共に両翼を担うものとして同等に重視されるが、古代にあっては作り手に関する資料はきわめて少ない。高貴な人物でもない限り皆無に近いのが実状だから、なかなか作者の究明から着手できないのである。勢い研究は作品のみに限定されてきて、偏《かたよ》りがちになる。

極言すれば、虫麻呂の作品はそのほとんどが旅に関する歌と伝説をめぐる歌で占められていることから、よく漂泊の詩人とか伝説歌人と呼ばれるのだが、別に当てのない旅をさまよったわけではないし、伝承の受け売りに興じたわけでもない。それらは偶然に成ったのではなく、それなりの必然性があったはずである。しかもそこには、万葉時代に生きた人間虫麻呂の意思と魂が深くこもっているように思われる。その内実を探り求めたいというのがかねてからの念願である。もう少し言うならば、官人としての旅で見聞したものを歌人の心でどう詠じたかを究めたいのである。

しかし、その前提となるような――なぜ虫麻呂は『万葉集』に登場するのか、何のために多くの旅をして歩いているのか、またなぜ伝説に強い興味を抱いているのか――一歩踏み込んだこれらの謎を解くのはそう容易ではない。さらに、それらの歌の奥に虫麻呂は何を見極めようとしたのか、ということになると、答えはさらに見出しにくくなる。ましてや、それが人間虫麻呂の全体とどうかかわっているのか、その全円的な把握は一層困難さを増すことになる。

そこで、少しでもその解明に迫るために、何とか〝人〟についての手がかりをつかむことができれば、〝人〟から改めて作品を見直すことによって自ずと作品の理解も深まり、今までとは違った解釈も生まれてくるのではないか。そのための鍵として律令時代の官人組織や歴史的背景を導入して、定点観測のようにそちらの側面から虫麻呂を照射したら見えてくるものがありそうに思われる。中でも直属の上司とも言える藤原宇合《うまかい》という当時の高級律令官人に着目し、それを鏡に用いることで虫麻呂の全体像を浮び上がらせることが可能になって来はしまいか。あえてそんな冒険に挑んでみたい。

さらに言えば、虫麻呂の歌はそのほとんどが己れの使命と分かちがたく結びついているのではないか。それらの見当を煮つめることによって、これまでの虫麻呂研究の結果が点の散らばりであったものを線としてつなげて統一的に整序することができるはずである。それを小著の第一の目標に据えたいと考える。できればそれを面にまで拡げられたらという思いもある。

さらに、その方向に沿って作歌の時と場や動機を確かめ、作品分析の再検討を通して虫麻呂が何を歌いたかったかを突き止めたい。虫麻呂の立場からすれば、最終的な関心は人間の生き方にあったと考えるのだが、自身について、上司たちをめぐって、あるいは伝説の主人公たちに関して、そのあり方をどのように考えていたかを探り、究極的に虫麻呂が人間というものをどういう存在として捉えていたかに迫ってみたい。これが小著の第二の目論見《もくろみ》である。

しかし、虫麻呂の人と作品の全容を統一的に把握することには相当の困難が伴なう。その考察の過程でどうしても解明不能なクレバスをいくつか越えなくてはならない。そのために仮説や推測の設定が必要になってくるのだが、それが適切なものであるか否かは読者の方の判断に委ねるほかはない。

全体の整合性を損なわぬよう配慮しつつ、自分なりの探索を試みる結果、その仕上がりは〝私は虫麻呂をこう読み解く〟という形に傾くだろうから、書名も『髙橋虫麻呂研究』と銘打つことは控えた。それよりも勢い中身は『虫麻呂私論（私記）』と称するに近いかもしれない。とすれば、それは虫麻呂に関する個人的な受け止め方、あるいは解釈の開陳であり、むしろ受容の領域に属するものになってしまうだろうが、そのように理解して頂いてもさしつかえない。

きわめて図式的で粗略なもの言いにはなるのだが、万葉以後、虫麻呂歌のような作品、特に叙事的な伝説歌はもう詠まれなくなってしまう。長歌形式は衰退し、短歌中心となった和歌は、抒情本位あるいは自然詠でほとんど占められるようになる。叙事的なものは、専ら「物語」や「説話」の形で古代の〝語り〟の世界が引き継がれ、新しい散文に吸収されてしまう。そのため和歌による叙事世界の復活はならず、虫麻呂歌が顧みられることはなかった。

近世・近代に至って、万葉研究者たちによって虫麻呂作品にも光が当てられ、再発見・再評価されるに及んで、虫麻呂は表舞台に登場し、万葉を代表する歌人の一人に数えられるようになったと言えよう。つまり和歌作品としては後世に継承されることはなく、長くその名が埋もれたままになっていたのが、研究の俎上《そじょう》に乗せられたことで古代から蘇生した点に、虫麻呂の特異性・異色性があると言えるだろう。

虫麻呂の追究を志す者の一人として、改めてその魅力を考えてみると、何と言ってもそれは、その前後に見られない鮮やかな個性のきらめきの一点に尽きよう。前代の柿本人麻呂らの万葉第一期（壬申の乱672平定後平城京遷都710まで）から抜け出て、宮廷和歌中心の呪縛から解き放たれ、素材においても表現においても和歌の範囲を超えた捉われのない自由さに溢れ、独自の歌風を樹立したことである。同時代の大伴旅人も山上憶良も、都から遠く隔絶されたことで同様の自由を獲得したのだったが、筑紫という〝鄙〟に在ることを負と受け止めて、それを創作のバネとして反転し、新しい文学世界を切り拓いた。対して虫麻呂は、むしろその地方性・古代性に憧れ、その古層にこそ人間の真実が隠されていると感知して、そこから今を生きる活力を得ようとしているかに見える。旅人たちにとっては、文芸は憂悶の具であったが、虫麻呂にとっては、自己の生きる証しとして積極的に機能させたと考えられる。一連の伝説歌はとりわけそれを明確に跡づけていて、虫麻呂はその奥に人間の生き方、ひいては人間存在の意味をも探り求めようとしているのではないか。まさにその点において、虫麻呂の人と作品は空前のものと言ってよく、文芸の本質すら衝《つ》いていると思われる。いずれも伝統的な正統派の流れの外に身を置いたことが、新文芸の誕生を可能にしたのである。

どうやら虫麻呂歌の秘密の中核は、官人として異郷（他郷）に在る旅をどう受け止め、そこで出遇った景や風俗や伝承をどう歌として再創造したかという点に絞られてくるように思われる。

小著を通じて虫麻呂のそんな固有性・独自性に思いを馳せて頂ければ幸いである。

本書の構成

まず律令官人としての虫麻呂の行動の軌跡を宇合と関連させつつ通観した上で（序章）、その歌人としての活動期を前期・常陸在駐時と後期・帰京後に大別し、それが作歌の様態にどう反映しているか、そこに内在する問題を一首々々について具体的に考察を加えたい（一・二章）。最後に、それらの作業を通して先の目論見が達成されたか確認したい（終章）。また、末尾に読解の際の小便覧として「関係参照事項」を添えた。（序章だけは先に通読して頂き、その上で一・二章は拾い読みして頂いて結構である）

「余滴」欄について

文中には所々「**余滴**《よてき》」と称したコラム的なものが設けてある。

これは文中に取りこむと流れを停滞させるような課題を拾い上げたものであるが、十分熟さないものも含まれていて、筆者にとっては備忘のための覚え書きでもある。

その性格は、虫麻呂作品に共通する特有の問題点、不十分な記述を補完するもの、明確にはしがたい課題に対する私見など、様々である。いわば虫麻呂世界の探索途上での小休止である。

序章　高橋虫麻呂の軌跡

——官人と歌人のはざまに在って

歴史の窓から見通した虫麻呂の事跡

高橋虫麻呂の全作品を『万葉集』の目録に示された題詞（歌の題・ことば書き）から抜き出せば、次の通りである（原文は漢文表記）。

〔高橋虫麻呂作歌〕

A　不尽山《ふじのやま》を詠《よ》める歌一首并《あは》せて短歌（巻3三一九～三二一）

B　筑波山《つくはのやま》に登らざりしことを惜しめる歌一首（8一四九七）

C　上総《かみつふさ》の周淮《すゑ》の珠名娘子《たまなのをとめ》を詠める一首并せて短歌（9一七三八・一七三九）

D　水江《みづのえ》の浦島《うらしま》の子《こ》を詠める一首并せて短歌（9一七四〇・一七四一）

E　河内《かふち》の大橋を独《ひと》り去《ゆ》く娘子《をとめ》を見たる歌一首并せて短歌（9一七四二・一七四三）

F　武蔵《むざし》の小埼《をさき》の沼の鴨《かも》を見て作れる歌一首（9一七四四）

G　那賀《なか》の郡《こほり》の曝井《さらしゐ》の歌一首（9一七四五）

H　手綱《たづな》の浜の歌一首（9一七四六）

I　春三月に諸《もろもろ》の卿大夫《まへつきみ》等《たち》の難波《なには》に下《くだ》りし時の歌二首并せて短歌（9―一七四七・一七四八、一七四九・一七五〇）

J　難波に経宿《やど》りて明日《あくるひ》還《かへ》り来《こ》し時の歌一首并せて短歌（9―一七五一・一七五二）

K　検税使《けんぜいし》大伴卿《おほとものまへつきみ》の、筑波山《つくはのやま》に登りし時の歌一首并せて短歌（9・一七五三・一七五四）

L　霍公鳥《ほととぎす》を詠める一首并せて短歌（9―一七五五・一七五六）

M　筑波山《つくはのやま》に登れる歌一首并せて短歌（9―一七五七・一七五八）

N　筑波嶺《つくはね》に登りて嬥歌会《かがひ》をせし日に作れる歌一首并せて短歌（9―一七五九・一七六〇）

O　鹿島郡《かしまのこほり》の刈野《かるの》の橋にして大伴卿に別れたる歌一首并せて短歌（9―一七八〇・一七八一）

P　勝鹿《かづしか》の真間娘子《ままのをとめ》を詠める歌一首并せて短歌（9―一八〇七・一八〇八）

Q　菟原処女《うはらのをとめ》の墓を見たる歌一首并せて短歌（9―一八〇九～一八一一）

（以上「『高橋連虫麻呂の歌集』の中に出づ」）

R　四年壬申《じんしん》、藤原宇合卿《うまかひのまへつきみ》の西海道節度使《さいかいだうせつどし》に遣《つかは》さえし時に、高橋連《むらじ》虫麻呂の作れる歌一首并せて短歌（6―九七一・九七二）

（各歌は、一・二章本文、及び巻末の〔高橋虫麻呂の全作品　一覧〕に示した）

これら、AからRまで、合計18編36首（長歌15首、短歌20首、旋頭歌《せどうか》1首）が現存の虫麻呂作品のすべてで、巻三（1編3首）・六（1編2首）・八（1編1首）・九（15編30首）に収められている。

この表からまず知られることは、虫麻呂という作者名といつ作ったかという作歌年次を明示したものは最後のRの歌だけで、他のAからQまでの歌はすべて『高橋連虫麻呂歌集』から摘出したものだということである（それは各歌の左注に「右何首は高橋連虫麻呂の歌の中に出づ」とか「右何首は高橋連虫麻呂の歌集の中に出づ」とあることで判明）。しかもこれらの歌集歌は、A・B以外はすべて多くの個人歌集を集めた巻九に集中している。

これらのことから、この表からは、①高橋虫麻呂という万葉歌人が「（天平）四年壬申」・「（同）春三月」時には確かに実在したということ、②自分の作を個人歌集として編んだということ、③それが『万葉集』編纂資料の一つとして用いられたということ、この重要な3点を読み取ることができる。

1　官人としての虫麻呂

最初に触れた通り、虫麻呂がどういう人物であったか、その実像は全く分からない。出身はどこか、いつ生まれていつ死んだか、どういう閲歴をたどったか、何もかも不明である。畿内（大和・山城・河内あたり）あるいは東国の出とか、高橋氏は物部《もののべ》氏末流の一族とか、諸説あるが、確たる説にまでは定まっていない（私見はあとで触れる）。

なお、「高橋連《むらじ》」の「連」は姓《かばね》と言って氏族の序列を示すもので、天武十三年684に制定された「八色《やくさ》の姓《かばね》」の第七位に当たる（藤原宇合《うまかい》は「朝臣《あそみ》」なので第二位）。

ただ一つ虫麻呂は、言われているように、都の割合に位の低い官人（役人）であったことは考えられる（後述）。これらのことがすべて不詳だということは、官人であったとすれば、『続日本紀《しょくにほんぎ》』（『日本書紀』の後を受けた第二の正式な歴史書）などの史書に登場しないので、位が五位にも達しない下級官人だったことは確実視できるわけである。

それに関して、江戸時代の学者契沖《けいちゅう》は『万葉代匠記《まんようだいしょうき》』（精撰本）のKの歌の注釈の中で、「推量スルニ養老年中藤原宇合卿《うまかひきゃう》常陸守《ひたちのかみ》ナリシ時ノ事ニテ、虫丸ハ掾介《じょうすけ》等ノ属官ニテ、旅人ノ検税使ナルニツキテ筑波山ニ登レル歟《か》。」と記して、養老年中に藤原宇合が常陸守であった時に、虫麻呂が掾・介といった配下の官であったろうと推測している。

この推定が現在でも通説化して、大体動かないだろうということになっている。そこで、このことの検証からまずは始めてみたい。

そのために、これらの歌の中から常陸国にかかわる歌はどれくらいあるかを抜き出してみると、8編13首（B・G・H・K・L・M・N・O）もあり、全歌数の3分の1以上も占めるのが目を惹《ひ》く。これらは養老三年719八月以降に成立したというのが筆者の推定だが、これはのちに触れる。

この常陸国にかかわる歌をさらに分類すると、(イ)筑波山関係歌が9首（B・K・L・M・N）、(ロ)筑波山以外の常陸の地の歌が4首（G・H・O）ある。このうちKとOの2首ずつ計4首は大伴卿との結びつきで詠まれているが、大伴氏の高官と常陸の地を同伴したということは彼が官人でなければありえないことだ。官人であったとすると、常陸の国府（国の役所〈国衙《こくが》〉のある場所）の役人、つまり国司《こくし》（朝廷が諸国に赴任させた地方官）の一員だったろうと考えられるわけである。

この国府というのは、茨城郡《うばらきのこおり》、今の石岡市にあった。筑波山はその西方、直線距離にしておおよそ15キロほどに位置していて、年中見ることができる山である。そればかりでなく、(イ)の歌から考えると、彼は少なくとも3回は登っていることが分かる。

筑波山以外の地の歌（G・H）は、多分国司の国内巡行の任務（『戸令《こりょう》33』）とつながるのだろう。国司は、毎年その国の人民の状況をきちんと掌握し、政治の実態を検察する必要があったので、そういう役回りで国守と共に水戸・高萩方面を訪れた時の歌なのだろうと推察される。

では国司だとすると、虫麻呂はどんなランクだっただろうか。この時の守《かみ》は、あとで詳しく考えるが、正五位上・藤原宇合《うまかい》だった。守というのは国府の長官、今で言えば県知事に当たる。

当時は四等官制で、官位が四段階に分かれていた。守の次が介《すけ》（正六位下）、つまり次官で、副知事に当たる（この時の介はだれか不明）。その下が掾《じょう》（三等官）・目《さかん》（四等官）となる。

国は上国・大国・中国・小国と四等級に分かれており、ランクによって国司の人数が定められていた。常陸はそのうちの大国に当たるので、掾は大掾《だいじょう》（正七位下）・少掾《しょうじょう》（従七位下）の二階級がある。あとで説明するが、私見ではこの時虫麻呂は介でもなく少掾でもなく、大掾であったろうと推察する。国内監察・文案作成などを職務とした。

その下が目で、これも大国の場合は、大目《だいさかん》（従八位上）と少目《しょうさかん》（従八位下）の二種類がある。

2　上司としての宇合

さて、この時に宇合が国守であったことはどのようにして分かるかということになるが、宇合は言うまでもなく藤原不比等《ふひと》の第三子である（巻末の略年譜と系図288〜290頁参照）。

慶雲三年706九月、文武大行天皇の難波宮行幸に従って詠んだ宇合の一首（1七二）が『万葉集』に見えるが、その名が『続日本紀』に初めて登場するのは10年後の、元正天皇の霊亀二年716八月二十日遣唐使任命の記事である。遣唐使は舒明天皇二年630の派遣を最初として、今回はその第八次に当たる。第七次派遣（大宝元年701）以来15年後のことである。それを見ると、従四位下多治比真人県守《たじひのまひとあがたもり》を遣唐押使《けんとうおうし》（大使の上の高官）、従五位上阿倍朝臣安麻呂《あべのあそみやすまろ》を遣唐大使（翌月従五位下大伴宿祢山守《おおとものすくねやまもり》に交替）として、三番目に「正六位下藤原朝臣馬養《うまかひ》を副使とす」と出てくる（宇合は、最初「馬養」という表記で史書に登場）。宇合はこの月に早速従五位下を授位して、遣唐使に加わるのである。この遣唐使派遣の主たる目的は、即位（712）して政権確立後間もない玄宗皇帝に、日本国として朝貢《ちょうこう》（面会して貢物《みつぎもの》を献上）することであり、さらに唐のいろいろな文物（書籍・器物など）を輸入したり、儀式や律令や制度あるいは礼についても学んでこようというものだった。ちなみにこの時は留学生として吉備真備《きびのまきび》や、あの「春日《かすが》なる三笠の山に出でし月かも」（『古今和歌集　巻九』）の阿倍仲麻呂《あべのなかまろ》、留学僧として玄昉《げんぼう》なども共に渡唐した。

翌霊亀三年二月に一行は拝朝して渡唐、十月に皇帝に目通りして、養老二年718十月にたった1年で帰国する。そして翌年正月十日に天皇に拝謁《はいえつ》、十三日には3人の位階のランクが上がっている（県守は正四位下、山守・馬養は共に正五位上）。

そこで注目したいのは、養老三年719七月十三日、帰ってから一年足らずのうちに按察使《あぜち》（本来は「あんせちし」）が設置され、11名が任命されたことである（『続日本紀』）。その記事は抜き書きすると、「始めて按察使を置く。…遠江《とほつあふみ》国守正五位上大伴宿祢山守は駿河・伊豆・甲斐《かひ》の三国（を管《をさ》めしむ）。…常陸国守正五位上藤原朝臣宇合は安房《あは》・上総《かみつふさ》・下総《しもつふさ》の三国。…武蔵《むざし》国守正四位下多治比真人県守は相模《さがみ》・上野《かみつけの》・下野《しもつけの》三国。…」というものである。

この按察使以前には地方官を監督する巡察使というのがあったが（『職員令《しきいんりょう》2〈太政官〉』）、臨時の官だった。それが、唐に行って一定期間在駐する按察使制があることを知り、それに倣って、帰国後ただちに新設したのだろうと考えられている。これは、国司の上に置いて、人民を掌握し、律令行政を辺境の末端まで浸透させる役目を負ったいわば行政監督官である。

とりわけ、律令支配を拡充するため辺境政策を重視した中央政府に対して、このころ北方の蝦夷《えみし》はしだいに抵抗を強め、武力衝突も発生してきたので、蝦夷の制圧と服属を緊急の重要課題と認識して、右大臣藤原不比等たちが考え出した対蝦夷政策の一環と言っていいだろう。

熊谷公男氏の指摘（平成二十八年度上代文学会大会講演「古代蝦夷の居住域と文化—蝦夷の実像に迫る—」要旨）によ

れば、

蝦夷はもともと列島北部の〝まつわろぬ人びと〟を一括した呼称なので、文化的にはさまざまな人びとを含んでいた。居住範囲の南側（宮城（除北部）・山形・新潟県域）の蝦夷は、文化的には一般の倭人とほとんど変わらず、大化以降、比較的順調に同化されて公民となっていった。それに対して東北北部（青森・岩手・秋田・宮城北部）の蝦夷は、稲作・竪穴住居・土師器などの生活文化は大幅に倭人の文化を受け入れていたが、言語や墓制などの基層文化は独自のものを保持していた。そのため律令国家の同化政策に対しては反発が強く、もっとも頑強に抵抗した。

という（詳しい歴史的文化的考察は、同氏「古代蝦夷〈エミシ〉の実像に迫る」『上代文学　第一一七号』参照）。按察使の設置は、この東北北部の蝦夷を対象とするものであったろう。

さて、この3名は大変おもしろいことに、先ほどの遣唐使と氏名が全く重なる。つまり、3名とも遣唐使であった者が、ここでそのまま按察使に任じられているのである。

しかも、この按察使たちの守備範囲というのは、一番西が遠江《とおとうみ》、それから武蔵《むざし》、一番東側が常陸なので、遠江から東の東海道・東山道をすべて含むことになる。このことから、いわば東国防衛圏の強化を図ろうとしたと考えてよいだろう。だから、この3名の間には緊密な連繋と結束を保つ必要があったのであり、その中心は元遣唐押使の県守であったろう。宇合はその最前線の守備の固めを任されたわけだが、実はこうした関係が、後述するように、虫麻呂の作歌活動に深くつながってくるのである。

ちなみに、『万葉集』の巻十四に「東歌《あづまうた》」が収められているが、その中の国名の分かっている歌のほとんどはこの遠江から常陸までのものである（一部陸奥《みちのく》国歌を含む）。いずれも東国の範囲をどう考えていたか、当時の東国意識を反映していることが知られる。

そこで、この『続日本紀』の記事でいささか不審なのは、常陸国守である藤原宇合が安房以下３国を治めるという記述の仕方である。このまま素直に読めば、彼らはまず国守に任命されて、その後に按察使の官に就いたということになる。

ところが、11名の按察使のうち、10年以上前から美濃《みの》の国守となっていた笠麻呂《かさのまろ》を除くと、あとの10人は前任が国守であった形跡は全くない。

それに、国司に任じられて一旦任国へ赴き拝命のために再び都との間を往復するのは時間的にかなりの無駄が生じ、緊急時には不向きな人事である。『和名抄《わみょうしょう》 巻五』（正称は『倭名類聚鈔《わみょうるいじゅしょう》』。平安時代の分類体漢和辞書）には「常陸国国府在茨城郡行程上三十日下十五日」とあることからすると、国司の任命から按察使として常陸着任まで1往復半、２ヶ月は必要になり、さらに事前の準備や都での滞在期間を加えると、３ヶ月近くの日程を費やすことになるからである。

これらのことから筆者が考えたのは、何々の守と按察使とは同時任命だったのではないかということである。この3名について言えば、まず東国の按察使として選ばれ、次に常駐すべき国が決められて、その国の国守として任じられた、という順になろうかと思う。それによって要する時間は1往復分1ヶ月半の短縮になる。それが史書の文章としては、どこそこの国の守が按察使になったという書き方になるわけだ。こうして宇合は、和銅七年714十月以降それまで常陸守の任に在った石川難波麻呂《なにわまろ》に替わって、常陸国守兼按察使として常陸に赴任したのである。

これで、この時宇合が正五位上で常陸国の国守であったことは、まず間違いないこととして抑えられる。虫麻呂の上司の守として宇合がいたことが検証されたことになる。

もう一つ注目したいのは、按察使が任命された六日後（七月十九日）に「按察使の典《すけ》を補す」（『続日本紀』）とあることである。「典」というのは補佐官のことで、この時誰がなったかは一切記されていない。それは、この典なる人物たちがやはり五位より下の下級官人だったからだろう。

この典が翌年三月には「記事」に改められるが（『同』）、この記事の待遇は大宰府《だざいふ》という役所の、大典《だいさかん》の正七位上に近いという歴史家の指摘がある。そうすると、先ほど触れた大国の大掾とほぼ同格と言ってよいかと思う。となると、この時に虫麻呂が常陸の大掾と同時に按察使の典にも任命された可能性が十分考えられる。

ところで常陸介《すけ》は按察使の典にはなれまい。なぜなら介は守が按察使としてほかの国に出かけた場合、自分が留守官として国守の代行を勤めなければいけないからである。守とは同道できないのだ。

これらのことから、按察使の典には大掾クラスが考えられるわけである。虫麻呂は多分この時常陸国の大掾と共に按察使の典として任じられたであろうというこの想定を起点として、これからの考察を進めたいと思う。

さてこの典はどんな役割を担っていただろうか。その駐在国は、按察使の管轄する諸国の中核に当たるわけだから、それらの国々やさらに他のセンター諸国との連絡機関として機能し、相互に緊密な連繋を保つことを任務とするものだったろう。典は按察使の指揮のもと、それを具体的に進める中心人物であったことがまず考えられる。さらにすぐ「記事」に改称したことは、それらの諸国と交換したり新たに収集したりした情報を正確に記録化することを重要な任務として明確化させたものと思われる。

虫麻呂がなぜそんな大役に抜擢されたのか、全く分からない。大体都でどのような官にあったかということすら不明なので、想像するしかないのだが、その作品中に漢籍表現の借用や応用がかなり見られること（小島憲之氏『上代日本文学と中国文学　中』）から、文章の理解力や書記能力にひときわ秀でたものを持っていたことは確かだろう。とすると、伊藤博氏が「（田辺《たなべの》）福麻呂《さきまろ》同様、宮廷から宇合家に遣わされた家司《けいし》のごときものではなかったか」（「万葉集の私家集」『万葉集の歌人と作品　上』）と推定されたのもうなずける。しかし、「家司」は有品《うほん》親王（品階を授与された親王）と職事《しきじ》（官位があり、職掌のある官）三位以上の貴族の家政機関で庶務を担当するから（『家令職員令《けりやうしきいんりやう》』）、宇合は按察使拝命時にはまだ正五位上だったので疑問が残る。あるいは、藤原不比等《ふひと》家の家政機関に所属し、「家令《けりょう》」か「書吏《しょり》」などの任に当たっていたのを、不比等が推挙したか宇合が引き抜くかして、按察使任命の際に白羽の矢が立てられたのではないだろうか。

和銅七、八年714・715ごろ不比等はすでに正二位だったから（長男武智麻呂《むちまろ》はまだ従四位下）、家令なら従六位上、書吏なら少初位《そい》上の者が務めるので、20代そこその虫麻呂の場合、家政全体を統轄する家令は考えられず、おそらく書吏の方だっただろう。これは家政機関の主典《さかん》に当たり、文書等を掌るのが主たる任務である（20歳ごろ採用されて5年ほど勤めたか。解任のころは八位あたりか）。

藤原家との関係で採用されたとすると、藤原氏の居地は大和の高市《たけち》郡であるので、高橋氏はその辺りの郡司《ぐんじ》（郡を治めた役人）クラスあるいは在地有力者で藤原氏とつながりがあり、その子弟だったのではないかと推察される。すると虫麻呂の出身地はやはり大和と考えるべきか。また、不比等家に在ったことで、当然歌の知識も習得したことだろう。

事務処理能力のほかに、資質面ではさらに、虫麻呂の伝説歌を分析すると、彼が時間や空間を飛び越えて、非常に鋭く物事を見通す力を持っていることが察せられる。目に見えないもの、耳に聞こえないものを敏感にキャッチする、洞察力や迅速な情報収集能力に優れていて、それも評価されたのではないかと思われる。

これで、養老三年719七月に、虫麻呂が国守宇合の下僚として大掾と按察使の典の大任を担って宇合と共に常陸国に下向することになったことにたどり着いた。着任は八月中旬、あるいは下旬か。これは単なる守と大掾以上の関係であるだけに、のちの二人の親密度や信頼感を深める大きな要因になったものと思う。虫麻呂25歳前後、宇合36歳ごろと考えられる（44・45頁参照）。

従って常陸の国内の歌々が大掾に在ったことで詠まれたことが納得されるが、常陸国以外の4編8首の東国に関わる歌（A・C・F・P）はどうなるかということを次に考えたい。

3　常陸国以外の東国関係歌

さて、ふつう国司は、自分の勤務地以外の国へは行かないので、これらの歌は都から常陸へ行く途中か、あるいはその帰りに詠んだのだろうと軽く考えられがちだが、どうもそれでは解けない歌が中にはある。そこで筆者はこんなふうに考えてみた。

まずC（9―一七三八・一七三九）の上総国の場合だが、これは上総の周淮《すゑ》に住んでいた、珠名《たまな》というきわめて特異な評判の女性を詠んだ歌である。周淮は上総の周淮郡（今の君津市や富津市の辺り）で、国府は市原郡にあった。

この歌は「しなが鳥　安房《あは》に継ぎたる　梓弓《あづさゆみ》　周淮の珠名は」（9―一七三八）（92頁）と歌い出されるが（「しなが鳥」や「梓弓」は枕詞）、「安房に継ぎたる…周淮」をどう解釈するかが問題である。説は分かれるが、安房国につながった上総国の周淮郡と解するのが一番穏当だろうと考える。

ここで注意すべきは、安房がなぜ詠みこまれているかということである。実は宇合らが常陸国に赴任する前年、養老二年718の五月に、上総国の中から平群《へぐり》・安房・朝夷《あさひな》・長狭《ながさ》の南4郡を分割して、安房国を独立させている（『続日本紀』）。この時同時に越前国より能登国が、陸奥《みちのく》国から石城《いわき》国と石背《いわせ》国が建置されたが、いずれものちに廃止され、消滅する）。大和政権の東北進出のための補給基地として重視して、当時の右大臣藤原不比等らの主導による対蝦夷政策としてこの分立を断行したとされている。安房は特に交通の拠点として重要だったのである。

常陸の先は全部「道の奥」つまり陸奥《みちのく》で、大きな陸奥国と、越後から分立した出羽《でわ》国があり、そこに勇猛な蝦夷の人たちが住んでいた。それを完全に大和朝廷の支配下に置きたかったわけだ。

そういう分立が前年に行われたので、宇合たちは成立後間もない安房国（国府は平群郡）に直行し、状況を把握することが急務だったと思う。安房と珠名は何の関係もないので、歌としては最初から「上総《かみつふさ》周淮《すゑ》の珠名は」と詠み出せばいいはずである。安房をわざわざここに持ち込んだ背景には、右のような事情があったものと考えられる。虫麻呂としては、安房まで出向いたことを、監察の軌跡として歌に詠み込んでおきたかったのである。（なお、周淮は上総国の南西部の郡名なので、安房も周淮に合わせて郡名とする考え方もあるが、安房郡からは平群郡を隔てて上総国の天羽《あまは》郡・周淮郡へと連なるから、両郡は直接隣り合ってはいない。よって、安房郡に「継ぎたる」周淮郡とは言えないので、安房は国名と考えられ、この句は「東は安房の国に地続きの、上総の国周淮の郡」〈『万葉集釈注　五』〉と解するのが適切であろう。）だから歌の成立は、養老三年冬〜四年春ごろか。

しかも安房、その北側の上総という順でこれらの地名が取り上げられているが、どうも安房から上総へという旅の行程をここに刷り込ませているような気がする。さらに下総を経て常陸へと向かうわけである。

また、二番目に下総国の歌（P9―一八〇七・一八〇八）の場合だが、これも按察使である宇合に典《すけ》である虫麻呂が同行し、その時に詠んだものだろう。従って右の、安房に出向いた帰途か、それに近いころの作と考えられる。この歌には、中に「勝鹿の　真間の手児奈《てこな》」と出てくるが、「真間」は「下総国葛飾《かづしか》郡」（『和名抄』）の地（現、市川市）で、国府の所在地でもある。最終的にはそこに行ったのだが、そこにかつて手児奈（呼び名）という伝説的な美女がいて、その悲劇を詠んだのがこの歌である。

これも、安房から上総に入り、さらにその北側の下総へ行って、そこから常陸へ戻るというコース上に位置する。すると、これらの国々は実は宇合が按察使として監察・監督すべき国なので、所轄3国がすべてこれらの歌の中に含まれることになる。常陸に着任後、まず国内巡行を終えると、直ちにこの3国の監察に着手したのである。

さらに三番目に武蔵国の歌（F9―一七四四）がある。ここには武蔵国守の多治比県守《たじひのあがたもり》が按察使として在駐していたので、そのもとに虫麻呂が派遣された折の作ではないかと思われる。

それは、「埼玉《さきたま》の小埼《をさき》の沼に鴨《かも》そ翼《はね》きる　己《おの》が尾に降り置ける霜《しも》を掃《はら》ふとにあらし」という旋頭《せどう》歌体の一首（歌意は118頁参照）だが、歌中の「埼玉」は武蔵国の埼玉郡で、国府はずっと北の多磨《たま》郡（現、府中市の辺り）にあった。また「小埼の沼」は行田市付近にあった。

そうすると、これは常陸から上野《かみつけの》の方に出て武蔵国に入り、埼玉郡を通って多磨郡へ向かうその途上で詠んだことになる。

この武蔵国というのは、実は当時は東山道の一国で、東海道に編入されたのはずっと後の宝亀二年771のことである。東京湾の海岸線が深く入りこんで湿地帯がずっと拡がっていたので、通行できなかったのだ。

そのため、都から東海道を相模国まで来ると、あとは例のヤマトタケルが通ったコースをたどって、三浦半島の走水《はしりみず》から船で上総に渡り、上総↓下総↓常陸へと向かったわけである。

よって、この歌が東海道往還の時に詠まれたと認めることはできない（東山道経由なら可能だが）。すると、どうしてこんな離れたところを通ったのかということが説明できないといけない。

虫麻呂は多分按察使の典（または記事）として宇合の命を受けて武蔵国へ赴いたのではないか。その用務は、自分たちが管轄する、常陸を中心に他の3国の監察の結果を県守にもたらし、県守からも、武蔵のほか相模・上野・下野に関する結果報告を受ける、そうした情報交換を中心とする諸連絡にあったと思われる。もともとこの3人の元遣唐使たちの結束は固く、こうした緊密な連携プレーを相互にしばしば行ったことだろう。虫麻呂はその情報連絡役として派遣されたものと考えられる。

果たして、養老四年720九月には蝦夷が反乱を起こして陸奥の按察使上毛野広人《かみつけのひろひと》が殺害され、陸奥国は大混乱に陥った。この時県守は既に播磨の按察使に代わっているのだが（異動時は不明）、蝦夷の状況や情報に詳しいことから持節征夷《じせつせいい》将軍（蝦夷を制圧するための大将）に任じられている（『続日本紀』）。

県守が3人の中心だったので、宇合がどうしても県守に直接報告し、情報を交換したいのであれば、この歌の成立は養老三年の初冬のころ（歌中の鴨と霜で明らか。現在の十一〜十二月ごろか）ということになる。しかし、常陸赴任早々であることを考慮すると、翌年の冬ということになる。その場合は、反乱のホットな情報とその対策について、宇合はできるだけ早く県守の後任（不明）に伝達する必要に迫られたはずである。

最後に、四番目に「不尽山《ふじのやま》」の歌（A3三一九〜三二一）がある。いろいろと問題を含んだ歌だが、今はそれには触れないで、一応、通説通り虫麻呂の作と考えて先へ進みたい。遠江《とおとうみ》国には大伴山守が按察使として常駐していたので、そこへ武蔵国の場合と同様に虫麻呂が特命を受けて派遣された、その時の歌ではないかと考える。

これもやはり山守の所轄国をまず取り上げて、「なまよみの　甲斐《かひ》の国　うち寄する　駿河《するが》の国と　こちごちの　国のみ中ゆ　出《い》で立てる　不尽《ふじ》の高嶺《たかね》は」（3三一九）（129頁）と歌い出されるが（「なまよみ」や「うち寄する」は枕詞）、甲斐国と駿河国、その両方の国の真ん中からそそり立っている富士の山はと、実に堂々とした歌いぶりである。

さらにその先には、「石花《せ》の海と　名づけてあるも…不尽河《ふじかは》と　人の渡るも」（同）という海や川の名が出て来る。ずっとのちのことになるが、貞観六年864七月の富士山の噴火（『日本三代実録』）によって流れ出た溶岩（現、青木ヶ原樹海の地）でこの「石花の海」は分断され、現在の西湖《さいこ》と精進湖《しょうじこ》になる。また「不尽河」は富士山から流れ出た川ではないが（実際の源流は南アルプス赤石山脈の駒ヶ岳）、甲斐国と駿河国を貫流して駿河湾へ注ぐ大河である。

それらの地名がここに詠み込まれていることを考えると、この時も虫麻呂はF歌と同様の用務で遠江に赴き、その結果を共に翌年の一月に中央（太政官）へ報告する必要があったのではないだろうか。すると、これも養老四年の後半ごろの作に絞れるのではないかと思う。

そのコースとしては武蔵国を経て、甲斐国に入り、さらに富士山の北側を通って石花の海の脇を過ぎ、富士川の方へ出てそれに沿って駿河国に入り、そこから目的地の遠江国（国府は磐田《いはた》郡。現、磐田市）に向かったと考えられるわけで、そのルートが道行き風にこの歌に詠みこまれているのではないかと思われる（巻末地図［東国と虫麻呂歌］286頁参照）。

以上のように、このC・P・F・Aの4編の裏には、この3人の按察使たちの緊密な連携が秘められていて、情報の伝達と共有のための使者として虫麻呂が役割を遂行する中で詠まれたものと考えられるのである。上総や下総の歌は宇合と同道し、武蔵や富士の歌は宇合の命によって遣わされた折の作ということになるだろう。

そうすると、これらの旅の歌は、すべて官旅つまり大事な任務を負った公の旅に在ってのものだから、地名は訪問地や経由地の証しであり、その時の旅の行程や役割を刷りこんだ、いわば記念スタンプ的な記録と言ってよいかと思う。羇旅歌人とか漂泊の詩人などといったその呼び名から、物見遊山か詠歌上達を目指した旅のような印象を招きやすいが、このように重要な官命や用向きを帯びたハードな旅だったのである。虫麻呂の歌には、他の歌人に比べて、飛び抜けて地名が多い理由もこれで納得がいく。山を神として崇めた虫麻呂のことだから、新しく足を踏み入れる地に対しても、深い尊崇の念をそこに込めようとしたのだろう。

そして、これらの歌々はいずれも訪問先の国府で国司たちの面前で披露されたものと思われる。勿論帰国後の常陸でも報告を兼ねて歌われたに違いない。

従って、以上の常陸の歌や東国関係歌は、虫麻呂の常陸での在任期間、すなわち養老三年719の晩秋から養老七年末（次項参照）の間に成ったものと推察される。

4　宇合の帰京

さて、こうした任務を終えて宇合たちが都に戻ったのはいつかということになるが、帰京・転任の時期は『続日本紀』に記録がないので不明である。しかし、少なくとも3年は在駐したことが、『懐風藻』の中の宇合の詩から知られる。それは、「常陸に在るときに、倭判官《やまとのはんぐゎん》が留りて京《みやこ》に在《いま》すに贈る」（89）という作で、序に「君が千里の駕《が》を待つこと今に三年。…」（あなたさまが遠い常陸においでになるのを待つことはもう三年…）とか、詩に「…雲端の辺国我は絃《こと》を調《ととの》ふ。清絃化に入りて三歳を経《へ》…」（…遠い雲の果てにある辺土の常陸国で、私は琴を奏でている。私のかき鳴らす清らかな琴の音は、人民を感化して三年を経…）などとある。

実際、歴史家の指摘によれば、養老年中（719秋～723）には按察使の所期の目的を達成したのではないかという。宇合がいよいよ上京しようとした時の宴席で遊行女婦《うかれめ》（国司の館の宴会に侍して、音楽・和歌などによって奉仕した女性）の贈った惜別の歌が伝えられている。即ち、「藤原宇合大夫《まへつきみ》の遷任して京《みやこ》に上りし時に、常陸娘子《をとめ》の贈れる歌一首」と題する歌（4五二一）で、「庭に立つ麻手《あさで》刈り干し布さらす東女《あづまをみな》を忘れたまふな」（庭に植えた麻を刈り取って干したり、布に織ってさらしたりする東国の田舎女だからといって、どうか私をお忘れくださいますな）と、別れがたき思いをいかにも東国女性らしく率直に吐露している。

養老八年724二月に改元して神亀元年となるが、三月には再び蝦夷が反乱を起こして、今度は陸奥国の大掾佐伯児屋麻呂《さえきのこやまろ》が殺害される（『続日本紀』）。

帰京して式部卿（式部省の長官。文官の人事や行賞を掌る）となっていた宇合は、「海道の蝦夷を征《う》たむが為」に四月に持節大将軍を拝命して（副将軍宮内大輔《くないだいふ》高橋安麻呂、判官8人、主典《そうかん》8人）陸奥へ赴く（『同』）。その鎮定を終えて十一月末に帰還し、その功により翌年の閏正月に従三位勲二等を授けられる（『同』）。

養老四年の反乱を契機として、蝦夷支配体制の整備・強化のために、多賀城（多賀柵《たがのさく》とも）の建設に着手したが、この年に完成、国府・鎮守府が置かれた（現、宮城県多賀城市。『多賀城碑』）。

ところが、この間の虫麻呂の動静は全く不明である。多分、宇合と一緒に養老末年（七年中）には帰京していて、都の官に就いていたかと考えられるが、所属も官名も定かではない。ただ宇合が式部卿であったことを重視すれば、その推挙によって式部省の役人（大録〈正七位上相当〉あたり）となった可能性は導き出せよう。

5　聖武天皇の難波宮修造

文武天皇の皇子、首皇子《おびと》が神亀《じんき》元年724二月に即位して天皇となった。聖武天皇の誕生である（24歳）。天皇は、まず初めに難波宮を修造しようという大事業に取りかかる。

この難波宮の跡は、現在の大阪府中央区の大阪城に近く、その南々西（法円坂町一帯）にある。古くはここに仁徳天皇が難波高津宮を造ったとされているけれども、これはいわば伝承の存在である。その後、孝徳天皇の時に難波長柄豊碕宮《ながらとよさきのみや》を造って都としたのだが（前期難波宮）、朱鳥元年686に全焼してしまう。その後再建したらしく、行幸の記事も見えるが、消失後40年近く経って、かなりさびれていたのである。

この難波宮を再建して、首都平城宮に対して副都としたかったのだろうという。実際には、一時首都として使った時期もあったが（天平十六年744二月二十六日、難波皇都を宣言、翌年九月平城に還御〈『続日本紀』〉）、最初の思惑は副都であったようだ。これを後期難波宮と呼んでいる。

その経緯は、次の通りである。即位した翌年の神亀二年十月に天皇は難波宮に行幸し、さらに1年後の神亀三年の十月十九日、播磨《はりま》国の印南野《いなみの》行幸の帰途、難波宮にも再度立ち寄って、その1週間後、十月二十六日に式部卿従三位であった宇合を知造難波宮事に命ずる（『続日本紀』）。これは宮都造営を統括する最高指揮官とも言うべき大変重要な役目である。

そして、のちのことではあるが、この事業とかかわって、虫麻呂は都と難波を往復する歌を3編6首

（難波往還歌群。I・J）詠んでいる。

そこでIの歌（9一七四七・一七四八、一七四九・一七五〇）の題詞を見ると、「春三月に諸《もろもろ》の卿大夫《まへつきみたち》等の難波《なには》に下《くだ》りし時の歌」（237頁）とある。この「春三月」はいつかということになるのだが、『続日本紀』天平四年732三月二十六日の記事に、上は知造難波宮事の宇合から下は力役《りきえき》などに携わった人たちまで天皇から褒賞を賜わったとあるので（「知造難波宮事従三位藤原朝臣宇合ら已下《いげ》、仕丁《じちょう》已上《いじょう》、物賜ふこと各《おのおの》差《しな》あり。」）、造営工事の完成を祝う式典行事の折だろうと指摘されている。着工以来ここまで5年半近くの月日を要したことになる。

これは旅の歌だが、その中に「旅行く君が」「君が御《み》行き」（I）とか「君が見む」（J）とか、「君」という表現が出てくる。これは誰を指すのかということになるが、題詞の「諸卿（ごく上級の官人たち）大夫（五位を中心とした中級の官人たち）」の中の中心人物である藤原宇合であろうと伊藤博氏が指摘される（『万葉集釈注　五』）通りであろうと思う。

つまりこの歌は、都が出来上がって、完成の式典行事のために難波へ赴いた、非常に公的な旅の折のものと考えられる。それに虫麻呂も随行してIの歌（往路）を詠み、Jの歌（9一七五一・一七五二）は何らかの理由で翌日一人帰京した時（帰路）に詠んだものである。歌の制作・誦詠の地は、共に歌中の「龍田山《たつたやま》」山麓の、大和と河内の国境《くにざかい》である。Iはそこで宴などを催して詠まれたものだろう。

ここで一番の問題は、虫麻呂がどういう形でこの難波宮造営事業にかかわったかということだ。

そこで想起されるのは、このような宮都や大きな建造物を築く場合には、国家的な機関や組織が設けられたことである。

新たに平城京を造営しようとした和銅元年708九月三十日の『続日本紀』の記事は、一大プロジェクトである「造平城京司」を設置して、長官2名、次官3名、大匠《おおたくみ》（建築技術関係の長）1名、判官7名、主典《さかん》4名を任命したことを伝えている。また、大寺造立の折も「造東大寺司」や「造西大寺司」が設けられた。

これらの事例から、史書には明記がないが、この難波宮造営という大工事に際しても「造難波宮司」という機関を立ち上げたであろうことは確実なものと考えられる（現に、天平四年732九月の『続日本紀』には、「造難波宮長官」の記事があり、同六年三月には「造難波宮司」と記されている）。

そして、おそらく長官・次官・大匠・判官・主典なども任命され、宇合はプロジェクトの統括的な立場に在って、いわばその総合プロデューサーとして最高責任者を務めたのだろう（先の印南野行幸時には宇合も供奉《ぐぶ》したであろうことを伊藤博氏は推定されるが〈「伝説歌の形成」『万葉集の歌人と作品　下』〉、宇合の造難波宮事の任命はそれとかかわっているのだろう）。その時虫麻呂は再び宇合に用いられたのではないかと筆者は思っている。虫麻呂は七位クラスだから、この四等官（大匠以外）に配すると、最後の主典《さかん》あたりに対応するので、造難波宮司の主典として参画したのだろうと考えられる。そうでもなければ、この晴れがましい一行の中に加わることも出来ないし、ましてやそこで公的な歌を詠むことも出来なかっただろう。

このように考えると、作歌した由縁に納得がいくのである。

ところで、役所そのものはどこに存在したのか、はっきりとは分からないが、都には勿論本部的なものがあったのだろうが、現場である難波の方には公的施設が設けられていて、これらの官人たちはそこに常駐していたのだろう。宇合は都の高官だから、行ったり来たりしていたものと思われる。

さて、この時に宇合自身の詠んだ歌（3三一二）が伝えられている。それは題詞に「式部卿藤原宇合卿《まへつきみ》の難波の堵《みやこ》を改め造らしめらえし時に作れる歌」とあることで明らかである。

歌は「昔こそ難波田舎と言はれけめ今は京《みやこ》引き都びにけり」（ここは昔こそ「難波田舎」と軽んじられたろうけれど、今は都を引き移して来て、すっかり都らしくなったことよ）というもので、都の再生を祝意をこめて誇らしげに讃美している。この晴れがましさからすると、右の天平四年三月の式典行事にかかわるもので、難波において、諸卿大夫たちの大勢居並ぶ、造営完成を祝す宴席で披露されたものであろう。

さらに、これと直接結びつくものではないが、どうもこの難波在駐期間に詠んだと思われる虫麻呂歌が3編6首（D・E・Q）ある。

このうちDの歌（9一七四〇・一七四一）は、『丹後国風土記』の中に出てくる浦島伝説の舞台を住吉《すみのえ》（摂津国住吉郡）に移して、虫麻呂が新たに作り替えた大作である。摂津国は大阪、一部は兵庫辺りにも及ぶ。

二番目のEの歌（9一七四二・一七四三）は、河内の国府付近の要路に新しく立派な橋ができて評判だったようで、その大橋を独り行く娘子《おとめ》に対する想いを詠んだものである。河内は大阪府の東部に当たる。

またQの歌（9一八〇九～一八一一）は、摂津国菟原《うはら》郡に住む「菟原処女《をとめ》」という深窓の美女を「血沼壮士《ちぬをとこ》」と

「菟原壮士」の二人が争って、壮絶な闘いを繰り広げた、いわゆる妻争い伝説に基づいた歌で、場所は今の芦屋の辺りである。

これらの歌の舞台はすべて大阪から神戸の範囲に含まれることから、虫麻呂が難波に滞在したり、都と往復したりする間に見聞や伝承などからの取材が可能となり、綿密な構想が練られたのではないかと考えられる（特にDとQは長大な伝説歌）。

そうすると、このD・E・Qの歌は、神亀三年726十月から天平四年732三月までの宮都造営期間に作られたものと推定される。それらはいずれも宮の造営にかかわる官人集団の前で披露され、大いに喝采を博したことだろう。

6　宇合の節度使任命と虫麻呂歌

天平三年731八月、式部卿の宇合と民部卿（民部省の長官。民政・財政を掌る）の多治比県守《たじひのあがたもり》らは共に参議になった（『続日本紀』）。

参議というのは、大納言・中納言に次ぐ重職で、四位以上の高官に限られる。参議となることによって初めて朝政に参画でき、国政審議に加わっていよいよ政治の中心に入っていくわけである。

宇合は十一月には畿内の副惣管《そうかん》（治安取り締まりと行政監察に当たる）となり、さらに翌天平四年八月十七日には、宇合の兄である房前（第二子）が東海・東山2道の節度使、県守が山陰道の節度使、宇合が西海道（九州地方）の節度使に任じられる（「正三位藤原朝臣房前を東海・東山二道節度使とす。従三位多治比真人県守を山陰道節度使。従三位藤原朝臣宇合を西海道節度使。」〈『続日本紀』〉）。

節度使とは、元々唐5代で辺境守備のために置かれた軍団の司令官のことだが、この年の正月に遣新羅使を拝命した角家主《つののやかぬし》が八月に帰朝し、その報告に基づいてこれらの道《どう》ごとに設置した新しい地方監察官である。従って節度使としてはこれが最初の派遣になる。

目的は、これも軍事態勢の確立と海辺の防衛強化にあったのだが、今度は領域拡大を図る全盛期の新羅が相手で、軍備拡充を狙ったいわば対新羅政策の一環なのである。

県守や宇合が任命されたのは、県守は持節征夷将軍（養老四年九月）と山陽道鎮撫使（天平三年十一月）の、宇合は征夷持節大将軍（神亀元年四月）と畿内副惣管（天平三年十一月）の、それぞれの経歴と実績が踏まえられたのだろう。

この時、聖武天皇が節度使たちに酒を賜わって、力を込めて彼らを鼓舞した歌が『万葉集』に残されている。「天皇の、酒《みき》を節度使の卿《まへつきみたち》等に賜へる御歌一首」と題する長歌と反歌（6九七三・九七四）がそれで、その反歌に「大夫《ますらを》の行くといふ道そおほろかに思ひて行くな大夫の伴」（これからの道はおおしい男子の行くという道であるぞ。あだおろそかに考えて行くではないぞ。ますらおたちよ）とある。

一方、この場での作ではないと思うが、これと関連した「西海道節度使を奉ずる作」という宇合の詩が『懐風藻』（93）に収められている。それは、「往歳《いにしとし》は東山の役《えだち》、今年《このとし》は西海の行《たび》。行人一生の裏《うち》、幾《いく》度《たび》か辺兵に倦《う》まむ」（往年には東山道の役に従事したが、今年は西海道へ節度使として赴くことになった。自分は旅人として一生のうちどれだけ辺土の守りに倦みあきることであろうか）とあるもので、そこには、昔は東山道の蝦夷征討、今度は西海道の軍備強化の旅に出ることになったが、このように自分は一生辺境での戦に明け暮れてしまうのだろうかと、いささか「大夫《ますらを》」らしからぬ心境が吐露されている。

虫麻呂のRの歌（6九七一・九七二）は、実はこの派遣時に詠まれたものである。その題詞には、「四年壬申《じんしん》、藤原宇合卿の西海道節度使に遣さえし時に、高橋連虫麻呂の作れる歌一首」と、作者が虫麻呂であることをはっきり断っているし、左注にも、「右は補任（官職の任命）の文を検《かむが》ふるに八月十七日に東山山陰西海の節度使を任ず」とある。

最初に触れた通り、これは制作年次と作者名を明記した唯一の作で、虫麻呂歌集には含まれていない（歌集の中にはもう一首「（天平四年）春三月」と示したIの歌〈9一七四七～一七五〇〉がある）。このことは、この歌が決して個人的・内発的なものではなく、きわめて公的な要請があって公的な場で詠まれた作であることを示していて、虫麻呂の強い意気込みが伝わってくる。

その内容は宇合を送り出すためのいわば壮行歌なのだが、これもやはり龍田の国境まで宇合を見送って、そこで催した大きな送別の宴で披露されたものと考えられる。一行は龍田から難波に出て、そこから船で瀬戸内海を西に向かって九州を目指すわけである。当時虫麻呂は造難波宮司の主典の任を解かれて京官に復していたと考えられるが、所属は明らかではない（後述。249頁）。

この歌には公的な儀礼性しか見られないとする向きもあるが、それのみならずその中には宇合に対する深い親密感が熱く込められていると思われる（250頁）。

しかも注目すべきは、この歌が虫麻呂の最新の作であり、かつ最後の作となったということである。すると、これ以前の歌はすべて虫麻呂歌集歌なので、それとの関連性が問われねばならない。

以上の流れから考えると、この虫麻呂歌集の最終的な完成は、難波の往還（天平四年三月）から宇合の節度使任命（同八月）までの間、それもかなり八月に近いころと抑えられるのではないかと思っている。

その内容は、虫麻呂の思い出深い東国時代の歌群（A～C、F～H、K～P）に難波時代の新作の歌群（D・E・Q、I・J）を加えたもので成り立っている。これを送別歌（R）に添えて、宇合への餞別として献呈したのだと考える。官人として歌人として、自分を今日あらしめてくれた感謝のしるしである。

すると、この虫麻呂歌集の意義は、宇合の配下にあって官人として時を共有した折の、虫麻呂の任務と公旅を裏に秘めた記録的なものであり、いわば主従の間の思い出深い歌のアルバムとでも言えそうである。だから、歌の排列はほぼ制作順に並んでいたものと思われる。言われるような、季節・地域・歌体などを考慮した編集ではなく、内容的には単純な雑纂風だったのではないだろうか。

こうして虫麻呂歌集は宇合のもとに保管され伝えられたので、やがて『万葉集』の一資料となりえて、虫麻呂の名と歌が後世に残されるものとなったと考えられる（その経緯については後述。46頁）。

これらの歌集歌は、個人の歌集を中心に編んだ巻九に集中的に収められているが（A・Bは他の巻に切り出されている）、巻九には巻九なりの編纂の原理が働いているので、そっくりそのまま載せることはなくて、一部は解体されて、現在見るような形になったのだろう（1首ずつ元の位置に厳密に復元するのはおそらく不可能に近いのではないだろうか）。

さて、天平四年732三月の難波宮造営の一応の完成後、知造難波宮事の宇合はじめ造難波宮司の役人たちも、その任を解かれたことだろう。同年九月に正五位下石川枚夫《ひらふ》が造難波宮長官に任じられているが、宇合に比して余りに位が低いことから、その後の難波宮の維持管理に当たったのだろうという（新日本古典文学大系『続日本紀　二』脚注）。

虫麻呂がその後どんな都の官に復したかは全く不詳であるが、式部卿宇合の縁で再び式部省の大録（正七位上相当）に起用されたか、もしくは従三位宇合家の家令《けりょう》（家政の総括を司る。従七位下相当）に任じられたか。いずれにしても節度使一行を送る一員となって、宇合のために公の場で、見送る側を代表して献歌を詠じるにはきわめてふさわしいであろう。

7　二人のその後

宇合と虫麻呂はその後どうなったかというのが次の問題である。まず宇合に関しては、天平五年733十二月、その年の正月に亡くなった県犬養橘宿祢三千代《あがたいぬかいのたちばなのすくねみちよ》（不比等の妻）に従一位の位を追贈する使者の一員となっている（『続日本紀』）。参議式部卿であった宇合は、一時九州から上京してその任を果たしたのだろう。

翌年正月、県守と共に正三位を授けられているが、四月には節度使を停止しているので（『同』）、宇合もここで解任されたのだろう。

宇合については、その後三年間何の記事も見当たらない。そして天平九年737八月五日に、いきなり「参議式部卿兼大宰帥《だざいのそち》正三位藤原朝臣宇合薨《こう》しぬ」と死去（『懐風藻』に44歳。54歳誤記説も。45頁参照）の記事が出てくる（『同』）。

その中の「大宰帥」というのは筑前国に置かれた大宰府の長官のことだが、宇合の場合初見の任である。大宰府は九州全体を統括する大きな地方府で、9国3島の西海道諸国の内政はもとより、国防・外交などにも深くかかわったので、大和朝廷の出先機関として重要視され、「大君《おほきみ》の遠《とほ》の朝廷《みかど》」（天皇の遠い政庁）（5七九四）と称されるほどであった。

実は大伴旅人が神亀四年727末ごろから約3年間帥《そち》として大宰府に在ったのだが、天平二年730九月大納言多治比池守の死去により帰京、翌年一月従二位となったが、それも束の間、七月には亡くなってしまう。その後任人事として九月に大納言の藤原武智麻呂《むちまろ》（藤原四子の第一子）が兼大宰帥となった。ところが大納言は台閣の中心人物なので、都を離れるわけにはいかないから、帥として任地に赴くことはなかった。

そこで宇合が派遣されることになったのだろうが、その時期は明確ではない。天平六年四月の節度使解任後と考えると、三年ほどの空白期間が生じ、適切な人事とは言えない。宇合はすでに節度使と共に帥の兼任を命ぜられていたと考えるべきではないだろうか。

　大伴旅人の場合も、帥の任命と解任の時期についての正式な記録は見られない。神亀五年728妻大伴郎女《いらつめ》を筑紫で喪った時、帥であったことが『万葉集』（3四三八題詞や8一四七二左注）に記されているが、高位高官の任命記事は前年十月安倍広庭を中納言として以来見られないので、あるいは旅人の帥任命もその時かともいう。また帰京についても『万葉集』の題詞（17三八九〇）で天平二年730十一月帥兼任のまま大納言となったことが知られる。

　実は武智麻呂以降橘諸兄《もろえ》の時（天平十八年746）まで帥任命の正史の記事はない。これらのことから、任命はあっても記録に残らない事例があったことが分かる。宇合の場合も、死去の時に「参議式部卿兼大宰帥」と初めて記されたのもそのためと考えられる。またこの時まで帥が解任されていなかったこともこれで明らかである。従って宇合の帥の任期は天平四年八月から天平九年八月までということになろう。

　宇合は節度使解任後も帥として大宰府に留まったはずだから、それが先の記事の空白期間に当たるのだろう。ただ天平九年四月の、兄房前《ふささき》の急逝によって都に帰還し、その後自らの死去まで4ヶ月近くはそのまま在京したものと思われる。

　一方、虫麻呂の場合だが、宇合は節度使となった天平四年八月以降天平六年の解任後も九年の死去まで大宰帥として筑紫に在ったから、虫麻呂が宇合直属の下僚となるようなことはもうなかった。二人の職務上の近接関係はここで途絶してしまうのである。そのため、歌を作ったり披露したりする機会や場を失って、虫麻呂は先ほどのRの歌を最後に〝歌わぬ歌人〟となってしまったのか、以後の作品は見当たらない。だから、虫麻呂の作歌活動はここでピリオドが打たれることになる。

それどころか、その後大変なことが起こる。天平六年734四月には大地震が発生し、家の倒壊、圧死者多く、被害は甚大、さらに翌七年の夏から冬にかけて、西海道諸国に「豌豆瘡《わんとうさう》」(天然痘=疱瘡《ほうそう》)が大流行して、「百姓《はくせい》悉《ことごと》く臥」し、「夭《わか》くして死ぬる者《ひと》多し」という事態になる(『続日本紀』)。さらに2年後、やはり大宰府管轄内の諸国に「疫瘡《えきさう》」(疫病つまり天然痘)が流行《はや》り出し、大変な勢いで東へ蔓延《まんえん》して行ったので、天下の「百姓」「百官」の命が多く奪われた(『同』)。虫麻呂も多分これに罹患《りかん》して、このころ亡くなってしまったのだろうと思われる(43歳前後か)。しかも、この疫瘡は台閣中枢にまで及んで、都の高位高官が次々と死去する羽目に陥るのである。

つまり天平九年737四月には参議民部卿の房前《ふささき》(第二子。57歳)が、六月には中納言の県守《あがたもり》が、七月には民部卿の麻呂(第四子。43歳)が、さらにことともあろうに左大臣(太政官の諸務を統括)の正一位武智麻呂《むちまろ》(第一子。58歳)も亡くなる。そして八月五日、参議式部卿であった宇合(第三子)が最後に没した(54歳か)ことで、藤原四子による政権体制はあえなくついえてしまうのである。

8　宇合と虫麻呂歌との関係

以上の流れに沿って、最後に宇合と虫麻呂歌との関係を整理したい。両者の官人としての対応関係や歌の詠まれた場を考慮して、作品の制作順序を一覧表にまとめると次頁のような表が得られるが、これが本項の集約ということになる。

これを作歌の内容と結びつけて言えば、常陸の大掾期には概ね国府を起点とする旅にかかわる歌、按察使の典・記事期には常陸から出た旅や伝説にかかわる歌、造難波宮司の主典期には主に伝説や儀礼にかかわる歌、式部省の大録または宇合家の家令期には儀礼にかかわる歌、等が詠まれたとまとめることができよう（具体的には一・二章参照）。

表に見られる通り、虫麻呂の作は、宇合の要職とすべて対応していて、常陸に赴任した養老三年八月から、宇合が節度使に任命された天平四年八月までの間に全部収まる。

すると、宇合という上司は虫麻呂から見れば、作歌活動の理解者であり促進者でもあったということになる。虫麻呂は宇合と共にあることで、作歌活動が保証され実現したのである。宇合が征夷大将軍・西海道節度使・大宰帥といった、都を後にする重職にある時は、当然のことながら属官となって同道・近侍することがないので、従って歌作もなかった。だから、宇合の存在と宇合との遭遇が、歌人虫麻呂の誕生をもたらしたと言えるだろう。

とすれば、虫麻呂は宇合に対して、恩顧を受けた感謝の念と律令官人の上下関係を超えた親密感を深く懐いていたに違いないと思われる。宇合には虫麻呂に直接宛てた作はないが、虫麻呂の作にはそれがよく滲み出ている。

【宇合と虫麻呂歌との関係】

宇合（任期）	虫麻呂歌　〈　〉内は歌作・誦詠の地
常陸国守（養老三年七月～養老七年末） 按察使（常陸国守と同時期）	常陸国の大掾〈常陸国内〉 (イ)〈国府・筑波山〉 B・L（養老四年夏） K・M・N（うちM・Nは養老三または四年秋） (ロ)〈筑波山以外〉 G・H（養老三年内） O（Kと共に養老五年夏。Oは秋口にかかるか） 按察使の典・記事〈常陸国以外〉 (イ)〈按察使管内〉 C・P（養老三年冬～養老四年春） (ロ)〈按察使管外〉 F（養老三年冬、または四年冬） A（養老四年後半）
知造難波宮事（神亀三年十月～天平四年三月）	造難波宮司の主典 (イ)〈難波周辺〉 D・E・Q（神亀三年十月～天平四年三月） (ロ)〈大和・河内国境〉 I・J（天平四年三月） 〔以上『高橋連虫麻呂歌集』所収〕
西海道節度使（兼大宰帥）（天平四年八月～節度使は天平六年四月まで、大宰帥は天平九年八月まで）	京官（式部省の大録または宇合家の家令） 〈大和・河内国境〉 R（天平四年八月）

しかも宇合は、詩歌に対して高い関心と卓抜な技量を持ち合わせていた。『懐風藻』には詩が6編、『経国集』には日本で最古の賦《ふ》（韻文）が1編、『万葉集』には和歌が6首残されおり、さらに漢詩集『宇合集』2巻を著したという記録（『尊卑分脈』）もある。まさに当代屈指の文人でもあったわけだから、詩人や歌人を発掘・評価する確かな目も備えていた。

宇合は、大和朝廷に揺さぶりをかける厳しい内外情勢に直面して、常にその対処の最前線にあったので、きわめて多事繁忙だった。それは、宇合自身にとっては「不遇」と感じていたようで、『懐風藻』（91）には「不遇を悲しぶ」と題する五言詩が採られている。その中の「南冠《なんくわん》楚奏《そそう》に労《いたつ》き、北節胡塵《こじん》に倦《う》みぬ」（南方の楚の冠をかぶって晋の捕虜となった鍾儀《しょうぎ》は楚の音楽を奏でて身を苦しめ、北方の捕虜となった蘇武は匈《きょう》奴《ど》の土に倦み疲れた）という句について、小島憲之氏は、楚の鍾儀《しょうぎ》や前漢の蘇武《そぶ》の苦節と労苦の故事を引いて、「作者宇合の東奔（常陸国司、征海道蝦夷持節大将軍となる）西走（西海道節度使、大宰帥となる）の身をかこち嘆いたもの」（日本古典文学大系『懐風藻　文華秀麗集　本朝文粋』頭注）と解される。それは前掲（33頁）の「西海道節度使を奉ずる作」（『懐風藻』〈93〉）でも吐露した慨嘆であった。宇合には武智麻呂《むちまろ》・房前《ふささき》の二人の兄もいて、必ずしも自分が律令国家の中央高級官人としてふさわしい用いられ方をしてはいないと不遇感を抱いていたようだ。そうした辛い心境を晴らすものとして、詩歌があったのではないかと思う。自分の憂いやもやもやした思いを晴らす、いわば遺悶の具として詩歌が機能したのである。憂悶は主として辺境に在って重責を果たすことから生ずるのだろうが、それを振り払うために詩歌を詠み、いわば宇合文学圏とでもいうべき文芸集団を形成したのではないかと考えられる。宇合はそれを主宰し、虫麻呂はその集団の歌の方の中心人物だったのではないだろうか。虫麻呂もまた漢和に通ずる文人の一人でもあったわけである。

先にもいささか触れたように（4頁）、当時九州では大伴旅人を中心とした筑紫文学圏が形成され、山上憶良をはじめ多くの人々が参加して詩歌や文章を競作しているので、二つの文学状況はきわめて近似していると言える。これらはいずれも都中心の中央文学圏に対して、地方におけるいわば周縁文学圏と言える。それだけに宮廷的な正統性・伝統性に捉われることなく、自由であり革新的であり個性的でありえたのである。この、都の外縁部にあっての集団的文芸活動は、柿本人麻呂の次の時代の新しい万葉文学のあり方を示すものとして、大変興味をそそる注目すべき特色である。

このように、虫麻呂の歌は、すべて宇合との官人的なつながりの上で制作されていて、官人としての役割遂行を背景として詠まれていると言ってよいかと思われる。自己と向き合って純粋に個人的抒情を表出した作は在常陸時代のわずかな例（L・M程度）に限られる。だから極言すれば、虫麻呂は官人としての自己の職務を文芸として昇華したという言い方さえ出来るように思う。

（関連小論　「藤原宇合と高橋虫麻呂作歌」『文科の継承と展開』（都留文科大学国文学科五〇周年記念論文集）・「歴史の窓から見通した高橋虫麻呂の軌跡」『日本文学文化　第一四号』）

余滴　虫麻呂活躍期の年齢と宇合の享年

(一)　虫麻呂の年齢

　虫麻呂の生没年は全く不明なのだが、その作品に「青年期の特徴をとどめたロマンチシズム」を探り当て、それから「二十歳台の製作」と推定されたのは井村哲夫氏である（「若い虫麻呂像」『憶良と虫麻呂』）。基本的に首肯すべき見解と考えるが、氏は「虫麻呂が養老三年前後、常陸国守藤原宇合の下僚として常陸国に在住していたのであろう」とする代匠記以来の通説は否定して、「その創作活動を天平四年から十年頃へかけての時期」とされたのは、私見とは大きく異なる（氏は、巻九所収の虫麻呂歌集の作品の排列順は制作年次順であること、常陸国に地方官として下向したのは天平六、七年以後のこと、大伴卿には牛養を擬すること、などを強調される〈「虫麻呂の閲歴と作品の製作年次について」『同』〉）。

　通説を基本として検討した結果、私見ではその作歌活動期は養老三年719八月から天平四年732八月の間に収まり、それ以前、それ以後の作は見当たらない。

　井村氏は、天平四年時「二十三、四歳と仮定」して考察されたが、その活動を終えたのはほぼ三十歳ごろということになる。これに倣って年齢設定を、虫麻呂が藤原家の書吏を勤め始めた時期を20歳ごろと考えて、作歌活動の始発期を常陸国赴任の25歳前後と抑えると、収束期天平四年時は38歳前後ということになる。20代前半に藤原家に身を置いたことで、虫麻呂はさらに漢学の素養を深めたものと考えられる。死を迎えたと思われる天平九年737は43歳ごろに当たるから、宇合の享年を54歳説に従えば、釣合いのとれた上下関係ということにもなろう。虫麻呂自身、歌集最後の作の浦島子詠に見られる習熟した技倆といい、人生への深い思索といい、その年齢にいかにもふさわしいと思われる。

右のように考えると、虫麻呂の生年は持統八年694藤原宮遷都のころということになろう。

(二)　宇合の享年

天平九年737八月五日に宇合が没したことは『続日本紀』に明記されているが、その時の年齢については記述がない。

『懐風藻』の「正三位式部卿藤原朝臣宇合　六首」の標題の下には、流布本では「年三十四」とあるが、群書類聚本には「年卌四」（四十四）とあって一致しない。一方『尊卑文脈』や『公卿《くぎょう》補任《ぶにん》』の注記には「四十四」とある。34歳説では遣唐副使の任命時は13歳だったということになり、不自然であることから、一般には44歳説が行われている（それでも23歳の遣唐副使は若すぎないか）。『万葉代匠記』（精撰本）では、『懐風藻』を引きながら「年五十四」とあって（ただし現存諸本にはない）、3種の記載が伝えられていたことになる。

これに対して澤瀉久孝氏は、「三を五の誤と断ずる事も認められない事ではない」として、54歳説を唱えられた（『万葉集注釈　巻第一』）。さらに金井清一氏は『藤氏家伝（武智麻呂伝）』を検討して、第一子武智麻呂との関係から54歳説を支持されている（「藤原宇合年齢考」『万葉詩史の論』）。宇合の経歴を考えてみるに、おそらくこれが一番落ち着きがよいと思われる。すると、生年は天武十三年684ごろ、養老三年719常陸の按察使兼国守となった時は36歳ということになる。

余滴　虫麻呂歌集の行方

本文で触れたように、虫麻呂歌集は天平四年732四月から八月の間に虫麻呂の手によって編まれ、宇合が西海道節度使として赴任する際に餞別として献呈されたものと考えているが（35頁）、その後どんな流れを経て『万葉集』の一資料になったかについて付言しておきたい。

この点について、金井清一氏は、「虫麻呂の宇合に対する関係は私的な個人的な関係だった」と推測された上で、「虫麻呂の歌は式家に伝えられ、たとえば宿奈麻呂《すくなまろ》（良継《よしつぐ》、宇合の第二子）などの手を経て家持の手許に入ったのでもあろうかと思われる」と、注目すべき見解を示されている（「高橋虫麻呂と藤原宇合」『万葉詩史の論』）。

藤原宿奈麻呂は、天平勝宝七歳755、防人部領《ことり》使《づかい》として相模国の防人歌八首を家持に進上しており（20四三三〇左注）、さらに天平宝字七年763ごろ石上《いそのかみ》宅嗣《やかつぐ》や家持らと共に藤原仲麻呂暗殺を企てていて（『続日本紀』宝亀八年777九月十八日薨伝）、家持と深い親交があったことから、錦織浩文氏も金井説を支持される（「藤原宇合とのかかわり」『高橋虫麻呂研究』）。経緯としてはきわめて自然で、首肯すべき見解と考える。

しかし、家持が実際に虫麻呂歌集を入手したのは、それほど後年のことではなく、越中守着任（天平十八年746）以前のかなり早い時期ではなかったか。虫麻呂の菟原《うはら》の処女《おとめ》歌（9一八〇九〜一八一一）に「追同」した家持の依興歌（19四二一一・四二一二）（175頁）が天平勝宝二年750の作であることから、そう推測される。

それは、宇合から家持へという直線的な伝わり方を想定すると可能になると思われる。一案としてあえて提示してみよう。

養老五年721検税のために常陸国へ赴いて虫麻呂に親身な世話を受けた大伴旅人は、虫麻呂からそれまでの作品群（B・L・M・N、G・H、おそらくA・Fも）を見せられ、さらにK・Oの献呈も受けてその歌才に深く感じ入り、虫麻呂歌に好意的な関心を抱いて帰京した。
旅人は天平三年七月に没したが、翌年八月宇合は西海道節度使兼大宰帥に任じられたのを機に、出立に先立って旅人邸を訪れ、旅人の後任として筑紫に赴くことを霊前に報告すると共に、旅人の関心の高かった虫麻呂歌をまとめた歌集（写し）を捧げることがあったのではないか。それがそのまま家持の元に残り、やがて『万葉集』の資料の一つとして用いられたという道筋が考えられるのであるが、いかがであろうか。

まとめ

以上、これまであまり表には取り上げてこなかった藤原宇合をめぐる歴史的事実を手掛かりとして、官人虫麻呂の文芸活動のありようとその全体の整合性を、一つの可能性としていささか大胆に俯瞰《ふかん》してみた。それはいわば、出土した土器の破片を石膏で接ぎ合わせ、もとの土器に復元する作業にも等しいものである。

養老三年719七月宇合は常陸国守兼按察使《あぜち》を拝命、虫麻呂は常陸大掾兼按察使の典《すけ》を命ぜられて、共に常陸国へ赴いた（「典」は翌年三月「記事」に改称）。

虫麻呂の歌人としての歩みはここからスタートする。宇合と同道して国内巡行や所轄国の監察に当たることを通じて東国の未知の風土や「旧聞・異事」（140頁参照）に接して心をゆさぶられ、それを次々に歌によって表現した。さらに宇合の命で武蔵国や遠江国へ典や記事としての旅を続け、特色ある力作を国府の館で披露した。

虫麻呂は官人の目で対象を見据え、歌人の心で詠い上げたのである。これら東国在駐時の作は12群21首（常陸国関係歌8群13首 それ以外の東国歌4群8首）に及び、全体の58％も占めている。虫麻呂の歌才はまず東国で開花し、新しい歌の誕生を見たと言える。

これを活動前期とすれば、後期は帰京後で、まず宇合が神亀三年726知造難波宮事に任じられた折、虫麻呂は造難波宮司の主典《さかん》となって宮の造営事業に携わることになる。そのかたわら、伝説歌を中心とする3群7首や、修造完成の式典時に難波を往還した2群6首を成した。最後に都の官（式部省大録または宇合家の家令）として、天平四年732西海道節度使となった宇合を送る壮行歌1群2首を詠み上げ、自ら編んだ『高橋連虫麻呂歌集』を宇合に献じて作家活動を締め括ったのである。

このように、虫麻呂は宇合の配下に在ってその職責を支え、しばしばその命による官旅に出て、それとかかわる形の自由な制作を続けたのである。

一章　活動前期・常陸在駐時

――東国で見出したもの

高橋虫麻呂は常陸国の大掾《じょう》と共に按察使《あぜち》の典《すけ》（正七位下か上）という重要な任を帯びて藤原宇合に従って常陸へ赴いた――前章で述べたこの想定を起点として虫麻呂世界の探索に踏み出したいと思う。

正五位上藤原宇合が常陸国守兼按察使として任命されたのは養老三年719七月十三日のことであるが、準備を整え二十日間近くの行程を考えると、八月中旬あるいは下旬には常陸に入ったかと思われる。

虫麻呂にとって、おそらくそれは初の長旅で、しかもその赴任地が東海道の最終地点であったことは留意しておかなくてはならない。つまりその先は「道の奥」であるので、虫麻呂にとって常陸は全くの異郷＝鄙《ひな》であったことが大きな衝撃であったに違いない。風土も景観も人もすべて都とは異質であったことが、彼の歌の誕生に大きな影響を及ぼしたであろうことは想像に難くない。それがどのように醸成されて行くのか、作品を取り上げて以下順次考察を加えることにする。

同時に按察使の典《すけ》という職責によって、常陸国内のみならず、武蔵や遠江といった周辺諸国にまで行動範囲を拡大させたことが、新しい文学を生み出すことにつながった点にも注目したい。

要するに、官人虫麻呂が未経験の異郷の風土をどう受け止めたかに視点を据えて考えて行きたいと思う。

(一) 常陸国の大掾《だいじょう》として

1 国内巡行の折に

G　那賀郡《なかのこほり》の曝井《さらしゐ》の歌一首

三栗《みつくり》の那賀に向へる曝井の絶えず通《かよ》はむそこに妻もが（9―一七四五）

H　手綱《たづな》の浜の歌一首

遠妻《とほづま》し多珂《たか》にありせば知らずとも手綱の浜の尋《たづ》ね来《き》なまし（9―一七四六）

［歌意］G　那賀郡の曝井の歌一首

（三栗の）那賀の地に向き合ってある曝井、その水が絶え間なく湧《わ》くように、絶えることなく通って来たいと思う。そこに妻がいてくれたらいいのに。

H　手綱の浜の歌一首

遠く離れている妻がもしこの多珂の地にいるのであったとしたら、たとえそこへの道がわからなくても、手綱の浜の名のように、尋ねて来ようものを。

この2首は、国府（現、石岡市）周辺で詠まれたものでない点が共通している。国府を離れて、那賀郡の曝井（現、水戸市）を経て、多珂郡多珂郷《さと》（現、高萩市）の手綱浜に至った折のものである。曝井→手綱浜と連続して2首1連をなしているのは、その行程を暗に示していると思われる。

これらの作が国庁での机上の想像歌でないことは、虫麻呂作品の他の地名がすべて実際にその地を訪れて詠まれている事実から明らかである。するとどんな目的で遠方の地まで足を運んだかということになるが、まず考えられるのは、国守は毎年国内を巡行して民情を検察し、「五教」（家族のそれぞれが守るべきつとめ）を喩《さと》して農功を勧めることが重要な職掌の一つとされていた（『戸令《こりょう》33』）から、宇合に同道して詠んだのだろう。また、按察使の役目で国内を巡察して廻った時とも考えられるが、虫麻呂単独の旅だったか否かは不明である。それらの任務の遂行は二人の着任後直ちに着手すべきものであろうから、2首の成立は、養老三年719の年内であろうと推察される。

2首は内容的にもつながりが認められる。「曝井」はP歌（9一八〇七・一八〇八）の「真間の井」など共に清泉として知られていたのだろうが、『常陸国風土記』の那賀郡の条には、「泉に縁《よ》りて居《す》める村落《むら》の婦女《をみな》、夏の月に会集《つど》ひて、布を浣《あら》ひ曝《さら》し乾す。」（泉の近くに住んでいる村の婦女は、夏の時季には集まって、布を洗い日にさらして乾している）とあり、井はまた男女の相会う場ともされていたから、虫麻呂が「妻」を点出したのは、そんな土地の女たちの連想からだろう。それが次の「遠妻」を導き、妻恋いの抒情を増幅させるのである。

しかし、その妻恋いが直接都の女性に向けられたものでないことは注意すべきである。都から遠く離れた辺境の地に旅しているのに、激しい家郷回帰の情に己れをさいなむということがない。まるで根なし草のように故郷とは切れていて、まさに漂泊者さながらである。だから、彼はふつうの旅人や防人《さきもり》のように、喪失したものやあとに残してきたものをそのままの形でストレートに恋い求めたりはしなかった。幻想の世界の中に生き生きと息づく存在こそそれにとって代わるものであり、最も近しく愛すべき存在として魂の空白を埋めるものであった。幻想によってないものをさながらあるものとして創造する、非存在の存在化志向——それは具体的には多くの女人憧憬の形をとるが（青木生子氏「虫麻呂と伝説の女」『万葉の女人像』）——これこそ虫麻呂作品の根底を貫くものといえよう。虫麻呂にとっての女性は、距離を置いた存在なのである。

表現においても、「三栗の」という枕詞（他に1例〈9一七八三〉あるのみ）の使用や、「曝井の絶えず」「手綱の浜の尋ね」というややことば遊び的な、名所の名を用いた序詞的技法には、土地讃めに興じた軽快さがある。旅する者の孤独感に裏打ちされたものとはいえ、この2首は見知らぬ土地に足を踏み入れた心楽しさを表現しようとしている。このことから、「巡察などの折の宴席における即興歌か」という稲岡耕二氏の指摘（和歌文学大系2『万葉集 二』）は、的を射ていると言えよう。宴の出席者＝歌の享受者は国司一行及び郡役所の官人たちであるから、彼らの妻への想いをかき立てて互いに共感し合うことを狙ったものと見られる。

〔関連小論「旅と東国」『万葉の東国』〕

L　霍公鳥《ほととぎす》を詠める一首　并せて短歌

鶯《うぐひす》の　生卵《かひこ》の中に　霍公鳥《ほととぎす》　独《ひと》り生《う》まれて　己《な》が父に　似《に》ては鳴かず　己《な》が母に　似ては鳴かず　卯《う》の花の　咲きたる野辺《のへ》ゆ　飛びかけり　来《き》鳴き響《とよ》もし　橘《たちばな》の　花を居《ゐ》散らし　終日《ひねもす》に鳴けど聞きよし　幣《まひ》はせむ　遠《とほ》くな行きそ　わが屋戸《やど》の　花橘に　住み渡れ鳥（9―一七五五）

反　歌

かき霧《き》らし雨の降る夜《よ》を霍公鳥《ほととぎす》鳴きて行くなりあはれその鳥（一七五六）

[歌意] L　霍公鳥を詠んだ一首

鶯の卵に囲まれた中に、霍公鳥よ、お前は独りだけ生まれて、育ててくれた父に似て鳴くこともなく、母に似て鳴くこともしない。しかし、卯の花の咲いている野べを渡って飛びかけり来てはあたりを響かせて鳴き、橘の枝に止まって花を散らし、一日中鳴いても聞き飽きることがない。贈り物をしてやろう。だから遠くへは行かないでおくれ。わが家の庭の花橘にずっと住みついておくれ、霍公鳥よ。

反歌

空一面曇らせて雨の降る夜であるのに、霍公鳥が鳴きながら飛んで行く声が聞こえる。ああ、その鳥よ。

虫麻呂の作品群の中で唯一地名を伴わない歌である。そのためこれは都の自宅に在って詠んだとする向きもあるが、ほかに都の家での作は見当たらないこと、またこの前後は筑波山登頂歌で虫麻呂歌集中のものであることからしても、この「わが屋戸」は常陸の国府の邸内以外には考えられないだろう。すでに東国での詠と断じた坂本信幸氏の見解（「高橋虫麻呂と常陸」『万葉の風土と歌人』）に従いたい。

時は「卯の花」や「花橘」の盛りのころ（「四月」〈19四一六六〉～「五月」〈19四一六九〉）だが、制作の年は不明である。B歌（8一四九七）から筑波山に登って聴く霍公鳥の声を強く欲していたことが明らかだから、赴任翌年（養老四年720）の夏か。

万葉集に詠まれた鳥の歌では霍公鳥が150首を超えて最も多いが、その愛好ぶりは雁（67首）や鶯（51首）と比べて断然きわ立っている（植物で最も多く詠まれた萩〈141首〉や梅〈118首〉にも優る）。古くは天武年間の藤原夫人《ぶにん》歌（8一四六五）があるが、養老以前の確例としては志貴皇子（8一四六六）・弓削皇子（8一四六七）のものなどきわめて少なく、ほとんどは奈良朝以降のもので占められている、その点では、虫麻呂歌はそれに先立つ数少ない例の一つと言える。

しかもその歌が、「鶯の　生卵《かひこ》の中に　霍公鳥　独り生まれて…」と、霍公鳥の托卵という特殊な習性に着目して歌い始めていることはきわめて異色である。けれども、それを主題とする歌ではない。養父母（鶯）にも似ず「独り」卯の花や花橘を巡って鳴きまわる孤独な姿に、虫麻呂は注視する。そんな霍公鳥をいとおしんで、「幣《まひ》はせむ　遠くな行きそ　わが屋戸の　花橘に　住み渡れ鳥」と、わが身に近く引き寄せようとする。それは似たような境遇を経てきた己れの孤独感を慰めようとしているかに見える。自己を霍公鳥に重ねたこの一体感は、反歌の「あはれその鳥」で頂点に登りつめる。

このようにまず霍公鳥の習性と行動を叙したあとで、一気に抒情の高みへと向かっている。長年心の奥にたまった孤独感のマグマの噴出である。「虫麻呂文芸の本質こそ、この『孤愁のひと』に発するると言わねばならぬ」（「虫麻呂の心―孤愁のひと―」『万葉の風土　続』）と喝破されたのは犬養孝氏であったが、多くの評者がそこに虫麻呂の孤愁の投影を認めている。

とすれば、その思いは一体どこから来るのか。虫麻呂の生い立ちを想像するに、幼くして父母の死に遭って養父母に育てられたのか、血の通った濃密な人間関係を断たれて孤独な半生を送ってきたことに発するものではなかろうか。ここに父母を点出したのは、先に触れた国内巡行の際の「五教」の喩《さと》し（子としては孝）が頭をよぎったものか。しかし、中心はそこにはない。

夜の闇の中で長年耐えてきた孤独感に浸っていた時だけに、その静寂を切り裂くかのような霍公鳥の声に、瞬間的に酷似したわが運命を感知して身を震わせたことだろう。それも、鳥を霊魂の象徴と見る古来の自然観に立てば（「魂《たま》迎え鳥」という異名もそんな思いを反映した呼称か）、暗黒の空間で耳にしたその声は、亡き父母が己れを呼ぶ声かとも聞こえたのではないか。なればこそ、父母の魂と己れの魂の響き合いを直感して、霍公鳥との一体化を切望する熱い思いに駆られたのであろう。感性の鋭さを感じさせる一首である。この孤愁は、筑波山登頂の折の「旅の憂へ」（9一七五七）に通底し、さらには水江の浦島子の最期の想い（9一七四〇）に連なって行くと考えるが、詳しくは後述する。

きわめて大まかな言い方をすれば、一般に霍公鳥歌は卯の花・花橘・菖蒲草《あやめぐさ》・藤の花などと取り合わせて美的形象化を狙うものがほとんどと言ってよいが、8一四六九歌（沙弥）や8一四七五歌（大伴坂上郎女）などはその声が恋の思いをつのらせており、「霍公鳥無かる国にも行きてしかその鳴く声を聞けば苦しも」（8一四六七　弓削皇子）（ほととぎすのいない土地に行きたいものだ。その鳴く声を聞くとつらいことよ）の場合は、病弱の身ゆえか、何とも耐えがたい「苦しさ」を深めている。

このように見てくると、当該の虫麻呂歌は、霍公鳥を詠んだ歌としては万葉の中で初期に属する数少ない一首であること、風雅な美的対象でなく特異な習性を扱っていること、しかもそれを己れの孤愁を結びつけてその声によって心奥深く沈潜していることなどにおいて、集中類を見ない独特の作となっていることが理解される。

虫麻呂歌のこの発想の根底にあるものについて、最後にもう一言つけ加えておこう。旅にある霍公鳥が妻恋しさのあまり、夜中に鳴くという次のような歌もあって興味深い。

旅にして妻恋すらし霍公鳥神名備《かむなび》山にさ夜更けて鳴く（10一九三八　古歌集）

【**歌意**】　旅先にあって妻を求めているらしい。霍公鳥が神名備山でこの夜更けにしきりに鳴いている。

これは、直前の長歌の末尾の「…霍公鳥　妻恋すらし　さ夜中に鳴く」を受けた一首であるが、〝ひとり旅する霍公鳥―妻恋―夜更けの鳴き声〟という連鎖性は、そのまま虫麻呂歌の〝異郷に在るわれ―

野辺の卯の花とわが家の花橘―孤独の人恋しさ―雨の夜の鳴き声〟という構図に吸収されて行く感がある。虫麻呂歌の長歌は昼の視覚世界であり、反歌は夜の聴覚世界であるから、この明から暗への急転は、余計辺陬《へんすう》の旅に独り在る人恋しさの情を深めているのである。

錦織浩文氏は、このL歌は「家」と「旅」との対比を根底にしていると捉え、その声は妻恋をする声、家を求める声として歌われていると指摘される（「家と旅」『髙橋虫麻呂研究』）。

ちなみに、虫麻呂の作よりは後年のものではあるが、中西進氏は霍公鳥の飛来と卯の花や花橘の開花時期が等しいことから、それぞれの間に「相思」があると認めて、神亀五年728、大伴旅人の妻の死をめぐる次の贈答歌が詠まれたと説かれる（『万葉集 全訳注 原文付』）。

霍公鳥来鳴き響《とよ》もす卯の花の共にや来しと問はましものを（8一四七二　石上堅魚《いそのかみのかつお》）

橘の花散る里の霍公鳥片恋しつつ鳴く日しそ多き（一四七三　大伴旅人）

【歌意】ほととぎすが来てしきりに鳴き立てている。卯の花の開花と共に連れ合いとしてやってきたのかと、尋ねたいものだ。

橘の花が散るこの里の霍公鳥は、散る花に独り恋い慕いながら鳴く日が多いことだ。

3　筑波山に登る

虫麻呂が常陸に来てまず心惹かれたのは国府の西方に聳《そび》える筑波山だった。その山容は大和の二上山に似た秀麗な双耳峰で、西側の男体山（871メートル）と東側の女体山（877メートル）から成る。虫麻呂は「二並ぶ筑波の山」（9一七五三）と称し、「男《を》の神」「女《め》の神」（同）として崇敬している。山頂には伊弉諾尊《いざなぎのみこと》（男の神）と伊弉冉尊《いざなみのみこと》（女の神）が祀られ、神の鎮座する山だから、そこはまさに神の領域以外の何物でもない。

東歌（巻十四）では常陸国の相聞12首（冒頭歌2首を含む）中11首に、常陸の防人歌（巻二十）では10首中3首に筑波山が詠みこまれているが、

筑波嶺《つくはね》の新桑繭《にひくはまよ》の衣《きぬ》はあれど君が御衣《みけし》しあやに着欲《きほ》しも（14三三五〇）
筑波嶺に雪かも降らる否《いな》をかもかなしき児《こ》ろが布《にの》乾さるかも（三三五一）
筑波嶺にかか鳴く鷲《わし》の音《ね》のみをかなき渡りなむ逢ふとは無しに（三三九〇）
筑波嶺の岩もとどろに落つる水よにもたゆらにわが思はなくに（三三九二）
筑波嶺の彼面此面《をてもこのも》に守部《もりべ》据ゑ母い守れども魂《たま》そ逢ひにける（三三九三）〈以上東歌〉
あが面《もて》の忘れも時《しだ》は筑波嶺をふり放《さ》け見つつ妹はしぬはね（20四三六七）
筑波嶺のさ百合《ゆる》の花の夜床《ゆとこ》にも愛《かな》しけ妹《いも》そ昼も愛しけ（四三六九）〈以上防人歌〉

【歌意】筑波山に新しく萌《も》え出た桑の葉で飼った蚕、その糸で織った着物は、それはそれですばらしいけれど、あなたのお着物こそ私は無性に着たいことだ。
筑波嶺に雪が降っているのかな、いや、そうではないのかな。いとしいあの娘《こ》が布を乾しているのかなあ。（私解　あの白いのは筑波嶺に雪がまあ降っているのか。いやそうではないのだなあ。いとしいあ

の娘《こ》が布を乾しているのだなあ）

筑波嶺でかっかっと鳴き立てる鷲のように、私は声を上げて泣き続けるばかりなのだろうか。あの人に会うこともないままで。

筑波山の岩もとどろくばかりに流れ落ちる水のように、私はゆらぐ気持など全く持ってはいないのに。

筑波山のあちら側にもこちら側にも番人を据えて山を守るように、母さんは私を見張っているけれど、あの人と魂は一つに通じ合ってしまったよ。

私の顔を忘れるようなことがあったら、筑波山を振り仰いではお前は私のことを偲んでほしい。

筑波山の嶺に咲きにおう百合の花のように、夜の床でもいとしかった妻は、昼間もかわいく思われてならないよ。

このようにその多様な景の切り取り方は富士山の場合（124頁参照）と同様で、いかに土地の実生活に密着し、山麓の周辺住民から深く親しまれていた山であるかがわかる。

一方『常陸国風土記』（筑波郡）は、諸神を巡行して筑波の神から歓待を受けた神祖《みおや》の尊《みこと》の伝承と歌垣《うたがき》の歌謡および「俗の諺《くにひとことわざ》」を紹介し、山そのものについて次のように記している。

夫《そ》れ筑波《つくは》の岳《やま》は、高く雲に秀《ひい》でにたり。最頂《いただき》の西の峰は崢嶸《さが》しく、雄《を》の神と謂《い》ひて登臨《のぼ》らしめず。但《ただ》、東《ひむがし》の峰は四方《よも》に磐石《いはほ》あれども、升陟《のぼ》るひと坱圠《かぎりな》し。その側《かたはら》の流るる泉は、冬も夏も絶えず。坂より已東《ひむがし》の諸国《くにぐに》の男《をとこ》も女《をみな》も、春の花の開く時、秋の葉の黄《もみ》たむ節《をり》に、相携《たづさ》ひ駢闐《つらな》り、飲食《をしもの》を齎賚《もちき》て、騎《うま》より歩《かち》より登臨《のぼ》り、遊楽《たの》しみ栖遅《いこ》ふ。

【大意】　そもそも筑波の山は、高く雲に突き出してそびえている。頂の西の峰はけわしく高く、雄の神と言ってだれも登らせない。ただ、東の峰は四方に岩石があるけれども、登り下りする人は限りなく多い。そのかたわらに流れる泉は、冬も夏も絶えることがない。足柄《あしがら》の坂から東にある諸国の男も女も、春の花の咲く時、秋の葉の色づくころには、手を取り合い連なって、飲み物や食べ物を持って、馬に乗ったり歩いたりして登り、楽しみ憩うのである。

筑波山は神の山、国魂《くにたま》のこもる山として尊崇され、春秋には飲食物を携えて登る男女で賑わい、歌垣の宴楽が尽くされたのである。宗教行事の行われる聖なる山として親しく意識されていたのであろう。のちの丹比真人国人《たじひのまひとくにひと》も「鶏《とり》が鳴く　東《あづま》の国に　高山は　多《さは》にあれども　明《あき》つ神の　貴き山の　並《なみ》立ちの　見が欲し山と　神代より　人の言ひ継ぎ　国見する筑羽《つくは》の山を…」（3三八二）〈鶏が鳴く〉東の国に、高い山は数々あるけれど、中でとりわけ現《うつ》し身の神として貴い山で、二つの嶺の並び立つさまの見飽きない山として、神代から人々が語り伝え、国見をしてきた筑波の山を…）と、神の山・国見の山であることを称えている。虫麻呂は国庁から日々この聖山を遠望して、一日も早く登ってみたいと心を逸《はや》らせたことだろう。常陸滞在中に何度か登頂を試みたようで、次の4編7首を残した。

B　筑波山《つくはのやま》に登らざりしことを惜しめる歌（8一四九七）
K　検税使大伴卿《おほとものまへつきみ》の、筑波山に登りし時の歌（9一七五三・一七五四）
M　筑波山に登れる歌（9一七五七・一七五八）

N　筑波嶺《つくはね》に登りて嬥歌会《かがひ》をせし日に作れる歌（9―一七五九・一七六〇）

これによれば、少くとも3度は（MとNを別の機会と考えた場合）女体峰に登頂（夏1回、秋2回）しており、断念したこともあったらしい。虫麻呂がかくもこの山に惹きつけられたのは一体何ゆえか。

3-i　登頂を目指して

B　筑波山《つくはのやま》に登らざりしことを惜しめる歌一首
筑波嶺《つくはね》にわが行けりせば霍公鳥《ほととぎす》山彦響《とよ》め鳴かましやそれ（8―一四九七）
右の一首は、高橋連虫麻呂の歌の中に出づ。

［歌意］B　筑波山に登らなかったことを残念に思う歌一首
筑波山にもし私も登ったとしたら、霍公鳥は山をこだまさせてそんなに鳴いたりしたでしょうか、本当にまあ。
右の一首は、高橋連虫麻呂の歌（集）の中に出ている。

この歌は、詠まれた状況（場）がはっきりせず、歌意のやや解しにくい面がある。「や」を感動の助詞と取って単純に解せば、「もし自分が筑波山に登ったとしたら、霍公鳥は山を響かせるまでに盛んに鳴き立てたことだろうよ、まあ！」となるが、それでは末尾の口調が独詠にしては落ち着きが悪く、歌としても単調に過ぎるだろう。

諸注に指摘がある中で、『万葉集釈注　四』が想定するように、筑波山に登って霍公鳥の鳴き声をふんだんに聴いてきたという同僚たちの報告に応えたものと考えた方がいいだろう。とすれば、その場としては下山してから催された一献傾けた集いが考えられる。何らかの支障があって同行できなかった虫麻呂も、誘われてそれに加わったのだろう。もし彼らがそこで自分たちの経験した楽しさを誇らしげに歌に示したとしたら、これはその応答歌ということになる。

時は前歌（L）とほぼ同じころ（養老四年720夏）で、場所も同様に国府内にあってのものだろう。

歌中の「〜せば〜まし」は、「もし〜だとしたら〜だろうに」という、現実に反したことを仮想する表現である。従って、歌意は「もし私も一緒に筑波山に登ったとしたら、霍公鳥《ほととぎす》は山を響かせるまでそんなに鳴いただろうか？」となるが、「や」は反語で「いくら私が大の霍公鳥好きだからといって、山中こだまさせるほど鳴き立てたりするものですか」という含みを持ったものとなる。おそらく相手はみんな事前にL歌を知っていて、「飛びかけり　来鳴き響《とよ》もし」を踏まえて自分たちはいやというほどその声を聞いてきたと、虫麻呂を大いにうらやましがらせようとはやし立てたので、虫麻呂も歌でユーモラスにやり返したものと考えられる。それは男女の歌のかけ合いなどによく見られる手法（例、2一〇三歌〈天武天皇〉に対する一〇四歌〈藤原夫人《ぶにん》〉の関係）に近い。雰囲気も、巻十六の長意吉麻呂《ながのおきまろ》を中心とする下級官人グループのそれを感じさせるものがある。

虫麻呂にしてみれば、無念さは山に登らなかったことだけではないところを突かれたわけで、自分が登った時には、心ゆくまで霍公鳥の声を堪能してこようという思いを一層強くしたにちがいない。しかし実際に登った歌は真夏や秋のもので、霍公鳥を詠んだ歌はない。

ところで、虫麻呂は「わ」（我）を主語に用いて歌に詠むことはまずなかった。この歌の「わ」は、その2例中の1例（もう1例はJ歌）である。それは目の前の人々に対して、「ほかならぬこの私が＝皆さん以上に霍公鳥好きの私が」という気持を強調して、集団に対して打ち出したものだろう。だから、末尾の「それ」は感動詞的に強く指示してもいて、L歌（反歌）の「あはれその鳥」と同様の口吻が窺える。

なお、虫麻呂の霍公鳥関係歌のうち、これだけ切り出されて巻八の「夏の雑歌」の末尾に付加されたのはなぜか。まずこれが短歌1首であることがこの一群の形式に一致するものであると共に、他の諸歌とは違ってこれのみ題詞に作者名を明記せず、左注で「右の一首は、高橋連虫麻呂の歌の中に出づ」と示したことによるのだろう。

M　筑波山《つくはのやま》に登れる歌一首　并せて短歌

草枕《くさまくら》　旅の憂《うれ》へを　慰《なぐさ》もる　事もありやと　筑波嶺《つくはね》に　登りて見れば　尾花《をばな》ちる　師付《しづく》の田居《たゐ》に

雁《かり》がねも　寒く来《き》鳴きぬ　新治《にひばり》の　鳥羽《とば》の淡海《あふみ》も　秋風に　白波《しらなみ》立ちぬ　筑波嶺の　よけくを見

れば　長きけに　思ひ積《つ》み来《こ》し　憂《うれ》へは息《や》みぬ（9一七五七）

反　歌

筑波嶺《つくはね》の裾廻《すそみ》の田井《たゐ》に秋田刈る妹《いも》がり遣《や》らむ黄葉《もみち》手折《たを》らな（一七五八）

［歌意］Ｍ　筑波山に登った時の歌一首

（草枕）旅のつらさやわびしさを紛わすこともあろうかと、筑波嶺に登って見はるかすと、ススキの穂が散る師付の田んぼには、雁も飛来して寒々と鳴いている。新治の鳥羽の湖にも、秋風が吹いて白波が立っている。筑波嶺のこのすばらしい景色を目にして、長い旅の日々に積もり積もってきた憂いは、すっかり慰められた。

反歌

筑波嶺の山裾の田んぼで秋の稲を刈っていた、いとしい娘にやるためのもみじを、さあ手折ろう。

冒頭に「草枕　旅の憂へを　慰もる　事もありやと」と、まずは筑波山に登る目的をわが身にかかわらせて鮮明に打ち出し、東峰の頂上から見渡したところ、折しも歌垣の賑わいも去り人数もめっきり減って、山上の大気の透明感・清涼感は一層深まりを増している。それによって東麓に師付の田居（茨城郡）、西麓に鳥羽の淡海（筑波・新治・白壁の3郡にわたる）を一望のもとに収めることができた。その景観のすばらしさによって、予測した通り鬱積した憂愁は癒されたというのである。ここでは神なる山を直接讃仰する形はとらず、あくまでも虫麻呂自身の目と心を通して山に相対している点が特徴的である。

「国のま秀ら」（K歌一七五三）（国の中で最もすぐれた所）として把握していた眺めを、師付の田園から鳥羽の沼沢にわたる大景の中に尾花・雁がね・秋風・白波を配してきわめて具体的に描き上げている。それは「伝統の国見歌の型」（『万葉集釈注　五』）をはっきりと踏まえて国ぼめをしたものだが、「筑波嶺の　よけく」とは、山上からのそうした穏やかで得がたい美的景観に包まれた至福の思いを指すのだろう。内藤明氏は、枠組みは舒明の国見歌（1二）を踏襲しながら、「国家的、芸術的な儀礼歌に対して、当歌は個人的、審美的な抒情歌の様相を呈している」点に、その特徴を認められる（「筑波山に登る歌」『セミナー万葉の歌人と作品　第七巻』）。

歌では、景観美を称えることによって神の山を礼讃しているわけだが、虫麻呂自身は、神の視座に立てた実体験を通じてこのパノラマ的な美的大景を視野に収めえたことがこの際重要である。一介のちっぽけな人間が神と同等の位置に達しえたことで湧き出る得体の知れぬ力が、人間の地上的な、積年の憂愁の一切をかき消してくれたからである。人が神と同じ座に身を置かせてもらうことによって己れの救済が可能となったのである。そこは天と地の境界であるのだが、それは水江の浦島子が「海界《うなさか》」を超えて「常世《とこよ》」の領域に入りこむのと同じであって、境界を超えての未知の異次元空間への移動を、浦島子は水平方向に、虫麻呂は垂直方向に果たしたことになる。はじめて地上世界の人間領域を抜け出て異空間を体験できた感激は並一通りのものではなかったに違いない。富士山にあっては想像の域を出ない高所からの視界を、現実にしかも完全に手中に収めえた喜びと感動はきわめて新鮮で、登るたびに深まったのである。凡庸な人間には不可視なものや不可知の世界に常に分け入ろうとしていた虫麻呂にとって、それを自身が現実に獲得できたことはこの上ない歓喜であったに違いない。

　確かに村山出氏や辰巳正明氏が指摘されるように、『文選《もんぜん》』などに見られる遊覧詩や登高詩が虫麻呂歌の発想の重要な基盤となっていることは見落とせない事実であるが（村山氏「筑波山に登る歌―忘憂歌の成立―」『奈良前期万葉歌人の研究』、辰巳氏「旅と憂愁―高橋虫麻呂―」『万葉集と中国文学　第二』）、ここではそうした詩的美意識によって彩りを添えながらも、なおその底層には国見歌の流れに立つ古代的な観想世界が濃密に揺曳していることに注目しておきたい。知識よりも得がたい体験に身を震わせているのであって、冷静・客観的な知的操作よりも、先ずは熱い実感に突き動かされてのものと思われる。

　ところで、「長きけに　思ひ積み来し　憂へ」とあるように、虫麻呂は絶えず心に憂悶をかかえていたようだが、その中身は「旅の憂へ」と言うだけで明らかにはしない。しかし旅に在ることは家郷を離れることを意味するから、「憂へ」の中心が孤独感や孤愁であることは間違いない。先の霍公鳥歌（L一七五五）に込められた思いもそれに発するものであった。中西進氏は虫麻呂を「地上流離の旅に棲んだ詩人」として捉え、地上流離の憂えすなわち「人間なるものの愚」を浄化するために山へ登ったのだと指摘される（「旅に棲む」『旅に棲む―高橋虫麻呂論』）。

　旅を苦しいものとする通例の受け止め方とは違って、「旅」と「憂へ」をはじめて結びつけたことは、憂えが旅に付随したものではなくむしろ旅そのものが単なる行旅ではないことを暗示していると思われる。

そもそも「憂へ」の名詞例は集中に虫麻呂のこの2例しかなく、ほかに動詞例が憶良歌に2例（5八九二、八九七）あるのみで、ある偏りが見られる。形容詞「憂し」の場合は多少分布は広まるが（5八九五、8一五〇一、8一五四八、12二八七二、13三二六五、19四二〇二、19四二〇七）、中で

世間《よのなか》を憂しとやさしと思へども飛び立ちかねつ鳥にしあらねば（5八九三　憶良）

世間《よのなか》を倦《う》しと思ひて家出せしわれや何にか還りて成らむ（13三二六五　作者未詳）

【歌意】この世の中はつらい所、身も細るような所と思うのだが、飛び立ってどこかへ去るわけにもいかない。人間は鳥ではないのだから。

世の中なんていとわしいと思って出家をした私は、再び家に帰って何になろうか。

の2例は「世間」について述べているのが注意を惹く。

虫麻呂の「旅」の意味するものは、この世に生を受けてから死ぬまでの人生という旅、世の中に生き続けていかねばならない宿命的な生というような比喩的な拡がりが裏に貼りついているのではないか。虫麻呂は下級官人として「万代《よろづよ》に語り続《つ》ぐべき名」（6九七八）も立てえぬまま、展望の開けぬ将来を若いうちから予見していたことだろう（後述）。自分の将来を見据えながらも自己の生を貫かねばならぬ、いわば生存すること自体の不安を抱いていたと思われる。それは自分の力では如何ともしがたいものであるから、まさに「すべなきもの」として絶えず胸中にわだかまっていたに違いない。一体人間がこの世

に生きるとは何なのかという根源的な問いを己れにつきつけながらの旅だったのではあるまいか。

その深く重い思いから暫し解放してくれたのが神の山筑波山への登攀であった。地上の人間世界では容易に叶わなかった憂愁の解消が、神の領域に入って神の座に立ち、神の目を獲得することによってはじめて可能となった。虫麻呂は幻想という非現実空間の中で心を遊ばせることが多かったが、今こそ不確かなものを現実の手応えあるものとしてわがものとなしえたのである。

「憂へは息みぬ」といういかにも静謐《せいひつ》な精神の鎮まりを、犬養孝氏は「孤愁の底の安らかな沈潜をしめす」（『万葉の旅　中』）と評される。また金井清一氏は、

「憂へは止みぬ」と歌うのは、好景ながらあまりにも寂しい風景におのれ自身の心情風景が同化して、瞬時、おのれが茫失し、おのれが存在を失ったのであって、自然と自己との融化の境地であろう。

と、より掘り下げた受け止め方を示される。それは、清澄と寂寞の気に満ち満ちた中で、電撃的に感得したものであろう。

この境地は、自身に深い安らぎと充足をもたらすと共に、心の寛さ、他へのやさしみとなって外に向かって放たれる。それが反歌の、「裾廻の田井」で秋田を刈る「妹」に寄せる思いである。家に在っては飛来する霍公鳥《ほととぎす》との合一を願ったが、ここでは自らが娘子に寄り添おうとしている。山を下る時の、胸中に拡がる思いであろう。

しかしそれは実在の特定の女性ではありえず、山麓での収穫の祭りで目にした娘子か、山上からあのあたりにいるであろうと幻視した娘子であろう。その「妹」に黄葉を手折る行為は、「女《め》の神」に対する感謝の手向けを物語り風にフィクション化して、寂寥感あふれる秋景に彩りと温かみを添えようとしたものかもしれない。坂本信幸氏は、秋風や雁や黄葉や波などの点出も、童子女《うない》（新編日本古典文学全集本では「童子《わらわ》」）の松原の伝承（香島郡）とかかわって、「仮構された景」を見ているのではないかと指摘される（「高橋虫麻呂と常陸」『万葉の風土と歌人』）。

だが虫麻呂自身としては、この地で行われる歌垣が本来2神を祭り、神婚祭祀を人が模倣したものとするならば、神の座の体験の余韻のさめやらぬ中で、己れを神によそえて幻影の娘子との婚姻を夢想し、それが現実化するかもしれないという予感と期待の中にわが身を遊ばせ、たゆたっているのではないか。憂えにまみれた人間そのもののわが身が浄化されて、次第に神に近づいて行くような陶酔感に浸っているのだろう。この幻想の恋は、那賀《なか》郡の「妻」（9一七四五）や多珂《たか》郡の「遠妻」（9一七四六）のように、地名と結びつけて仮想した女性の取り上げ方とは異なって、内面的な深まりや拡がりを感じさせるものがある。

心中に鬱積した「憂へ」を冒頭（目的）と末尾（結果）に据え、間に山頂からの美的大景を挟んで、きわめて均斉のとれた一首となっている。また、長歌からは登りと登頂時の思い、反歌からは下山の時の思いのそれぞれに浸る虫麻呂の姿も浮かび上がってきて、味わい深い作と言えるだろう。

〔関連小論　「虫麻呂と東国の山やま—始原性への眼差し—」『筑紫文学圏と高橋虫麻呂』〕

3-ii 嬥歌会《かがい》に出遇って

虫麻呂歌の中で「嬥歌会《かがひ》（歌垣《うたがき》）」の行事を取り上げたのは、唯一『常陸国風土記』（以下、風土記と略記）と一致する。風土記には歌垣は筑波郡と香島郡に見られ、2首の歌謡を伝えるが、実態について細かく叙しているとは言えないのは、その必要もないほどによく知られた行事だったということだろう。

虫麻呂は国司の一員としてこの「異事」（通常とはかわっている事象。140頁参照）を見極める必要があったし、また自身もそれを強く欲していたと考えると、常陸着任（養老三年）直後か翌年の秋（反歌に「時雨ふり」とある）あたりに実見したことだろう。その体験をもとに次のように歌っている。

N

筑波嶺《つくはね》に登りて嬥歌会《かがひ》をせし日に作れる歌一首　并せて短歌

鷲《わし》の住む　筑波の山の　裳羽服津《もはきつ》の　その津の上《うへ》に　率《あとも》ひて　未通女壮士《をとめをとこ》の　行き集《つど》ひ　かがふ
嬥歌《かがひ》に　人妻《ひとづま》に　吾《われ》も交《まじ》らむ　わが妻に　他《ひと》も言問《ことと》へ　この山を　領《うしは》く神の　昔より　禁《いさ》めぬ行《わ》
事《ざ》ぞ　今日《けふ》のみは　めぐしもな見そ　言も咎《とが》むな（嬥歌は東《あづま》の俗語《くにぶりのこと》にかがひと曰《い》ふ）（9―一七五九）

反　歌

男《を》の神に雲立ちのぼり時雨《しぐれ》ふり濡れ通るともわれ帰らめや（一七六〇）

右の件《くだり》の歌は、高橋連虫麻呂の歌集の中に出づ。

［歌意］N　筑波山に登って嬥歌会《かがい》を催した日に作った歌一首
鷲が住みついていることで知られる筑波山中の裳羽服津、その泉のほとりに声をかけ合い誘い合わせた若い男女が集まって歌い踊るこのかがいの晩には、人妻におれも交わろう。おれの女房に他人も言い寄るがよい。この山を支配している神様が、遠い昔からお許し下さっている行事なのだ。今日一日だけはいとしい人も見のがしてほしい。咎め立てもしないでくれ。〔「嬥歌」は、東国地方の方言で「かがい」と言う〕
反歌
男の神のいます男体山に雲が湧き上がってしぐれが降り、衣服の中までびしょ濡れになろうとも、おれは帰ったりするものか。
以上の歌（一七三八〜一七六〇）は、高橋連虫麻呂の歌集の中に出ている。

風土記の方は文章で筑波山頂の２峰と流泉を記したのち、坂東諸国の男女が春秋に手を携え、飲食物を持って集まり、山に登って楽しみ憩うさまを述べる。それは、「…天地《あめつち》の並斉《むた》　日月と共同《とも》に　人民《たみぐさ》集《つど》ひ賀《ほ》ぎ　飲物《をしもの》富豊《ゆたか》に　代々《よよ》に　絶ゆる無く　日《ひ》に日《け》に弥《いや》栄え　千秋万歳《ちあきよろづよ》に　遊楽《たのしみ》窮《きは》まらじ」（…天地や日月と等しく永久に変わることなく、人民はこの神の山に登り集まって寿《ことほ》ぎ、飲食物は豊かに、のちのちの世まで絶えることなく、日増しにいよいよ栄え、千年も万年もこの神の山での遊楽は尽きないであろう）と、「神祖《みおや》の尊《みこと》」が約束してくれた通り、男女の「往集・歌舞・飲喫」（「往《ゆ》き集《つど》ひて歌ひ舞ひ飲《さけの》み喫《ものくら》ふこと」）は今に至るまで絶えないさまを称えたものである。最後に歌垣の夜に女と遂げられぬ男の思いを詠んだ２首が添えられる。つまり風土記は、人民の安寧と遊楽を叙述することを主眼とし、「詠《うた》へる歌甚多《いとさは》にして、載《の》筆するに勝《た》へず」（歌われる歌は何とも多くて、全部を載せることができない）として歌は割愛され、力点の置き所が違っている。歌を主体とした文芸の創作を狙ったものではないからである。

言うまでもなく、歌垣の催事は春の農耕の予祝行事、秋の神への感謝祭の一環として行われ、飲食・歌舞・性的解放を伴う習俗であった（土橋寛氏「歌垣の意義」『古代歌謡と儀礼の研究』）。この「異事」（140頁）の遺風の永続性を強調する風土記に対して、虫麻呂歌は「嬥歌会」の全体を対象とせず、高潮した男女の出会いに焦点を絞りこんで、最終的には、相手となる女性を探し求めてやまない、男の激情的な原始的情念の一点に登りつめて行くのである。

歌垣については、人の多く集まる市中で求婚のために歌をかけ合う、大和の海石榴市《つばきち》のもの（『日本書紀』武烈即位前紀）や、中国の「踏歌」の習俗と混じり合って宮廷化した朱雀《すざく》門前のもの（『続日本紀』天平六年734二月一日）などが知られるが、当時まで伝えられたものは、実態はすでにある程度形式化して古来のものより変質を遂げていたと思われる。中で都から遠隔のこの辺陬《へんすう》の地では元の土俗的な色合いをかなり濃厚に留めていたことだろう。虫麻呂はそれに強い衝撃を受けて、頂点である男女の出会いの奥に本来の姿を見透かし、原初の再現を図ろうとする意識が働いたのである。

そこで虫麻呂は、「この山を領《うしは》く神」の存在をはっきりと打ち出し、異次元の時空の中でなされる「行事《わざ》」であることを強調する。「裳羽服津《もはきつ》」が頂上付近の聖地（男体・女体2峰の鞍部の御幸《みゆき》が原か。筑波神社の東南の湿地、夫女《ぶじょ》が原とも）であるとすれば、その神域意識は前歌と変わらない。「時となく」雨を降らす「男の神」の霊威（一七五三）をここでも示して、その始源的雰囲気をかもし出している。やはり神婚祭祀が基底にあることを示すものであろう。

さて一首は、多数の「未通女壮士《をとめをとこ》」のざわめきの中における、ひときわ声高に叫ぶ男の姿にズームアップしていく。冒頭から8句まで客観的に「嬥歌会《かがひ》」の場を説明するが、その直後から一転して末尾まで（さらに反歌も）男の激しい叫びそのものが続く。「人妻に　吾も交らむ　わが妻に　他《ひと》も言問へ」という願いがその中心をなすが、その直情的な宣言はあり余るエネルギーと原始的な情熱のほとばしりを示している。反歌も、女を得ずにはおかないという強い意志を重ねて表明する。全体に命令・禁止・反語などの反平常的表現をたたみかけて、もはや制御のきかなくなった男の一途さを強調する。すべて歓楽の時に達する直前の、大きく揺れる男の苛立ちを劇的に活写している。妻も得られず取り残されてひとり寝するわが身を恨みがましく嘆く、自棄的な風土記の歌（「筑波嶺に　廬《いほ》りて　妻なしに　我が寝む夜ろは　はやも明けぬかも」〈歌垣のために筑波山に宿ったというのに、共寝をする女《ひと》も得られずに独り寝するこの夜は、早く明けてしまってくれないかなあ〉）とは全く対照的である。

ここには「〜見れば」のような、対象を客観視する観照性は全くない。「われ」の主張が全面を覆っているが、その「われ」をそのまま作者虫麻呂と同一視するわけには勿論いかない。国を統治する都の官人が地方の民衆に交じって、重要な呪的儀礼の場で主体的に「われ」を露呈することなどありえないからである。

やはりこの「われ」は歌垣に参加した男と見るべきで、その限りでは「歓楽のさまを群衆の一人の口を借りて表したもの」（『日本古典文学全集　2』『万葉集』頭注）とか、「『遊楽《たの》しみ栖遅《あそ》』んだその『会《つどひ》』に加わる男の立場」で詠んだという指摘（『万葉集釈注　五』）は当を得たものと言える。「昔より」とは男の現時点を基準にしてはいるのだが、虫麻呂は眼前の男を通してまさに昔の「嬥歌会」の男の原像を現出させようとしているのである。かくあったであろう原初の「嬥歌会」のありようを再現して、男たちの生の情を抉り出してみようと努めている。その姿勢は虫麻呂が伝説世界を今に再生して、古代に生きる人々の心を探ろうとするもの（後述）に全く一致する。

同時にまた、男の濾過されない情熱の奔騰は、東歌の世界で繰り拡げられたものでもあった。

上毛野《かみつけの》安蘇《あそ》の真麻郡《まそむら》かき抱《むだ》き寝《ぬ》れど飽かぬを何《あ》どか吾《あ》がせむ（14三四〇四）（上野国）

高麗錦《こまにしき》紐解き放《さ》けて寝《ぬ》るが上《へ》に何《あ》ど為《せ》ろとかもあやに愛《かな》しき（三四六五）（国名不明）

人妻と何《あぜ》かそをいはむ然《しか》らばか隣の衣《きぬ》を借りて着なはも（三四七二）（国名不明）

［歌意］　上野の安蘇の麻の束を抱きかかえて引き抜くように、あの娘《こ》をしっかり抱いて寝るけれど、それでも満ち足りない。おれはどうしたらいいだろうか。

高麗錦の紐を解き放って共寝をしているのに、その上どうしろというのか、むしょうにいとしくてならないことだ。

人妻だからいけないなどと、何でそんなことを言い立てるのか。もしそれならば、隣の人の着物を借りて着たりなんかしないというのか。

これらの東歌に示された男たちのあけすけでストレートな思いは、虫麻呂の作中の男のそれとほとんど隔たるところがない。

長歌冒頭の「鷲の住む　筑波の山」という切り出しも東歌圏内の表現（「筑波嶺にかか鳴く鷲」〈14三三九〇〉）であるし、歌中の「行き集ひ」や反歌の「男の神」は、風土記（「往き集ひて」・「雄の神」〈筑波郡〉）にも用いられている語である。これは虫麻呂歌が東国世界にどっぷりと浸かりきろうとしていることを示すと言ってよい。その中で「われ」が東国の「壮士《をとこ》」そのものであるとすれば、虫麻呂は己れを消して東男になりきってその古代的心情を露わにしたことになる。それは、近くは憶良が旅人（5七九四～七九九）や熊凝《くまごり》（5八八六～八九一）や古日《ふるひ》の親（5九〇四～九〇六）の立場でその痛恨の極みを汲み上げ、また後には、家持が「防人の情《こころ》と為《な》りて」（20四三九八～四四〇〇）〝防人歌〟を創作したことに通うものがある。つまり虫麻呂はここで、虫麻呂なりの新〝東歌〟を創造しようと精魂傾けて試みているのではないか。過去回想によらず、現時点の「今日」の歌として詠んでいることが、それを暗に証している。中央色を完全に払拭して、「嬥歌会」の始源を古き東歌の装いによって内側から語りかけたところに、虫麻呂ならではの異色の独自性が認められるであろう。

島田修三氏は、珠名の娘子詠や嬥歌会の歌に見る〝人間臭い欲望〟を「奈良朝という新時代が『みやび』的秩序の下に隠微に抑圧していった」と捉え、「このような題材を人麻呂以来の日本的な『辞賦』の系譜の上によみがえらせた点」に、虫麻呂の文学的新しさを認められた。さらに、

辺境の旅を歌い、旅に取材した民間伝説や特異な人物像を歌うという虫麻呂の歌人としてのスタンスは、洗練された「みやび」の時代に前時代のきわめて人間臭い世界を呼びもどしたと同時に、人麻呂的な宮廷讃美や皇族鎮魂の役割を終えようとしていた「辞賦」の伝統に新たな文学的機能と意味を賦与したといえないだろうか。私は、そうしたナイーヴな人間性回復への志向にこそ虫麻呂独自の文芸観もひそむものと考えている。

と傾聴に価する、示唆深い見解を提示された（「高橋虫麻呂における文芸観」『万葉史を問う』）。

長歌末尾の注記の中の「嬥歌」の典拠は『文選《もんぜん》　巻六』の「魏都賦」にある（李善注によれば、「嬥歌」は巴〈四川省地方〉の土俗の歌という）ことがすでに指摘されているが、注記の仕方そのものは、『常陸国風土記』香島郡の童子女《うない》の松原の伝承の中に見える、

嬥歌《うたがき》の会《つどひ》、俗《くにひと》、宇多我岐《うたがき》と云ひ、又加我毗《かがひ》と云ふ。

【大意】「嬥歌の集まり」、それは土地の言葉で、うたがきと言い、またかがいと言う。

という注記の記述と酷似している（ほかにも、「荒ぶる賊《にしもの》、俗《くにひと》、阿良夫流尓斯母乃《あらぶるにしもの》と云ふ」〈新治郡〉など、散見する）。風土記は中央への報告書だから、それが中央を意識したものであることは当然だが、虫麻呂はそ

の形式を踏まえることで、風土記の持つ土俗性・地方性を強調しようとしているのではないか。
あるいは、これが一連の伝説歌を生み出す重要な契機となったのかもしれない。「昔より 禁《いさ》めぬ行《わ》事《ざ》」を求めて躊躇しない男の心情は、律令社会の束縛から脱したい官人たちの願いに叶い、己れの意志を貫いて生きたい男たちの夢に通ずる。それは伝説歌に見る女主人公たちの選び取ったあり方であり、虫麻呂自身ひそかに憧れ続けてやまないものであった（後述）。

ここで男が主役であることは、この歌を披露した相手が第一次的には国府の官人たちだからであり、女への原始的な欲求は強い共感を喚び起こしたことだろう。このように、古代に生きた人々の行動と心情を今に再現して歌の享受者（聞き手）を巻きこんでいく効果的な手法は、これも伝説歌でより顕著になるのだが、それにつながるものをすでに孕んでいるのである。

〔関連小論 「虫麻呂と東国の山やま―始原性への眼差し―」『筑紫文学圏と高橋虫麻呂』・「虫麻呂伝説歌の流れ」『国文学 言語と文芸 第一一七号』〕

3-iii 大伴卿と共に

3-iii① 登頂の喜び

K 検税使《けんぜいし》大伴卿《おほとものまへつきみ》の、筑波山《つくはのやま》に登りし時の歌一首 并せて短歌

衣手《ころもで》　常陸《ひたち》の国に　二並《ふたなら》ぶ　筑波の山を　見まく欲《ほ》り　君来《き》ませりと　熱《あつ》けくに　汗かきなけ

木《こ》の根取り　嘯《うそむ》き登り　峯《を》の上《うへ》を　君に見すれば　男《を》の神も　許し賜《たま》ひ　女《め》の神も　ちはひ給ひ

て　時となく　雲居《くもゐ》雨降る　筑波嶺《つくはね》を　清《さやか》に照らし　いふかりし　国のま秀《ほ》らを　委曲《つばらか》に　示し賜へば　歓《うれ》しみと　紐《ひも》の緒《を》解《と》きて　家の如《ごと》　解けてそ遊ぶ　うち靡《なび》く　春見ましゆは　夏草の茂くはあれど　今日《けふ》の楽しさ（9―七五三）

反　歌

今日の日にいかにか及《し》かむ筑波嶺《つくはね》に昔の人の来《き》けむその日も（一七五四）

［歌意］K　検税使大伴卿が、筑波山に登った時の歌一首

（衣手）常陸の国の雌雄二つの峯の並び立つ筑波の山を見たいと切望なさって、大伴卿がはるばるおいでになったので、夏の暑い盛りに汗を手でかき払って、木の根につかまりあえぎながら登り、頂上の景を卿にお見せしたところ、筑波の男岳の神もこれをお許し下さり、女岳の神も霊力を発してお護り下さって、いつもは時を定めず雲がかかって雨の降るこの筑波山なのに、今日ははっきりと照らして、今まで十分見ることのなかったこの国の最もすばらしい所を隈なく見せて下さったので、嬉しさのあまり衣の紐をほどいて、自分の家にいるようにくつろいで遊ぶ一日です。（うち靡く）春に見るよりも、夏草が生い茂ってはいるけれど、今日の楽しさはまた格別です。

反歌

今日のこの楽しさにどうして及びましょうや。ここ筑波の嶺に昔の人がやって来たとかいうその日だって。

ある夏の一日、検税使として常陸に滞在していた「大伴卿」のたっての希望で、虫麻呂はこの賓客を筑波山に案内した。暑さのさ中難儀をして山頂に立つと、男女両神の許しと加護のお蔭で雨に見舞われることもなく、峰も照り映え見事な景観を堪能できた。その喜びと楽しさは家でのくつろぎさながらの春の歌垣のころにもまさる最高のものであったと感激している。伊藤博氏は、「客人の威徳に山の霊が感応することによって『今日の楽しさ』が得られたようにうたうことで、筑波山をたたえている。」（『万葉集釈注　五』）と説かれる。男女両神の好意ある力添えたるや、「男の神も…示し賜へば」の12句（全体の36％強）に及んでいる。

容易に目にしがたい「国のま秀《ほ》ら」（具体的には常陸の中心である国府付近を指すか）の眺望を存分に極めた結果得た解放感は、未経験の至高の境地であったのである。富士山の場合はイメージでしか描けない俯《ふ》瞰《かん》世界を900メートル近い高みから実際に確かめることができた感動は大なるものがあったようだ。それは神の視線をわがものとして感得し、聖なる神の山との一体感を味わった感激であった。神の領域に在って文字通り山巓《さんてん》からの〝国見〟を体験できたことは、中央からの検税使に対する最上の饗応であり、そのまま国状報告ともなったはずである。

反歌の「昔の人」は特定できず、「『常陸国風土記』にある、春秋相寄ってこの山に遊んだ人びとを意識している」（『万葉集釈注　五』）ようだが、風土記の中で常陸の各郡を盛んに「巡狩」（巡行）して歩いた

「倭武天皇《やまとたけるのすめらみこと》」（ただし筑波山に登った記事はない）も視野に入っているとすれば、それにも匹敵すべきえが

たい経験は、なおさら興奮の度を高めたことだろう。

以上は作者虫麻呂を中心とした捉え方であるが、題詞に「検税使大伴卿」とあるので、それとの関係を改めて考えてみたい。まず、一体これは誰なのかということが問題になる。先にも触れた通り、契沖は「旅人ノ検税使ナルニツキテ筑波山ニ登レル歟《か》」（11頁）と記しているが、私見でもそれでよいかと判断する（他に大伴道足《みちたり》説、大伴牛養《うしかい》説なども）。

大伴旅人は霊亀元年715に中務卿《なかつかさきょう》（中務省の長官。天皇の国事行為や後宮事務を担当）（時に従四位上）、さらに養老二年718に中納言となるが、大事なことは、養老四年三月に征隼人《はやと》持節大将軍となって（時に正四位下）隼人の反乱征圧のために九州まで出向いたことである。八月に右大臣正二位の不比等が病に倒れたために都へ召還されるが、翌養老五年721一月に従三位に昇進する。三位以上の人に対する敬称として「卿」が用いられるので、この時点で「大伴卿」と呼ばれてしかるべき人は、旅人しかありえない（養老五年当時、道足は正五位上、牛養は正五位下〈従三位は天平十七年〉）。

この時宇合も上京して県守と共に正四位上を授けられるが、同時に按察使の任務（養老三、四年の結果）を報告したであろうと考えられる。それが検税使旅人の派遣につながったのではないだろうか。旅人が常陸国を訪れたのは、私見ではその年つまり養老五年の夏だろうと考える。養老四年は右に示したよう

に九州に行っていたし、六年の夏は隼人征討の行賞のために在京しているからである。

一般に検税使とは、諸国の国庫に蓄えられた米穀（正税）の蓄積状況を調査するために中央から派遣された臨時の特使を言う。正税管理の責任は国司が負うが、按察使は五年に一度その点検を行ったらしい。検税使そのものは天平六年734ごろから制度化したようで（『延喜交替式』）（任命記事の初見は宝亀七年776〈『続日本紀』〉）、ふつう五位クラスの者が務める。

この通例とは異なって、従三位ともあろう都の高官が、そのために常陸まで下向するのはおかしいということで、旅人以外の説が出てくることになる。

しかしそうではなくて、この時旅人でなければならない別の理由が生じたからだろうと考えられる。前年の養老四年九月には、陸奥国で起きた蝦夷の反乱によって按察使の上毛野広人《かみつけのひろひと》が殺害され、急遽持節征夷将軍として多治比県守《たじひのあがたもり》が派遣されるという事態にもなって、当時対蝦夷政策は最重要課題であった。とりわけ東国の食料の備蓄状態は、国としては正確に把握しておく必要があった。そこで、遠江・武蔵・常陸の按察使たちのところに行けば、管轄諸国の現状が明細に分かるというわけである。なかんずく常陸国の田積は、『和名抄』によれば4万92町6反112歩で、陸奥国に次いで広い（特殊な状況下にある陸奥を除けば、実質的には全国一である）。常陸国は蝦夷征討には国力や位置からして最重要の前線基地であり、軍役と兵糧の負担に大きな役割を果たしたのであった。

それだけではない。蝦夷と接触した場合にはどう対応したらよいかという対策も、具体的に検討したことと思われる。それには、前年九州で征隼人持節大将軍の大役を務めたばかりの旅人が最適任者であったと考えられる。右に記した養老四年の蝦夷の反乱は特に東国諸国では大問題であったから、旅人はなるべく早く宇合のもとまで行く必要があったわけで、やはりそれは翌五年の夏あたりに絞られてくるのである。実際この時の旅人の教示と助言は、宇合にとって三年後の神亀元年724の蝦夷反乱の鎮圧に当たって、持節大将軍として大いに役立ったことだろう。

これらのことを勘案すると、三位である旅人が検税のために常陸へ（おそらく同時に武蔵・遠江へも）派遣されたのもそれだけ格別視されたわけで、全く問題はないどころかきわめて至当でさえあったことになる。従って、ここの「検税使」は後にいう職掌名ではなくて、東国の正税検察のためにこの時特別に遣わされた役目を称したものと解すべきかと思う（登頂の禁じられた男岳に登れたのも旅人ならではであろう）。

そうすると、ここに虫麻呂と旅人の出会いが考えられる。それがこのKと次のOの歌である。K歌は、右に見たように旅人と共に筑波山に登った時の作で、夏の盛りに都の貴顕と登頂を果たしえた喜びに溢れている。それは国霊のこもる神の山での国見であり、天皇に代わって蝦夷に大和政権の威力を示す意味合いがあったからであろう。正月に従三位になったばかりの57歳の旅人がはるばる常陸を訪れて、天皇の名代として国見を企図したからこそ、男神も女神もその立場を温かく受け容れ、天空を曇りなきものとして「国のま秀《ほ》ら」を存分に開示して、完璧な国見を可能にしてくれたものと読み取れる。長歌の末尾で「嬉しみ」「遊ぶ」「楽しさ」などの語を繰り出して、反歌と共にその満足感を目一杯表現している。これほど開放的な喜びようをあらわにした歌は、虫麻呂の作品にはほかに見当たらない。それは旅人にも喜ばれたからに外ならないが、何よりも虫麻呂にとっては、常陸の大掾としてまた按察使の記事としてこれ以上のものはあるまい。まさに二人が国政関与の官人として大事を成就したことへの高次の達成感・充足感を示すものであろう。国見の政治支配的な側面が窺い知られる。それはまた、「千秋《ちあき》万歳《よろづよ》に遊楽《たのしみ》窮《きは》まらじ」という「神祖《みおや》の尊《みこと》」の約束（『常陸国風土記』〈72頁〉）の実体現でもあった。

さらにO歌（次項）は、旅人が帰京する際に鹿島の崎まで送って行って、そこから下総方面へ船で向かう時の送別の歌で、そこには旅人への限りない惜別の情が滲み出ている。

こういう歌が残されているということは、虫麻呂が、終始旅人の世話役・案内役を懸命に務めたからだろう。遠く都から訪れた高貴な官人に対する丁重な接待は、最重要基地を守る官人としてきわめて大切な役割であったと考えられる。

虫麻呂はその折に、それ以前（養老三、四年）の自作歌を旅人に見せ、旅人から熱い称讃を受けたので、KやOの歌を作って呈上したのではないだろうか。対句を駆使して高揚した心を開陳する歌いぶりは、精一杯その評価に応えようとしたものであろう。旅人は虫麻呂の歌才を認め、その存在を都人に伝えたろうと思われる。虫麻呂の歌人としての才能は、宇合と旅人によって見出されたと言えるのではなかろうか。

さて――先の話になるのではあるが――旅人はその後、神亀元年724に正三位に昇叙、四年末から五年初めのころ大宰帥《だざいのそち》として大宰府に着任するのだが、天平二年730九月に都の大納言多治比真人池守が没したために、旅人は大納言に任じられて、帥兼任のまま十二月には帰京する。

ところが、明くる天平三年731正月に従二位を授位したと思う間もなく、七月には亡くなってしまう（67歳）。よって、天平二年の十二月から翌年七月までの間は、間違いなく在京していたことになる。

想像するに、この期間に、参議になる直前の宇合は昔のよしみで旅人邸を訪ねて、西海道諸国の統治状況などを聞かせてもらい、それは天平四年以降の西海道節度使兼大宰帥の任務遂行において、大いに参考になったことだろう。また、同時に虫麻呂の造難波宮司の主典時代の大作D・E・Q歌も持参して、筑紫文学圏の活動や宇合文学圏の話など文学談義にも花を咲かせて、心楽しい一日を過ごすことがあったものと思われる。

〔関連小論　「虫麻呂と東国の山やま―始原性への眼差し―」『筑紫文学圏と高橋虫麻呂』・「虫麻呂伝説歌の流れ」『国文学 言語と文芸　第一二七号』〕

余滴　**たびたびの筑波山登頂**

右に見てきた通り虫麻呂の作品に筑波山を詠んだものが多く（B・K・M・N）、B歌を除いていずれも登頂を果たしている。日々国庁から尊崇と親しみを込めて眺めていたから当然だと言ってしまえばそれまでだが、その理由はほかにもあるのではないか。

本文で『常陸国風土記』を引いて触れたように、筑波山は西の雄峰、東の女峰という双耳峰から成るので、神の山として古来から人々の篤い信仰を集めた。足柄山以東の東国にあっては、古代巡行の祖神を饗応したことから富士山をも凌ぐ山として人々に愛され、春秋には歌垣の宴楽の尽くされる聖なる山であった。

それはまた「国見の山」（3三八二）として崇められていたから、東国の鎮護の山としても多分に意識されていたことだろう。蝦夷など北方勢力から最前線で東国を守り固める山だったのである。その重大な役割は、人間で言えばとりもなおさず常陸の国司や按察使といった官人たちと重なってくる。とすれば、彼らは東国守護のために季節を問わず登頂を目指してその安泰を強く祈願したことも納得がいく。山と一体化してその儀礼を完全に果たすことは、虫麻呂自身にとっても深い自己解放につながったことだろう（M）。

大伴旅人が正税検察のため常陸に来た折に、夏の盛りだというのにその登頂を自ら望んだのも、天皇に代わり神の領域において国見を行う卿としてのつとめを遂行したかったものと考えられる（K）。たまたまその気になったのではなく、歌中に「二並ぶ　筑波山を　見まく欲《ほ》り　君来ませり」（9一七五三）とあるように、旅人側から強く希望したのである。

それも常陸に来てから決めたのではなく、帰路の鹿島神宮参詣と共に筑波山登頂は、常陸下向の重要な目的の一つとして最初から予定に組まれていたのではないだろうか。それがいかに重大なものであったかは、虫麻呂の単独登頂歌（M）が19句（長歌）であるのに対して、この歌が33句も費して克明に詠まれていることからも理解される。二人とも単に愛好すべき山として物見遊山的に登ったのではなく、山の神の霊力を礼讃・鼓舞してそれを自分たちに付与し、その職務を全うする力を得ようと図ったのであろう。それはとりもなおさず北方に対する備えの強い意識に基づくものなのである。

　あのヤマトタケルは『常陸国風土記』には「倭武天皇《やまとたけるのすめらみこと》」として登場し、10数例の常陸巡行の伝承が残されている。流離の英雄を常陸は温かく迎え入れたということか。筑波山との直接のかかわりは記されないが、蝦夷征討に向かったことも記紀に伝えられる。これを踏まえると、旅人が天皇代行として登頂、国見をし、蝦夷への固めを強化して大和政権の威力を誇示しようという意図も読み取れるのではなかろうか。

　虫麻呂の筑波山への関心が、麓周辺の民衆の日常生活にあるのではなく、専ら登る対象として向けられていたことは、風土記や新事態に見られる右のような歴史的背景によるものと考えられる。

3-iii② 刈野橋での別れ

○鹿島郡《かしまのこほり》の刈野《かるの》の橋にして大伴卿《おほとものまへつきみ》に別れたる歌一首　并せて短歌

牡牛《ことひうし》の　三宅《みやけ》の潟《かた》に　さし向ふ　鹿島の崎《さき》に　さ丹塗《にぬり》の　小船《をぶね》を設《ま》け　玉纏《たままき》の　小楫《をかぢ》繁貫《しじぬ》き
夕潮《ゆふしほ》の　満《み》ちのとどみに　御船子《みふなご》を　率《あとも》ひ立てて　呼び立てて　御船《みふね》出でなば　浜も狭《せ》に　後《おく》れ
並《な》み居《ゐ》て　反側《こいまろ》び　恋ひかも居《を》らむ　足ずりし　哭《ね》のみや泣かむ　海上《うなかみ》の　その津を指して　君
が漕《こ》ぎ行かば　（9一七八〇）

反　歌

海《うみ》つ路《ぢ》の和《な》ぎなむ時も渡らなむかく立つ波に船出《ふなで》すべしや（一七八一）

右の二首は、高橋連虫麻呂の歌集の中に出づ。

［歌意］○　鹿島郡の刈野橋で大伴卿と別れた時の歌一首

（牡牛《ことひうし》の）三宅《みやけ》の潟に向かい会う鹿島の崎で、赤く塗った小船を用意して、玉を飾った櫓《ろ》を舷《ふなばた》に多く貫き並べ、夕潮が満ちきった時に、漕ぎ手たちを呼び集め、かけ声をかけ合って御船が漕ぎ出して行ったならば、鹿島の浜も狭いほどいっぱいに、あとに残る私どもは並んでいて、ころげ廻っておあとを恋い慕うことでしょう。足をばたつかせて声をあげて泣くことでしょう。海上《うなかみ》郡の三宅の港を目ざしてあなたさまが漕ぎ別れて帰って行かれたならば。

反歌

せめて海路の穏かに凪《な》いだ時にでもお渡りになればよいのに。こんなにひどく波が立っている時に船出をなさるべきではないでしょうよ。

右の二首（一七八〇・一七八一）は、高橋連虫麻呂の歌集の中に出ている。

この作は筑波山関係のものではないが、この時の旅人と深くかかわるので、ここで取り上げておくことにする。題詞にある通り、旅人が帰京（常陸での滞在期間は不明）するに当たり、鹿島郡の刈野橋（現、神栖《かみす》市畑野の辺り）まで送って行って、そこから下総方面へ船で向かう時の惜別の歌である。

国府を後にして鹿島郡の地が送別の場所として選ばれたことは重要な意味があるものと思われる。『万葉集釈注　五』でも触れているように、そこで鹿島神宮への参詣が考えられるが、この社には当時大和朝廷の祭神として「香島天《かしまあめ》の大神《おほかみ》」（『常陸国風土記』。のちに武甕槌《たけみかづち》〈御雷《みかづち》〉神《かみ》）が祀られていたから、中央から大事な使命を帯びて常陸まで来た旅人としては、参詣はむしろ当然であっただろう。

鹿島は東国の端に当たり、陸奥の入口に位置するから、大和政権は早くから東国経営の拠点として重視した。祭神は朝廷の軍神として篤く信仰されたことを思えば、旅人が蝦夷勢力の制圧（防衛と征服）を祈願したであろうことは十分考えられる（北方鎮護の社であるから、社殿は北面して建っている）。常陸国の検税という実務上の目的のほかに、筑波山頂での国見と鹿島神宮参拝は、今回の常陸訪問の三大目的として出立の当初から行動予定に組みこまれていたのではなかろうか。旅人の東国派遣はすべて蝦夷攻略政策につながるものとして企図されたことが理解されよう。旅人はこれらの常陸下向の重要な目的を果たし終えて、そこから文字通り鹿島発《だ》ちして帰途についたのである。

その際、橋は境界を示すことから、下総の三宅《みやけ》（「海上郡三宅」〈『和名抄』〉現、銚子市三宅町一帯）との境界をなす刈野橋で餞別の宴が張られたのである。歌は、宴におけるいわゆる引き留め歌の発想を踏まえていて、大伴卿の船出の後に残された者たちの惜別の心情を切実に吐露している。阿蘇瑞枝氏は、「虫麻呂個人の思いではなく国府の役人たち全員の気持を代弁する立場で、詠んだ歌で、送別の席での儀礼歌の役目を果たしたものである」（『万葉集全歌講義　五』）と説かれる。おそらく宇合も同道し国府の官人たちも多く参加しただろうから、儀礼的側面は勢い強調されることになろうが、だからと言って決して虫麻呂個人の至情のこもらない単なる儀礼歌で終わっているわけではない。「反側《こいまろ》び　恋ひかも居らむ

足ずりし　哭《ね》のみや泣かむ」などは誇張した相聞的表現を思わせるが、そこには熾烈な惜別の心と共に筑波山頂で味わったような敬愛の情と親密感が溢れているように思われる。儀礼歌として国府官人たちの真情を強調すると共に、虫麻呂個人としてはそれを越えて、何週間か按察使の記事として旅人の接待に当たった結びつきの深さに突き動かされた表現なのである。

反歌で、このように波立つ時でなく海路の穏やかな日に船出してほしいと願うのも、あまりに別れ難くて出立を遅らせようという、「惜別の逆説的表現」（『万葉集釈注　五』）と言えよう。引き留め歌として、末尾の反語にその気持ちの強さが滲み出ている。

なお、この反歌の原文に「名《な》木《ぎ》名《な》六時《とき》毛《も》」「渡《わたら》七六」「加《か》九多《た》都《つ》波《なみ》二」「船《ふな》出《で》可《す》為《べし》八」と漢数字をどうも意識的に仮名として多用しているのが目を惹く。長歌の中にも、「泣《ね》耳《のみ》八将哭《なかむ》」のほかに「三船子《ふなこ》」「三船《ふね》」の2例が認められるが、これは冒頭の地名の「三宅《みやけ》」に合わせて用いたものか（「に」には4例とも「尒」の仮名を当てて「二」は用いず、推量の「む」には2例とも「将」を用いている。虫麻呂歌ではほかに「三（み）中《なか》」〈3三一九〉・「三（御《み》）行《ゆき》」〈9一七五〇〉が散見する）。一種の変字法でもあるのだが、旅人に献呈した時にユーモアを込めた遊び心を表記の上で印象づけようとしたのであれば、これも親愛の心に発するものということになろう。

実は数字による表記法はさほど珍しくなく、山部赤人の作〈6九四六〉にも「二《に》」や「三《み》」を用いた例が見られるが、中でも典型的なのは、「言《こと》に言へば耳に《三三二》たや《八》すし《四》少く《九》も心のうちに《二》わが思はなく《九》に《二》」〈11二五

八一　作者不明）〈恋心は口に出してみると大したことでもないように聞こえるものだ。しかし、心の中では少々のことには私は思っていないのに〉だろう。さらに九九を利用した〈例、「しし《十六》待つが如」〈13三二七八〉・「にく《二八十一》あらなくに」〈11二五四二〉〉数字遊び的用法〈これも漢籍に先例があるという〉もあって、文字を目で追って歌を読む楽しみを工夫し興じている。だから虫麻呂歌の例も、単にその場の誦詠に終わらせず、書き留めたものを進呈したことを示しており、歌の享受が〝聴く〟だけでなく、〝読む〟ことを通して行われるものであることをも意味している。

この表現の工夫は、のちに漢籍語の用字をあえて使う配慮〈D歌・Q歌など〈後述〉〉に連なって行くのではないか。それは、読むことによる享受を意識して、対句表現と相俟って漢詩風の味わいをかもし出そうとしているやに見える。

(二)　按察使《あぜち》の典《すけ》として

先に触れた通り、常陸国以外の東国関係歌は按察使の典や記事として赴いた折に取材・作歌したと考えると納得がいく。ここではその内容について吟味することにする。

1　東国の伝承に触れて

虫麻呂が按察使の典として宇合に伴われて所轄国を巡った折に、上総と下総に伝わる美女伝承に取材した2編を見てみよう。

1-i　周淮《すえ》の珠名《たまな》詠

C　上総《かみつふさ》の周淮《すゑ》の珠名娘子《たまなのをとめ》を詠める一首　并せて短歌

A しなが鳥　安房《あは》に継《つ》ぎたる　梓弓《あづさゆみ》　周淮《すゑ》の珠名《たまな》は　胸別《むなわけ》の　ひろき吾妹《わぎも》　腰細《こしぼそ》の　すがる娘子《をとめ》の　その姿《かほ》の　端正《きらきら》しきに　花の如《ごと》　咲《ゑ》みて立てれば　B 玉桙《たまほこ》の　道行く人は　己《おの》が行く　道は行かずて　召《よ》ばなくに　門《かど》に至りぬ　さし並《なら》ぶ　隣の君は　あらかじめ　己妻《おのづま》離《か》れて　乞《こ》はなくに　鍵《かぎ》さへ奉《まつ》る　人皆の　かく迷《まと》へれば　C_2 容艶《かほよ》きに　よりてぞ妹《いも》は　たはれてありける（9一七三八）

反歌

C_3 金門《かなと》にし人の来立《きた》てば夜中にも身はたな知らず出《い》でてぞ逢《あ》ひける（一七三九）

[歌意] C　上総の周淮の珠名娘子を詠んだ一首

A（しなが鳥）安房国に続いている上総国の（梓弓）周淮の珠名娘子は、胸乳の豊かな愛らしい娘《こ》、すがれ蜂のように腰の細い娘子が、その姿かたちがすっきりと整っている上に、咲く花のような笑みを浮かべて立っているので、B（玉桙の）道を行き交う男たちは、自分の行くべき道も行かず、呼びもしないのについ珠名の家の門口に来てしまう。まして、並んでいる隣の家のあるじは、前もって自分の妻と縁を切って、娘子が欲しいと願いもしないのに家の鍵までも差し出す始末だ。世間の男たちがみなこのように珠名に血迷うものだから、C_2姿かたちが美しいことにまかせて、娘子は男たちとたわむれていたという。

反歌

C_3家の門口に誰か男がやって来ると、たとえ夜中でもわが身のことは全く顧みずに、外に出て逢ったということだ。

宇合は、常陸に着任した翌年（養老四年720）、按察使として独立したばかりの安房の視察に赴いたと考えられるが（21頁）、その帰路上総の国府（市原郡）へ向かった。周淮郡はその手前だから、そこで噂を聞いたか、あるいは国司の民情に関する報告の中で詳しく知ったか、周淮郡に美貌・体型・行動共に類い稀な女性がいたというので、同道した虫麻呂は驚きの目を見張ったのである。

まず、通常を超えてひときわ人目を集中させたものは、「胸別《むなわけ》の　ひろき吾妹《わぎも》　腰細の　すがる娘子《をとめ》」（一七三八）という珠名の身体的特徴であった。その肢体は当時の東国の一般女性とは明らかに異なった日本人離れしたものを感じさせる。金井清一氏は、周淮は須恵《すえ》の国造《くにのみやつこ》（古代の世襲の地方官）の本拠地であり、朝鮮半島南部から渡来人のもたらした須恵器の生産地であるところから、珠名は渡来人的形貌の持ち主であったと想定する（「上総の末の珠名娘子を詠む歌」『セミナー万葉の歌人と作品　第七巻』）。あるいはそれは天智五年666の冬「東国《あづまのくに》」に置かれた百済《くだら》の遺民「男女二千余人」（『日本書紀』）の子孫でもあろうか。ただ半島系の女性の体型は日本人のそれとはさほど変わらないようにも思われるので、胸元をやや開いてウエスト部分を絞った色彩豊かな服装はより異国性を強めている印象を与え、その祖国は遡ればさらに西の東南アジアか西域かと想像させるほどである。たとえ豊胸細腰が中国詩文の影響による、作られた虚像であるとしても、聴き手にはそんなイメージを想起させたかったのであろう。

「その姿の《かほ》　端正しきに《きらきら》」とある、非の打ちどころのない最高の容姿に加えて、「花の如　笑みて立てれば」というアルカイックスマイルを湛えた表情は男たちを惹きつけずにはおかなかった（「立つ」は異性を誘惑するような、なまめかしさを発散する意味合いを伴っている）。体形や目鼻立ち全体に及ぶ「容艶《かほよ》き」姿態は、日本人には見られないエキゾチックな魅力を発散していたことだろう。珠名という呼び名自体、珠のごとき絶世の美女の意を込めた愛称であろう。このような珠名や次の真間の手児奈《てこな》の形貌の魅力は、『文選《もんぜん》』の情賦や『玉台新詠』の情詩の表現に示唆を受けたものであることを、諸氏の指摘を踏まえながら、村山出氏は詳述している（「虫麻呂の歌の『娘子』―表現の位置」『奈良前期万葉歌人の研究』）。

そんな珠名を一目見れば心を奪われない男はなく、道行く者は夢遊病者のごとく彼女の家の門に至り、近隣の主は妻と別れて家の鍵まで彼女に渡すほどだった。対して珠名は、男たちに声をかけられれば、夜中でもたれかれの区別なく逢ってやった。倫理的限界を超えて「たはれてありける」このあり方と、それが許容される世間常識が虫麻呂には「異事」（140頁）として驚異だったのだろう。

ところで当時は、男は15歳、女は13歳以上で結婚が許されたが（『戸令《こりょう》24』）、現実には未婚男女の結びつきは比較的自由であったようだ。唐律では婚姻外の男女の情交は、配偶者の有無に拘らずすべて姦罪の対象とした。日本の律令でもその規定をそのまま継承したが、日本では実情に合わず、それらの条文はほとんど機能しなかったらしい（日本思想大系『律令』戸令補注27ａ）。

すると珠名の行動は、男が未婚ならば咎められるべきものではなかったことになる。「金門」という境界の外ならば、なおのこと解放的であろう。妻を離別し、家の管理権の象徴である鍵までも渡して男が珠名に迫ろうとしたのもそのためだろう。問題は、珠名が一人の男に限らず多くの男たちに逢うことを許したことである。彼女には決まった結婚相手がいたわけでもなければ、それを探し求めようとしたものでもなかったから、妻争いの話に発展することはなかった。だれも区別せずに平等に受け容れたところに珠名の特異性がある。一人に特定せず不特定多数の男を対象としたことは、一般の女の身の処し方とは著しくかけ離れて異常なことは確かだろう。あるいはそれは、日本に国籍を持たないことから来るものか。

しかしそれは決して自ら積極的に働きかけたものではない。歌中に「召《よ》ばなくに」、「乞はなくに」とあるように、抑えきれぬ欲望に走ったり、見返りを欲したりするものでもなかった。無欲恬淡《てんたん》として無償の行為として「咲《ゑ》みて立」ち、「出でてぞ逢」ってやっただけである。それはきわめて純一な生き方として虫麻呂の目に映ったものと思われる。

さらに注意されるのは、女が言葉を発していないことであり、喜怒哀楽の感情表出も見せていないことである。男たちに誘いの言葉をかけるでもなく、自分の心情を外に示すこともなく、ごく当たり前のように平然としている。まるでそれが己れに課せられたつとめでもあるかのように冷静でさえある。

比類なき美的外貌と魅惑的微笑がすべてを語り尽くし、それ以外は全く不要だったとも言えるが、他国から移り住んで日も浅いために共同体とのコミュニケーションがうまくとれず、東国の習俗・習慣などへの理解や対し方もままならず、自己表現が思うにまかせなかったのではないか。一日も早く共同体に溶けこもうとして、求められるままに精一杯無私の対応に努めようとしたのだろう。

また、周淮の郡域（現、君津市・富津市）は東京湾を隔てて走水《はしりみず》（相模国）に相対しており、東海道の水路交通の要衝であったことに着目すると、繁華な土地柄であったことが容易に想像される。それに、「夜中にも身はたな知らず出でてそ逢ひける」という珠名の行動を、「たはれてありける」と評していることを重ね合わせると、珠名はそこに往来する男たちを夜相手にすることが多かったことを思わせる。歌中の「玉桙の道行く人」はよそ者の男を暗示し、「さし並ぶ隣の君」は共同体内の男を代表すると考えられる。珠名の評判を広めたのも、外から訪れた男たちによるところが大きかったろうが、彼らに対しては、言語や心情のきめ細かな表出は一層必要としなかったろう。

珠名は「身を知らぬ」女、次項の手児奈は「身を知る」女として語り手から判断が下されているが、村山出氏は「身を知る」について、近年の諸説を紹介・整理した上で、手児奈歌の場合、娘子自身の判断としての「身をたな知る」とは、自分の命（それは自分の一生であり、所属する社会との関係でいえば生き方であろう）を見極めてというふうな意味に解することはできないであろうか。

とまとめられる（前掲論文。諸説については同論文を参照のほどを）。

筆者は、「身を知る」とは、自分の置かれた状況を醒めた目で判断してそこでとるべき身の処し方をはっきりと見定めるという、理想的な自己認識に基づく態度を意味するものと考えるが、珠名はそんな世間的規範の外に生きていたのである。しかし「身を知らぬ」ことが珠名の場合非難されるべきものではないことは、彼女を「妹《いも》」「吾妹《わぎも》」と親近感に溢れた呼び方をしていることからも明らかである。これは虫麻呂が男たちに与《くみ》し、男たちの心が女の側に寄り添っているということだろう。珠名を等しく共有しているという意識が、男同士のあるいは男女間の争いを生じさせないのである。「身を知らぬ」ゆえにだれも傷つけることのない純粋無垢なあり方を地元の共同体としても容認し、暖かく見守ったのである。

だれをも受け容れて惜しみなく愛を与える珠名の包容性は、歌垣に見られるような始原の開放につながるものがある。限られた日にのみ許される「禁《いさ》めぬ行事《わざ》」（9一七五九）がここでは日常的に行われ、男たちの夢を実現させていたことは、虫麻呂を「異事」（140頁）として驚かせるに十分であった。歌垣が常陸の「異事」とすれば、これはまさしく上総の「異事」として捉えられたものであった。

また、多くの男女による同時的解放と一人の女による多数の男たちの解放という違いはあるにしても、男女間の法的・世間的拘束から自らを解き放った東国の自由の気は、すでに都では失われていただけにかえって新鮮だったのである。

長歌と反歌の末尾が「たはれてありける」「出でてそ逢ひける」と「けり」によって閉じられていることは、虫麻呂が伝聞したものであることを示すが、現実に生きているかのような女の姿を活写している点で、ルポルタージュ風な迫力を備えている。それは「嬥歌会《かがひ》」の歌の、すべて現在形で通す叙述から発する迫力と同質のものである。ヒロイン登場に至る眼前の動機づけは何一つ示すことなく、いきなり伝聞世界を現出させるこの方法は、聴き手には、現実味を倍加した強い衝撃を与えたことだろう。

遠い過去を舞台とした「異事」（P歌の場合、「古《いにしへ》にありける事」・「遠き世にありける事」と明示）が多分「旧聞」（140頁）であり、虫麻呂の場合それは伝説歌となるが、この歌の場合、他の伝説歌のように主人公の死を告げることもなく、まだ伝説歌にはなりきっていない側面がある。確かに珠名は死んでいないし、従って墓もない。また、珠名にかかわる伝承も残されてはいない。村山出氏は、「珠名娘子は当時巷間の話題となっていた女性であり、虫麻呂もそれに関心を持っていて題材にしたと考えてよいのではあるまいか」と推定され（前掲論文）、また阿蘇瑞枝氏も、「この歌は伝説というよりは同時代の評判の女性を歌っているように見える。」（『万葉集全歌講義　五』）と指摘される。後続の伝説歌群に比して多分に習作的であり、それらの先蹤《せんしょう》的作品として位置づけるべきであろう。

さらに、珠名が現実にはたとえどのような女性であったにしても、そこに淫靡な生々しさを伴わないのは、虫麻呂が、何もかも一般女性とはかけ離れた、男の理想像として、珠名を美化し偶像化しようとしたからであろう。珠名の「身を知らぬ」特異性は、男たちにとっては、異国風の美的形貌の持ち主ならではの呪的幸いを授けてくれるものとして、聖なるものにまで高められ、否定を許さないものとなっている。それはのちに、寛容性・包容性と共に、浦島子の出逢った常世の「神の女《をとめ》」像に連なっていく。そこには、いずれも虫麻呂特有の女性の形象化が見られる。通俗的な話題を取り上げて聴き手の興味をかき立てながら、虫麻呂はその奥に真の人間性を探り当てようとしているのではないか。

〔関連小論　「虫麻呂伝説歌の流れ」『国文学 言語と文芸　第一一七号』〕

余滴　**珠名の特異な容姿**

虫麻呂が女性を描写する場合、真間の手児奈や河内の大橋の娘子についてはその服装を細かに表現することから歌い始めたが、珠名歌はまっ先にその身体的特徴を記す点が特異である。

…梓弓《あづさゆみ》　周淮《すゑ》の珠名は　胸別《むなわけ》の　ひろき吾妹《わぎも》
腰細の　すがる娘子《をとめ》の　その姿《かほ》の　端正《きらきら》しきに…

豊かなバスト、細いウエスト、すっきりしたスタイルは、多分脚も長く、いかにも日本人離れしたものを思わせる。もし実在したとすれば、異国の女性ではないかと想像させるに十分である。

ところで、ここに興味深い事実がある。京都の東寺には、兜跋毘沙門天立像《とばつびしゃもんてんりゅうぞう》が今に残されているが（兜跋とは中国新疆《しんきょう》ウイグル自治区あたりのトルファンのこと。シルクロードが通じる）、もと、平安京の羅城門楼上に安置され、都城の守護神とされたらしい。8世紀ごろ唐で造られた木造の武闘神像で、西域風の鎧《よろい》を身に着け、宝塔と戟《げき》（亡失）を執って、豊穣の大地を象徴する女神（地天女）の上にすっくと立っている。同時代の毘沙門像に比べて顔は小さく目鼻立ちがくっきりとし、腰は細く締まってかなり腰高のプロポーションが特徴的である。それはアーリア系ソグド人（イラン系民族）を連想させると、仏像彫刻家の藪内佐斗司《やぶうちさとし》氏は指摘される（『仏像礼讃』）。

大乗仏教や密教のもたらした仏像だが、こうした目鼻立ちの整った小さな顔に腰高の肉体の作例は、ことに平安前期に多く見られるという。遣唐副使であった宇合が唐でそのような仏像に出遭ったかどうかは定かではないが、長安や洛陽にはシルクロードの東西交易を支配したアーリア系ソグド人が多く住んでいたので、彼らを目にした可能性は多分にある。ソグド人と見られる俑《よう》（墓の副葬品とされる人形）の出土例も多くなってきているという。その西域の異国的風貌には少なからぬ新鮮な驚きを感じ取ったことだろう。虫麻呂は宇合からそんな話も聞かされていたのではなかろうか。その血を引く渡来人がこの東国まで来ていてもおかしくはないのではないか。

高句麗《こうくり》滅亡668後多数の流民が日本に渡来して多くは東国に移されていたが、そのうち駿河・甲斐・相模・上総・下総・常陸・下野の七国の一七九九人もの高麗人が武蔵国に移されて高麗郡《こま》（現、埼玉県日高市）が置かれたのは霊亀二年716五月のことで（『続日本紀』）、虫麻呂が常陸国に赴任する三年前だった。彼らはアーリア系ではないが、これ以前からすでに高麗人などの渡来人が上総方面に在住していたことは十分考えられよう。その中に少数の西域系の人々が交じっていてもおかしくはないように思われる。

その顔つきや体形が東国の人々に珍しがられた

ことは間違いない。他の伝説歌の女性たちと違って珠名が一言も言葉を発していないのも、まだ日本語にそれほど堪能ではなかったことを思わせる。

　さらに言えば、自分たちとは全く異なった風貌やプロポーションの美しさは、畏怖の念すら覚えて土地のシンボルとして崇められ、生きる神として信仰されるにまで至っていたのではないか。だからこそ、一度は触れてその霊妙な力をわが身に付与してみたいと競い願ったのではなかろうか。近しい中国や半島の女性とは異なって、それ以上の神秘な魅力をたたえた、単なる女性を超えた存在として強烈に意識されていたものと思われる。

　もしそんな女性が存在して世に喧伝《けんでん》されていたとすると、真間の手児奈のような古い伝説上の女性ではなく、比較的最近の話題の人物だったということになる。ほかの伝説歌とは違って元になる伝承が存在した形跡もなく、冒頭に現在から過去へという時間的移行が詠みこまれていないのもそのためであろう。とすれば、すでに触れたように、やはりこの歌は厳密な意味での伝説歌と同列視するわけにはいかないのである。

1-ii　真間《まま》の娘子《おとめ》詠

1-ii①　虫麻呂歌

P　勝鹿《かづしか》の真間娘子《ままのをとめ》を詠める歌一首　并せて短歌

X 鶏《とり》が鳴く　東《あづま》の国に　古《いにしへ》に　ありける事と　今までに　絶えず言ひ来《く》る　A 勝鹿の　真間の手《て》

児奈《こな》が　麻衣《あさぎぬ》に　青衿着《あをくび》け　直《ひた》さ麻《を》を　裳《も》には織《お》り着《き》て　髪だにも　掻《か》きは梳《けづ》らず　履《くつ》をだに　穿《は》かず行けども　錦綾《にしきあや》の　中につつめる　斎児《いはひご》も　妹《いも》に如《し》かめや　望月《もちづき》の　満《た》れる面《おも》わに　花の　如《ごと》　笑《ゑ》みて立てれば　B夏虫の　火に入《い》るが如　水門入《みなとい》りに　船漕ぐ如く　行きかぐれ　人のいふ　時　Cいくばくも　生《い》けらじものを　何すとか　身をたな知りて　波の音《と》の　騒《さわ》く湊《みなと》の　奥津城《おくつき》に　妹が臥《こや》せる　Y_1遠《とほ》き代に　ありける事を　昨日《きのふ》しも　見けむが如《ごと》も　思ほゆるかも　(9一八〇七)

反歌

Y_2勝鹿の真間《まま》の井《ゐ》を見れば立ち平《なら》し水汲《く》ましけむ手児奈《てこな》し思《おも》ほゆ　(一八〇八)

【歌意】P　勝鹿の真間娘子を詠んだ歌一首

X(鶏が鳴く)東の国に遠い昔にあったこととして、今の世までずっと絶えることなく語り伝えてきた、A勝鹿の真間の手児奈が、粗末な麻の着物に青い襟《えり》をつけ、麻だけで織った裳をまとって、髪すらも櫛でときもせず、履物さえはかずに道を行き来するのだけれども、錦や綾の中にくるまれて大切に育てられたお嬢様だって、この手児奈に及びもつかない。満月のように満ち足りて整った顔立ちで、咲く花のような笑みを浮かべて立っていると、Bまるで夏の虫が火の中に飛びこむように、港に入ろうと船が漕ぎ集まってくるように、男たちが寄り集まって求婚してきた時に、C人はどれほど長くも生きられるわけではないのに、一体どういうつもりで、わが身の上をすっかり思いさとって、波の音の騒がしい港のこの墓なんかに、手児奈は臥せることになったのか。

Y_1遠い昔にあった出来事なのに、まるでほんの昨日見たことのように思われてならない。

反歌

Y₂　勝鹿の真間の井を見ると、いつもここにやって来ては、水を汲んでおられたという手児奈のことが偲ばれてならない。

これは、その評判があまねく知れ渡ったために遂に自己犠牲的な死を遂げた、下総国の美女の悲話である（呼び名の「手児奈」の「手児」は、手に抱く子の意から転じていとしいおとめの意。「奈」は愛称の接尾語）。

真間は勝鹿郡（『和名抄』には葛餝郡）の地（現、市川市真間）で、国府が存在した。これも、虫麻呂は按察使である宇合に従って監察に赴いた折に取材したものと考えられる。上総→下総→常陸という道筋を考え合わせると、珠名詠の方が先行していると思われる。

虫麻呂がそこで実際に目にしたものは、手児奈のものと伝えられる「奥津城《おくつき》」（墓）（一八〇七）と伝説にちなむ「真間の井」（一八〇八）であった。井は、日常の女の仕事である水汲みの場であり、それゆえに男女の出会いを求める場であったから手児奈をめぐる恋物語が発生するにふさわしい（これに目を止めたのは、常陸の「曝井《さらしゐ》」の印象に突き動かされてもいるのだろう）。さらに、冒頭六句は明らかに風土記の「旧聞」（140頁）を意識した表現だが、異界への通路とも考えられていたこの井（207頁参照）を覗き見ることによって、虫麻呂の内ににわかに「古《いにしへ》」と「遠き代」（一八〇七）の物語世界がふくらんでいったのである。

手児奈の身なりと言えば、青い襟《えり》を着けた麻衣《あさぎぬ》と直《ひた》さ麻《お》（まじり物のない麻）の粗末な裳をまとい、髪も櫛《け》梳ずることなく履き物も穿《は》かないという、質素きわまりない庶民性をまず強調する。中で「青衿《あをくび》」

は唯一の彩りを示し、若い女のおしゃれのようにも見えるが、『詩経』に典拠を持つ語であることから、当時一般に着用されていたかどうかは疑わしいという。一方、河内の大橋の娘子《おとめ》（E歌）の、「山藍《やまあゐ》」染めの衣と「紅《くれなゐ》の赤裳」は韓《から》風の衣装らしい（149頁）。「当時の『青衿』には若い男女にまつわる衣服を表すニュアンスがあり、この歌ではそのニュアンスを巧みに用いて手児奈の初初《うひうひ》しい若さを表していると言ってよい」とする金井清一氏の指摘（『万葉集全注　巻第九』）が当たっていよう。にも拘らず、錦や綾の絹織物に包んで大切に育てた「斎児《いはひご》」（大切に育てている娘）もその美しさには到底及ばないとすぐ反転する。富裕層をはるかに凌ぐという形で、一介の庶民にすぎない手児奈の美の完璧さと絶対性を定着するのである。それは支配階級の美の価値基準も及ばぬほどの、鄙における被支配層に見出した真の美でもあった。

しかもその美は、珠名とは対照的にどこまでも純日本的である。魅惑の中心は「望月の満《た》れる面わ」にたたえられた花の如き笑みであった。「笑みて立つ」はここでもなまめかしさの自然な発散を印象づけている。身なりという外的装飾性においてはきわめて庶民的で何の取り得もないこととは正反対に、豊頬の顔立ちと円満な表情という身体性において非凡なものがあったことに光を当てている。なればこそ、「夏虫の　火に入るが如　水門《みなと》入りに　船漕ぐ如く」男たちは謂集し（「行きかぐれ」）、求婚が殺到した（「人の言ふ」）のである。女の笑みはここでも男の心を燃え立たせる起爆剤となっている（4七一八・12二九〇〇）。

それは珠名の場合と同様に不特定多数の男たちであったが、手児奈は己れに驕ることなく、彼らの愛を一人も受け容れることはなかった。それどころか、複数の男たちに応ずることを潔しとせず、自ら死を選ぶ行動（入水か）に走った。全く唐突なほどに「波の音の　騒く湊の　奥津城に　妹が臥《こや》せる」という結末に達するのである。これは、聴き手に対しては、まず「いくばくも　生けらじものを」と手児奈の死を予告し、「何すとか　身をたな知りて」でそれが自己の意志によって選択したものであることを暗示し、「波の音の…」で海中への入水という方法によったことをほのめかすというように、死の状況が暗示的・段階的に語り進められたものであった。躊躇《ちゅうちょ》なく死へ突入する生き方は衝撃的であった。

今来《いまき》で不慣れな地に在って、この世を生きぬく開放型の珠名のしたたかさと、妻争いを避けてあの世へと果敢に向かった、地元生まれの手児奈の自己抑制型の潔癖さは、虫麻呂の目には、共に東国女性に特有の、迷いのない純一な強さとして映ったのだろう。また、珠名の〝娼婦性〟と手児奈の〝処女性〟は、全く対蹠《たいせき》的であるにも拘らず、一方は男たちの夢を満たすことで彼らを救い、一方は自己を犠牲にして男たちの争いを防いだ点で彼らを救ったことになるから、その行為は共に〝聖性〟を帯びたものとなる。二人とも妙なる「笑み」による表情は示したものの、言葉による自己表現を示さなかったことが、かえって心に奥深く秘めた思いを感じさせ、凛とした聖性を滲ませている。それは虫麻呂の理想とした、女性の最高の属性であったのかもしれない。

さて、このように見てくると、手児奈と珠名という東国の二女性は、その生き方こそ、死に急ぎ走るか無心の生を送るか正反対であるとは言え、倫理に従って自己の意志を貫き通す一途さや、倫理を超越してとらわれなく生ききる明快さを備えていた。誰をも受け容れぬストイックさと、誰でも受け容れる包容性は、男たちの目には共に聖女として映ったに違いない。それは都周辺ではもはや見かけぬ女性像であり、虫麻呂たちは目を見張ったことだろう。それは底知れぬ東国の直截の生であり、歌垣に見られるような始原の開放（N9一七五九・一七六〇）でもあった。そこに、現時の都人（男女に拘らず）の喪失してしまった古代的人間像とも言うべきものを発見して、その真実性に虫麻呂は強く心打たれたものと思われる。

ヒロインたちの右の対比性は歌の構成の上でも顕著である。

	〈周淮の珠名詠〉		〈真間の娘子詠〉
		X	〈現在から過去へ〉鶏が鳴く…絶えず言ひ来る
A a_1〈名の提示〉	しなが鳥…周淮の珠名は	A a_1	勝鹿の　真間の手児奈が
a_2〈身体性〉	胸別の…すがる娘子の	a_2	麻衣に…穿かず行けども
			綿綾の…妹に如かめや
a_3〈美貌と表情〉	その姿の　端正しきに	a_3	望月の　満れる面わに
	花の如　笑み立てれば		花の如　笑み立てれば
B b_1〈男たちの求愛〉	玉梓の…門に至りぬ	B b_1	夏虫の…人の言ふ時
b_2〈隣の男の求婚〉	さし並ぶ…鍵さへ奉る		
b_3〈すべての男の迷い〉	人皆の　かく迷へれば		

C

c_1〈女への同情〉　――――

c_2〈女の行動〉　容艶きに…たはれてありける

　　　　　　　　――――

c_3（反歌）　金門にし…出でてそ逢ひける

C

c_1いくばくも…身をたな知りて

c_2波の音の…妹が臥せる

Y_1〈過去から現在へ〉遠き世に…思ほゆるかも

Y_2（反歌）勝鹿の…手児奈し思ほゆ

右の叙述の展開を追うと、Aで女の形貌の無類の美しさを詳述し、Bでそれに反応する男たちの血眼の求愛行動を描写し、Cで女の選び取った意志的行動を以て結んでいる。つまり、この「身を知らぬ」女と「身を知る」女（96頁）の、不特定多数の男たちに対する対照的なあり方を、全く共通した筋の運びで鮮明にしようとしているのである（時間的に主人公の新旧の対比も窺える）。このことから、真間の娘子詠は周淮の珠名詠の筋立てを承《う》けて、それと対をなすことを意識して作歌されたものと考えられる。

珠名詠には見られなかった新要素として、娘子詠ではA～Cの中心部の前後に現在から過去へ（X）過去から現在へ（Y）という時間的移行を取り込んだ（計11句）ことが注意される。その〝額縁〟の中に過去の伝承がはめこまれているのである（232頁参照）。これは明らかに歌の享受者（聴き手）を意識した作為で、披露時の彼らを現時から過去の伝説世界へと誘い入れ、最後に再び現時へと覚醒させる効果がある。伝説歌の語り口の定型を虫麻呂はここに編み出したものと言えよう。

また、男を「人」と呼び手児奈を「妹」と呼んで、親近の度に大きな差異があるのも珠名詠と同様である。男には無名の一般性を持たせ、女は手児奈一人に限っていることを示すと同時に、虫麻呂側の手児奈に寄せる思いの表れでもあろう。「いくばくも　生けらじものを」「何すとか　身をたな知りて」（一八〇七）という、女の死への哀惜と同情も、男の享受者の代弁であろう。伝説の女性に対する虫麻呂自身の思いを聴き手たちのそれに重ねて拡大させようとしているものと思われる。

作歌のあり方からすれば、虫麻呂は木々の深い繁みにそのありかさえ定かでない手児奈の「奥津城」（3四三一　山部赤人〈次頁〉）に立ち寄り、近くの井で水汲みをしている現実の女性の姿に伝承の手児奈像を重ねて（一八〇八）、幻視の時空へと分け入ったものだろう。井はこの世から冥界に通ずる通路でもあったからである。手児奈の描き方は、〔鄙の民の娘子としての外見→稀有の美的身体性→心の内奥〕と、次第に深みを増して行くのだが、心理や行動を客観的・具体的に示すことはせず、やや概略的な説明に終わっている。

かくして、この2作はセットとして同一線上に並ぶものであり、かつ真間の娘子詠の方が伝説歌として体裁がより整えられたものに仕上がっていることが知られるのである。元の虫麻呂歌集の中では両歌は連続して並掲されていたと推測されるが、『万葉集』では娘子詠がかなり離れて巻九の末尾に近く配列されているのは、墓と死にまつわる歌であるために、編者がこれを挽歌と判定し、同類のものと一括したからであろう。

1-ii② 山部赤人歌

ところで、ほぼ同時代の山部赤人にも、旅の途上（目的は不明。東国の地方官〈下総の国司？〉の一員となったか）真間の娘子の墓のそばを通りかかって詠んだ作品がある（直後の四首が和銅四年711の作なので、これはそれ以前のものということになるが、伊藤博氏は、赤人と長屋王との関係を考慮して、養老末年724をさかのぼることはないとされる〈『万葉集釈注　三』〉。神亀初年（724〜727の間）の詠か）。

勝鹿《かづしか》の真間娘子《ままのをとめ》の墓を過ぎし時に、山部宿祢《すくね》赤人の作れる歌一首　并せて短歌〔東《あづま》の俗語《よのこと》に云はく、かづしかのままのてご〕

古《いにしへ》に　在《あ》りけむ人の　倭文幡《しつはた》の　帯解きかへて　伏屋《ふせや》立て　妻問ひしけむ　葛飾《かづしか》の　真間の手児《てこ》名《な》が　奥つ城《き》を　こことは聞けど　真木の葉や　茂りたるらむ　松が根や　遠く久しき　言《こと》のみも　名のみもわれは　忘らえなくに（3四三一）

反歌

われも見つ人にも告げむ葛飾の真間の手児名が奥つ城処《どころ》（四三二）

葛飾の真間の入り江にうちなびく玉藻苅りけむ手児名し思ほゆ（四三三）

【歌意】　勝鹿の真間娘子の墓を通りかかった（原文の「過」は訪ねる意とも）時に山部宿祢赤人が作った歌〔東国の人々は「かづしかのままのてご」と呼んでいる〕

昔このあたりに住んでいたとかいう男が、倭文織《しつおり》の帯を解き合い、寝屋を立てて共寝をしたという、葛飾の真間の手児名の墓どころはここだと聞くけれど、真木の葉が茂っているからであろうか、松の根が年久しく延びたからであろうか、その墓の跡はよくわからないが、昔の言い伝えだけでも、手児名の名前だけでも、私はとても忘れることはできない。

反歌

私もこの目で見た。人にも語って聞かせよう。葛飾の真間の手児名のこの墓どころを。

昔、この真間の入江で、波になびく美しい藻を刈ったという手児名のことが、しのばれてならない。

この歌は、柿本人麻呂の近江荒都歌（1二九）の系譜を継ぐもので、それと虫麻呂歌をつなぐ位置にあるとされているが（伊藤博氏〈『同』〉）、ここでは墓との出会いが衝撃となり、それが築かれた由来を知って、古を偲んでその主に哀慟の心を注いでいる。さらにそれは現存する墓について後世に伝えようとの意志を生み出してもいる。つまり、眼前の「奥つ城」と対峙する「われ」の心情と意思とが歌の主軸をなしていると言ってよい。

ではなぜ墓のそばを通りかかる際に歌が詠まれねばならないのか。

異郷の旅を続ける者が死者の居所である墓に出会った場合、その穢れを忌避し、その霊威がよそ者のわれを苦しめることのないように願うのは当然であろう。何らかの形でその魂を鎮め霊を慰めない限り、自己の安全な旅は保証されないと考えられたからである。そのための有効な一つの手段として歌詠の力が信じられ、心とことばを尽くした内容のある歌が手向けられる必要があったのである。それも悲劇的な死や非業の死が背景にあればなおさらのこと、鎮まりにくい魂は丁重に慰撫されねばならなかったはずである。2首の反歌まで伴った長歌形式が用いられているのは、おそらくそのためだと考えられる。

赤人が「真間の手児名」の呼び名を各歌ごとに計3度も唱え、「言のみも　名のみもわれは　忘らえなくに」(四三一)・「玉藻刈りけむ手児名し思ほゆ」(四三二)と真情を傾けたのもその表れである。しかも、中央の名のある歌人なら、その呪的能力が期待されて、通過の際の儀礼として共同体から強く手向けが要請されたことだろう。宮廷歌人である赤人が積極的にそれにかかわることは当然でさえあったと言ってよい。のちに、田辺福麻呂《たなべのさきまろ》が「葦屋処女《あしやのをとめ》」(菟原処女《うはらおとめ》)の墓に挽歌を捧げたのも(171頁)、全く同じ事情からであり、いずれもいわゆる行路死人歌が題詞に名のある作者名を明示するのと同様の理由によるものであろう。屍《しかばね》を見て作った行路死人歌は、こうして墓を見て作った歌へと連なって行くのである(関連小論「行路死人歌の成立」『筑紫文学圏と高橋虫麻呂』)。

そもそもこのような墓を造るということは、横死を遂げた者の死霊に対する恐怖に発するもので、それを懇切に葬り祀って鎮めるためである。だから、後にその墓を見る者は墓を築いた者の心に重ならなくてはならない。歌に「奥津城」を強調するのは、その延長線上に身を置いて詠んでいることを示すものである。

その心からの哀悼の主体が、「われ」である点にも注目しておきたい。「名のみもわれは　忘らえなくに」(四三一)・「われも見つ人にも告げむ」(四三二)のように、作者である「われ」が全面を覆って歌は展開する。このことはこれが作者自身を主体とする歌であることを示している。それは墓に接して悲劇的伝承（「言《こと》」）を聞かされた者の側、つまり伝承の享受者側に身を置いて発想されている点を抑えておきたい。

さて、その伝説内容だが、主人公について、赤人は、「古に在りけむ人」「倭文幡《しつはた》の　帯解きかへて　伏屋立て　妻問ひしけむ　葛飾の　真間の手児名」（四三一）・「うちなびく玉藻刈りけむ手児名」（四三三）と描く。過去の事情がほとんど「けむ」によって述べられるということは、現在の時点にあってそれを伝聞したことを示す。歌は終始作者の現在時から詠まれており、伝承的事象は不確定なあいまいさを含み持ちながら現在の時の流れの中に挿入されている。しかもその内容は手短で概説的で具体性に欠けている。このことは、伝説そのものを描くことに主眼を置くことをせず、長歌末尾や反歌に見るように、それに対する自己の「偲ひ」や哀傷に集中することに力点が注がれていることを示すものである。

ここで注意すべきは伝承の中心を占めたであろう妻争い部分がすっぽり抜けていることである。伝説内容がかなり抑制して扱われているのは、耳にした伝承が断片的であるわけではあるまい。それが当時この地で語られていたことは、東歌（14三三八四・三三八五）からも知られることからすれば、むしろそれはあくまでも〝語り〟の範疇に属することと考えて、歌中にそれを詠み入れることは避けたものと思われる。伝承は語るものとして別個に存在し、歌は専らそれに対する情《こころ》を詠み上げるものとして明確に区別する意識に立っていたのであろう。死者への情を述べる点では、それはいわば正統な挽歌に属するもので、最初から鎮魂の祈りを目指したものと言える。

そこで語り継ぐものは何かと言えば、「言《こと》」であり「名」であり「奥つ城処」であって、それを赤人は「われも見つ人にも告げむ」と墓に誓う。つまりその中身はあくまでも語ることによって継承するものであって、歌い継ぐものではない点で一致している。叙事的な伝承は語り継ぐ対象として終始歌の外側に置き、歌は己れの抒情に徹するのが宮廷歌人の流れに立つ者の基本的態度なのである。

旅人が由縁ある墓に出会った場合には、伝承を真なるものとして受け止めて古を偲び、さらに自らがそれを継承・伝播する姿勢を積極的に打ち出すことによって、被葬者への哀悼を深め、その鎮魂を図ったものと考えられる。とりわけ名の通った歌人であれば、その要請を受けて、歌の力によってそれを実現しようと努めたのである。それは現時の鎮魂性と将来への伝承性を強化・保証するものとしてきわめて有効であった。

このように赤人歌は、虫麻呂歌とは全く性質を異にしている。歌の対象はあくまでも墓にあって、死者の慰霊を目的としているから、まさしく典型的な挽歌の範疇に属するものである。

ところで、赤人歌によれば墓の在りかが木々の繁みに埋もれてかなりわかりにくくなっていたようである。なればこそ彼は反歌で「奥つ城」を取り上げて、やっと確認できた墓の所在を「人にも告げ」ることによって消滅させせまいとの意思を表明したのであった。それが虫麻呂歌では、伝説を語り終えた末尾に「波の音の　騒く湊の　奥津城」がいきなり登場する。手児奈が一般民衆の一人に過ぎなかったことを思えば、後世に残るような立派な塚が築かれるはずもなく、長い年月の間には風化してその所在が曖昧になり、墓域であることを示す木々の繁みのみになっていたとしても不思議はない。題詞に「墓を見たる歌」とせずに、「真間娘子を詠める歌」としたのも、そうした墓のあり方とかかわっているのだろう。

虫麻呂が実際に目にしたのは、真間の井に水を汲みに来た土地の女性であり（反歌）、それを長歌前半に拡大して移し替え、美女にまつわる悲恋物語を忍ばせたのである。生前の輝くばかりの女性的魅力を称えて幻想をふくらませておいたところで、突如として暗黒の幕引きを行って、彼女を、奥津城に「臥《こや》せる」人に変えてしまっている。それは表現として享受者に対しては衝撃を与えるものではあるが、虫麻呂自身墓を見た衝撃性から来るものではない。長歌末尾と反歌で「思ほゆ」を繰り返して一応「偲ひ」の心を示しているように見受けられるが、虫麻呂としては最後の「思ほゆ」の中身は、伝説世界と手児奈像の映像に外ならなかったろう。歌い終えたあと、その残像を喚び起こしているのである。そこに浮かび上がったものは、のちの水江の浦島子詠の「家地《いへどころ》見ゆ」（9一七四〇）と同巧である。

このように虫麻呂歌は現実に目撃した女性像を過去の伝説上の女性像に重ね合わせ、一途に思いを潜めてその幻影を手元に手繰り寄せようと追い求めているかに見える。赤人歌と違って題詞に「勝鹿の真間娘子を詠める歌」とあるこの詠物歌的発想（「水江の浦島の子を詠める一首」〈9一七四〇・一七四一〉も同様）は、虫麻呂の詠もうとした主たる対象が墓にあるのではなく、あくまでも「真間娘子」そのものにあったことを雄弁に物語っていよう。墓を詠むのではなくて、娘子を詠もうとしているのである。

この態度は、手児奈の取り上げ方の違いにも表れている。赤人歌は、「…倭文幡の　帯解きかへて　伏屋立て　妻問ひしけむ…」（四三二）と、一旦は一人の男と結ばれたという伝承に基づいて詠んでいるが、虫麻呂歌には全くそれは見られない。赤人歌によれば、にも拘らず手児名が死への道を選んだのは、その後も男たちの妻争いが絶えなかったために、この世での幸せな結婚生活を貫くことは不可能であると思い知って、一人黄泉《よみ》へと死に急いだ（あるいはその男も共に？）ものと読み取れる。とすれば、それは血《ち》沼壮士《ぬおとこ》との黄泉での逢いを強く望んで死を決行した菟原処女《うはらおとめ》の心（165頁）に接近したものとなる。しかし赤人はそこまで手児名の死に至る状況や心情に踏み込むことはせず、専ら「奥つ城」に対する自身の思いに重心を移して歌いきる。

一方、虫麻呂がその伝承を承知していながらあえてそれを捨象したと考えると、それは手児奈の、俗にまみれぬ純潔無垢の姿を鮮明にきわ立たせることを狙ったためと考えられる。「遠き代にありける事」（一八〇七）のヒロインの純粋な人間像を描き上げたかった虫麻呂の手法としては、この方がずっとすっきりと効果的に仕上がっていると言えよう。赤人のように己れの抒情を主眼としてはいないのである。

〔関連小論　「虫麻呂伝説歌の流れ」『国文学　言語と文芸　第一二七号』・「憧憬と諦観―伝説歌の人物造形―」『筑紫文学圏と高橋虫麻呂』・「墓の万葉歌と古墳壁画の思想」『万葉集研究余滴』〕

余滴　虫麻呂作品と水

虫麻呂の作品の中には「水」がいろいろな形で頻繁に登場することに気付かされる。

具体的には次のようなものが挙げられる。

井・泉　G曝井《さらしい》　N裳羽服津《もはきつ》　P真間《まま》の井

川　A不尽河《ふじかわ》　E片足羽川《かたしはがわ》　J（大和《やまと》）川

湖沼　F小埼《おさき》の沼　A石花《せ》の海　M鳥羽《とば》の淡海《おうみ》

海　D墨江《すみのえ》の岸　O三宅《みやけ》の潟《かた》・鹿島《かしま》の崎

　　P真間《まま》の湊《みなと》　Q菟原処女《うはらのおとめ》の墓の地

井や泉は川に通じ、川は湖沼や海へと注ぐから、連鎖的な関係にある。虫麻呂はそのことを直接的にテーマに取り上げてはいないが、旅先で初めて出会ったこれらの「水」に、虫麻呂は何を感じ取ったたろうか。

筑波山や富士山は地上とはかけ離れた高さゆえに、その頂上は現実を超えた神の存在する境界であった。同様に、海は大地とはかけ離れた広さと深さゆえに、その果てには「常世《とこよ》」の世界が存在し、神女も住んでいた。共に人知では測り知ることのできない、神秘と霊妙さに包まれた異次元世界であった。虫麻呂はすべての感覚を研ぎ澄ませてその先を見極めようとした。そこにしか存在しない、時空の無限性や永遠性こそ、宿命的に有限世界に生きる者にとって憧れ続けてやまない対象だったと思われる。

真間娘子《ままのおとめ》と菟原処女《うはらおとめ》の「奥津城《おくつき》」が海べ近くに築かれたのは、二人とも入水したことによるのだろうが、それが「黄泉《よみ》」に通ずるものであり、魂の鎮もりの場であったからだろう。だからそれは暗黒の無の世界ではなく、「海界《うなさか》」を越えれば永遠の生命を保証する地と考えていたのだろう。それは現世の死から来世の新生へという循環と再生の思想に支えられているものと思われる。

なお、『常陸国風土記』には、那珂《なか》郡の「曝井《さらしゐ》」（G歌）や、冬も夏も流れの絶えない筑波郡の「泉」

（N歌）のほかにも井泉に関する記述がかなり多く目につくので、蛇足ながら触れておこう。

　中でも、倭武天皇《やまとたけるのすめらみこと》の巡狩の折に、「衣袖漬《ころもでひたち》の国」（＝常陸）の名の由来となる新しく掘った井（新治《にいばり》の県《あがた》、総記）や、新たに掘らせた「清井《ゐ》」（茨城郡）、また「槻野《つきの》の清泉《しみづ》」の玉で造った「玉の清井《しみづ》」（行方郡《なめかた》）があったことを伝え、崇神《すじん》天皇の折には、新たに井を掘り開いたので郡名としたこと（新治郡）が語られている。いずれも天皇の巡行とかかわり、一部は地名起源と結びつけて井泉が取り上げられているのはそれだけ重要視されたということだろう。

　ほかにも、「杜《もり》の中の寒泉《しみづ》」である「大井」（行方郡）や椎《しい》の木の根元から出た「椎の井」（同）などは、飲料用だけでなく、農業用水としても利用されたらしい。また、松の下の清らかな「出泉《いづみ》」（香島郡）や、密筑《みつき》の里の「浄《きよ》き泉」である「大井」（久慈郡）は夏も冬も人々に重宝がられたという。このように、井泉は命の根源であるのはもとよりのこと、生活の場、出会いの場として欠かせないものだったのである。

2　使命を帯びて

虫麻呂は宇合に遣わされて、按察使の典《すけ》（または記事）として武蔵国や遠江国に訪れたことが考えられる。

養老四年720三月の太政官奏（太政官が天皇の裁下を請う文書）は、このころ諸国の百姓《ひゃくせい》（人民）が窮乏して、租税も払えず生活に困窮するものが多いことを伝え、その救済法を指示している。このような全国的傾向を背景として、管内諸国の米穀の貯蔵量を調査し、その年の収穫状況を確認しておこうというのが、派遣の第一の目的だったと考えられる。さらに東国諸国にあっては、蝦夷の動静の把握と情報交換も重要であったろう。そのための公用の旅にかかわって詠まれたのが小埼《おさき》の沼の歌と富士山の歌である。

2-i　小埼《おさき》の沼にて

F　武蔵《むざし》の小埼《をさき》の沼《ぬま》の鴨《かも》を見て作れる歌一首
埼玉《さきたま》の小埼《をさき》の沼に鴨《かも》そ翼《はね》きる　己《おの》が尾に降り置ける霜《しも》を掃《はら》ふとにあらし（9一七四四）

［歌意］F　武蔵の小埼の沼の鴨を見て作った歌一首
埼玉郡の小埼沼で、鴨が強く羽ばたきをしてしぶきを飛ばしている。自分の尾羽に降り置いた霜を払いのけようとするのであるらしい。

初めに述べたように（24頁）、時は養老三、四年の初冬のころと考えられる。鴨は越冬のために北地から群をなして飛来するが、初霜の降りる十一月初旬のころは、各地の池沼は鴨類の大群に埋まるという。小埼の沼はそんな地としてこの方面では広く知られていたものとみえる。先の虫麻呂の「嬥歌会《かがひ》」の歌（9一七五九）にも東歌（14三三九〇）にも鷲が詠まれていることから、筑波山が鷲の多く棲む山としてあまねく知られていたと考えられるが、小埼の沼の場合もそれと同様であろう。霍公鳥《ほととぎす》と言い、鷲と言い、鴨と言い、虫麻呂は鳥類に格別な関心を寄せていたらしい。それがいずれも遠く飛翔する鳥であることは、旅を続けるわが身と重なるものがあると感じていたからではなかろうか。
さて、この鴨の歌は、

ももづたふ磐余《いはれ》の池に鳴く鴨を今日のみ見てや雲隠《くもがく》りなむ（3四一六　大津皇子〈朱鳥元年686十月〉）

葦辺《あしへ》行く鴨の羽がひに霜降りて寒き夕へは大和し思ほゆ（1六四　志貴皇子〈慶雲三年706十月初めか〉）

【歌意】（ももづたふ）磐余の池に鳴く鴨を見るのも今日を限りとして、私は雲のかなたに去って行くのだろうか。

葦のあたりを泳いで行く鴨の翼《つばさ》に霜が置いて、寒さが身にしみる夕暮れは、郷里の大和のことが思われてならない。

などで知られるが、寂寥感をたたえた作の連想からか、虫麻呂歌もつい水面に浮かぶその孤影に己れの心を重ね合わせた独詠歌と受け取りたくなってしまう。特に第二首は、慶雲三年706九月、文武天皇の難波宮行幸時のもので、実は宇合も同行して一首（1七二）を残している（13頁）。虫麻呂はそれを承知していて、あとで宇合に暗にその時のことを思い起こさせようとしてこの作を成したものか。
また、

鴨すらも己《おの》が妻どち求食《あさり》して後《おく》るるほとに恋ふといふものを（12三〇九一）

【歌意】鴨でさえも、夫婦同士で餌をあさるうちに、片方が後れる時には、恋しがるというのに。

の例から、つがいの鴨を想像しやすいので、妻恋しさの情に感じ入っていると解する向きもある。確かにこの1首を他の条件から切り離して鑑賞した場合には、そのような諸注の理解を生むことにもなろう。しかし、虫麻呂が按察使の典《すけ》としての官命のもと、武蔵の国府（多磨郡）へ向かう旅の途中であることを前提とすると、旅愁に浸る単なる個人詠とはどうしても思えない。単純明快な作であるだけに、旋頭《せどう》歌《か》という歌体（五七七・五七七）も含めて謎は深いように思われる。

一方、集中には「葦鴨の多集《すだ》く池水」（11二八三三）・「葦鴨の多集《すだ》く古江」（17四〇一一）の表現も見られ、「夕されば　葦辺に騒き　明け来れば　沖になづさふ　鴨すらも…」（15三六二五）（夕方になると葦のほとりで鳴き立て、夜明けが来ると沖の波間に漂う鴨でさえも…）とも詠まれて、鴨が集団をなすさまを取り上げた作もある。

小埼の沼が鴨の大群の飛来地として有名であったとすると、虫麻呂は名所・旧跡を見逃さないから（151頁）、他とは違った特別な地に初めて足を踏み入れ、この景観に目を見張って歌想が湧いたのだろう。

やはりこの場合の鴨は、群れをなしたものと考えるべきではなかろうか。たくさんの鴨が夜水面で眠っている間に羽に降りた霜を振り払おうとして一斉に尾羽をふるわせ、朝早くまさに飛び立とうとする景を捉えたものであろう。霜は農作物にとって害となるものだから、それを振り落とす鴨は農を守る鳥としてこの地方では意識されてきたか。

鴨と霜の取り合わせは集中に2首しかなく（他の1首は先の1六四）、霜を「掃《はら》ふ」さまを詠んだものはこの1首のみであり、「己が尾に降り置ける霜を掃ふ」という動作には、鴨の「意志」が読み取れる（『万葉集釈注　五』）とすれば、そのあたりに何らかの寓意が潜んでいるのではないかと思われてならない。

題詞に「鴨を見て作れる歌」とあるが、虫麻呂が題詞に「見る」を用いた場合（9一七四二・一七四三、一八〇九〜一八一一）、いずれも対象の奥まで見通し、華麗な幻像に拡大化していることに注目したい。それからすると、これも鴨の「翼《はね》きる」「霜を掃《はら》ふ」という動作に目ざとく注視した結果、ある思いつきがひらめき、それを増幅させたのではないだろうか（「『見る』の多用」199頁参照）。

ところで、巻十六に

鯨魚《いさな》取り海や死にする山や死にする　死ぬれこそ海は潮干《しほひ》て山は枯れすれ（三八五二）

【歌意】（鯨魚取り）海は死んだりするのか。山が死んだりするのか。やはり死ぬからこそ、海は潮が干るのだし、山も草木が枯れたりするのだ。

という旋頭歌《せどうか》があって、海や山という不変の大自然にも死があるのかという問いかけに対し、死ぬからこそ潮干や山枯れという現象が生ずるのだと答えて、ゆえに人間も死を免れえぬのは当然だという仏教的意味合いを暗に示している。

これらをヒントに、蝦夷勢力に対する砦《とりで》となって東国の防衛を堅固なものとするという、虫麻呂らの当面の課題と関連づけてみると、こんな深読みはできまいか。まず、この鴨の大群は、常陸の按察使の管轄する東海道4国と、武蔵の按察使の管掌する主として東山道4国の軍事力を暗示しているのではないか。とすれば、羽に積もった霜はひたひたと迫る蝦夷側の抵抗勢力ということになろう。それを力強く振り落としこれから行動を起こさんとする姿は、大和勢力のゆるぎない威力を誇示しているように見える。まさに蝦夷地攻略の姿勢の象徴である。

虫麻呂は作歌に当たって、武蔵の国庁で披露した場合の効果をまず計算に入れたのではないだろうか。それが五七七・五七七形式の旋頭歌という、すでに珍しくなった歌体と関係してくるように思われる。虫麻呂作品の中でたった1首の旋頭歌をなぜここにあえて用いたかは難問である。その地に残っていた伝承歌かと疑われもするが、虫麻呂はそのような歌をそのまま歌集に収録することはないから、やはり虫麻呂自身の創作歌と考えるべきだろう。あるいは、嬥歌会《かがい》の歌（N）のように、新作の〝東歌〟を示そうとしたものか（14三三五一及び類想の甲斐の風俗歌《ふぞくうた》も、もとは旋頭歌風の集団歌謡のように思われる）。

集中に短歌と旋頭歌を組み合わせてまとめる方法があることに着眼して、錦織浩文氏はこの旋頭歌Fに続く短歌2首G・Hを一組として、相手と一夜を共にすることもなく明かした姿を詠んだものと解された（「表現方法に関する考察〈旋頭歌と短歌〉」『髙橋虫麻呂研究』）。妻の存在を願うG・Hへの移り行きもよく、鋭い指摘ではあるが、武蔵と常陸という場の隔たりは無視するわけにはいかないのではないか。ほかの組み合わせはみな同一の時と場で詠まれているからである。

とすれば虫麻呂は、本来旋頭歌の有していたさまざまな性格をここに取り込み、利用しようと狙ったものと思われる。まず、上三句は鴨のしぐさをただの景物として提示するのみであるが、対して下三句はその理由を解き明かす形で説明されている。つまり問題を投げかけておいてそれに応えるという、問答的あるいは謎かけ的な性格が見られ、詠《うた》う主体を上下で分ければ、多分に合作性・唱和性という旋頭歌本来の特性が浮かび上がってくるのである。

そこで、虫麻呂は国庁での宴席で、乞われて、途中こんな情景を見てきたと言って、いささか古体めかせてこの歌をくり返し朗唱した。そのあとで、この歌にこもっている本当の意味を問いかけ、それが今回の来庁と深くかかわっていることを解いた。謎解きをした上で集団を二つに分けて（あるいは虫麻呂と官人集団に）、歌いかけと受け手による合作風に唱詠させた。それによって並み居る官人たちの蝦夷に対する防衛意識を奮い立たせ、強い結束力を固めようと図ったのではないか。このような、集団の意識を鼓舞する意図は、後年の西海道節度使宇合の壮行歌（R6九七一・九七二）にも見られるものである。旋頭歌形式をあえて借用した虫麻呂の目論見はまさにその辺にあったのではないだろうか。虫麻呂はその一首を記述化して残すと共に、常陸へ戻ってからも当然国庁で官人たちに披露して彼らの意識を高揚させたことだろう。だからと言ってそれは、緊張感の張りつめたかしこまったものでは決してなく、ユーモアを込めた虫麻呂特有の遊び心の産物であるのかもしれない。

いずれにしても、この歌の披露の場での、作者虫麻呂と聴き手集団との関係の中で、この歌体があえて選ばれたものと考える。このような演出法を伴った歌の表出は、他の物語性・演劇性の濃厚な作（例、N・Q・Oなど）のそれと、深くつながるものがあろう（266頁）。

もし、この歌が養老三年冬の作ならば、入手した情報から四年九月の蝦夷の反乱を予見し、多治比《たじひの》県守《あがたもり》に緊迫した蝦夷の情勢を暗に示そうとしたものとなろう。また四年冬の作ならば、この時の抗戦の激しさを投影したものとなる。武蔵から播磨の按察使に転じて間もない、東国のトップであった県守が急遽持節征夷将軍の指名を受け、同時に阿倍駿河《あへのするが》が持節鎮狄《ちんてき》将軍（日本海側から進攻）に命じられたのも、乱の規模とそれに対する中央の態勢がただならぬものであったことを意味していよう。まさに一大事件だったのである。このような状勢を背景として、虫麻呂は武蔵国へ派遣され、この歌を詠んだものと解される。

2-ii　不尽《ふじ》山詠

東国に下向する都の官人たちはだれもが富士山の偉容には驚嘆したが、虫麻呂歌の独自性を検討する前に、まず虫麻呂以外の作品にざっと目を通しておこう。

2-ii①　東国歌と近畿歌

天《あま》の原富士の柴山《しばやま》木《こ》の暗《くれ》の時移《ゆつ》りなば逢はずかもあらむ（14三三五五）
富士の嶺《ね》のいや遠長き山路をも妹《いも》がりとへば日《け》に及《よ》ばず来《き》ぬ（三三五六）
霞ゐる富士の山びにわが来《き》なば何方《いづち》向きてか妹が嘆かむ（三三五七）
さ寝《ね》らくは玉の緒《を》ばかり恋ふらくは富士の高嶺《たかね》の鳴沢《なるさは》の如（三三五八）

［歌意］　天の原にそびえ立つ富士の柴山の、木の下闇の季節、この夕暮れの時が過ぎてしまったら、二

度とあの娘《こ》に逢えないままになるのかなあ。
富士の峯の麓《ふもと》の、遠く長く続いている山道も、いとしいあの娘《こ》のもとへと思えば、一日もかからずにやってきたよ。
霞の立ちこめる富士の山裾までおれが来たら、（どこにいるかわからなくて）妻はどちらの方向を向いて嘆くことだろうか。
共寝をしたのは玉の緒ほどに短く僅かなのに、（別れて）恋しい思いは、富士の高嶺の鳴沢のように激しいことよ。

これらはいずれも駿河国の相聞として分類された東歌だが、この地の人々にとっては、富士は柴を刈る山であり、裾野の長い道のりの山であり、あるいは霞の立ちこめる山であり、落石のとどろく山であった。山麓に住む民衆の日常と直結して、なじみ深い富士の姿が多様な形で切り取られている点が特徴的である。富士山を特別視することなく、生活圏の一点景としてごく自然な形でさりげなく歌の中に取り込んで、相聞の心に溶けこませている。筑波山を詠んだ常陸国の東歌の場合も全く同様であった（60頁）。

それが近畿圏の歌になると、富士は「寄物陳思《きぶつちんし》」（「物に寄せて思ひを陳《の》ぶ」。物に托して恋の思いを詠む歌）形式の〝物〟として取り上げられる。

吾妹子《わぎもこ》に逢ふ縁《よし》を無み駿河なる不尽《ふじ》の高嶺の燃えつつかあらむ（11二六九五）
妹が名もわが名も立たば惜しみこそ布士《ふじ》の高嶺の燃えつつ渡れ（二六九七）

［歌意］いとしいあの娘《こ》に会う手だてがないので、あの駿河の国の富士の高嶺のように、私の心はずっと燃え続けるのであろうか。
いとしいお前の名も私の名も、噂に立ったら悔しいからこそ、あの富士の高嶺のように、心で燃え続けるばかりなのだ。

このように激しい恋の思いが燃え続けることを富士の高嶺に仮託して詠んでいて、表現に類型化が生じている。それは富士の偉容と噴煙の激しさが東国往来の官人によって都にもたらされ、喧伝《けんでん》された結果、燃える山というイメージの定着化と観念化が進行する。そのために富士そのものの実体は希薄化して歌枕化し、東歌のような生活に根ざした土臭い匂いは全く拭い去られてしまうのである。

2-ii② 山部赤人歌

都の歌人山部赤人も官命によって東国へ向かった一人だが、神亀初年724ごろ下総の国司となったか。富士山のほかに、前述のように勝鹿の真間の娘子《おとめ》を詠んだ作（3四三一〜四三三）も同じ折のものだろう（109頁）。

山部宿祢《すくね》赤人の不尽山《ふじのやま》を望める歌一首　并せて短歌

天地《あめつち》の　分れし時ゆ　神《かむ》さびて　高く貴き　駿河なる　布士《ふじ》の高嶺《たかね》を　天《あま》の原　振り放《さ》け見れば　渡る日の　影も隠らひ　照る月の　光も見えず　白雲も　い行きはばかり　時じくそ　雪は降りける　語り継《つ》ぎ　言ひ継ぎ行かむ　不尽の高嶺は（3三一七）

反　歌

田児の浦ゆうち出でて見れば真白にそ不尽の高嶺に雪は降りける（三一八）

［歌意］

山部宿祢赤人が不尽山を望み見た歌一首

天と地の分かれた神代の昔からずっと、神々しくて高く貴い駿河国の富士の高嶺を、大空はるかに振り仰いで見ると、空を渡る太陽の姿も頂きに隠れ、照る月の光もさえぎられて見えず、白雲も行き滞って、時となくいつも雪が降っている。後の世まで語り伝え言い継いで行こう、この富士の高嶺のことを。

反歌

田子の浦を通ってそこから出て見ると、まっ白に富士の高嶺に雪が降り積もっていることだ。

この作が先の近畿圏の歌と明らかに異なる点は、「天の原　振り放け見れば」「田児の浦ゆうち出でて見れば」とあって、あくまでも作者自身の目を通して富士を実見した上でのもので、伝聞によるものではないことである。「望める（「みさくる」とも）歌」という題詞はそれを示している。それは旅先に在って、その土地の自然を讃える土地ぼめの発想に基づくものだろう。田子の浦（当時は、薩埵峠《さったとうげ》の麓から、由比《ゆい》・蒲原《かんばら》にかけての海岸）を経て東海道を下る途次の景である。

それによって得た感動は、「高く尊き」富士の偉容であった。高さは日月も光を遮《さえぎ》られ、白雲も停滞するほどのものであり、貴さは常に降る雪に覆われた純白一色の無垢性の発するものであった。しかもその現象はほかのどの山にもありえないものであるだけに、余計神さびたものとして目に映った。人間の思考を超えた造化の妙が与える、神聖で崇高な清浄美が見る者を圧倒するのである。その息を呑むほどの感動が反歌に凝縮されている。

ここで注意すべきことは、富士に対する観照は「天の原　振り放け見れば」とあるように、下から振り仰いでなされていることである。旅人の視座は大地に固定されていて、富士を下から見上げて感動に浸っている。その限りでは景は一方向から平面的に捉えられていることになる。だからそれはきわめて絵画的な美的把握と言ってよいだろう。

しかし長歌の構成からすれば、「神さびて　高く貴き」という印象・評価が先行していることは、都での伝聞に基づく観念を富士の実景に接して確認するという叙述態度を示している。しかもその具体的描写も、日と月は同時に視野に入るはずもなく、もし雪が降っている最中なら白雲が見えることもあるまい。反歌のすっきりとした歌いぶりからすれば、晴れ上がった青空を背景に白一色の山容を捉えたものと推察され、長歌の描写（「渡る日の…雪は降りける」）は、富士を讃えるためにいろいろなイメージを重層させたものと理解すべきだろう（赤人の吉野讃歌〈6九二三～九二五〉の発想にも通底する）。

さらに目の当たりにした現実の神聖な崇高美を、太古の過去から（天地開闢《かいびゃく》から歌に起こすのは神話の語り口に倣ったもの）永遠の未来へ向かって生きた姿のまま存在し続けるという、時間的観念の中に挟みこんで、その永遠性・不変性の強調を図っていることは見逃せない。「不尽」という表記も、「未来永劫に尽きざる山との意識にうらうちされた文字遣いであろう」という（村瀬憲夫氏「不尽の高嶺」『東海の万葉歌』）。

それを「天地の　分れし時ゆ」「語り継ぎ　言ひ継ぎ行かむ」という宮廷和歌の伝統的発想・表現を導入して成した点に、赤人らしい力の冴えを感じさせるものがある。

　このように、長歌は、最初に見た時の富士の強烈な印象を、改めて頭の中で再構築し、重厚な自然讃歌に仕上げられている。一方反歌は、長歌の観念性をさらりと払拭して、鮮明な叙景に貫かれている。長歌に込めた時間的・空間的重々しさを背景としながら、望見した自然の大景への驚きの共感を聴き手に誘いかけているのだろう。その意味では長歌はむしろ「詠む歌」に近く、反歌は叙景に徹していて対照的である（先の赤人の吉野讃歌の長歌・反歌の関係も同様と言えよう）。

2-ii③　虫麻呂歌

A　不尽山《ふじのやま》を詠める一首　并せて短歌

なまよみの　甲斐《かひ》の国　うち寄する　駿河《するが》の国と　こちごちの　国のみ中《なか》ゆ　出《い》で立てる　不《ふ》
尽《じ》の高嶺《たかね》は　天雲《あまぐも》も　い行きはばかり　飛ぶ鳥も　飛びも上《のぼ》らず　燃ゆる火を　雪もち消《け》ち
降る雪を　火もち消《け》ちつつ　言ひもえず　名《な》づけも知らず　霊《くす》しくも　います神かも　石花《せ》の
海と　名づけてあるも　その山の　つつめる海そ　不尽河《ふじかは》と　人の渡るも　その山の　水の激《たぎ》
ちそ　日《ひ》の本《もと》の　大和《やまと》の国の　鎮《しづめ》とも　座《いま》す神かも　宝《たから》とも　生《な》れる山かも　駿河なる　不尽

の高嶺は　見れど飽《あ》かぬかも（3三一九）

反　歌

不尽の嶺《ね》に降り置く雪は六月《みなつき》の十五日《もち》に消《き》ゆればその夜《よ》降りけり（三二〇）

不尽の嶺を高み恐《かしこ》み天雲《あまぐも》もい行きはばかりたなびくものを（三二一）

右の一首は、高橋連虫麻呂の歌の中に出づ。類《たぐひ》を以《も》ちてここに載《の》す。

［歌意］Ａ　不尽山を詠んだ歌一首

（なまよみの）甲斐の国と（うち寄する）駿河の国と二つの国の真ん中から大空にそびえ立っている富士の高嶺は、空の雲も行き滞り、飛ぶ鳥も山の上まで飛び上がれず、頂きに燃える火を雪で消し、降る雪を火で消し続けて、言いようもなく名付けようもわからないほど霊妙にまします神であるよ。近くの石花の海と人々が呼んでいる湖も、この山が塞《せ》き止めた湖だ。富士川と言って人の渡る川も、この山から流れ出た激流だ。この山こそは（日の本の）大和の国の鎮めとしてもいらっしゃる神であるよ。国の宝ともなっている山であるよ。駿河にある富士の高嶺は、いくら見ても見飽きないことだ。

反歌

富士の嶺に降り積もった雪は、夏も末の六月の十五日にやっと消えるかと思うと、その夜すぐまた降るということだ。

富士の嶺が高く恐れ慎まれるので、天雲さえも行きためらって、頂きにたなびいているではないか。

右の一首は、高橋連虫麻呂の歌（集）の中に出ている。同じ種類の歌なのでここに載せる。

題詞には巻三の他の歌とは違って作者名を明記せず、目録に「笠朝臣金村の歌の中に出づ」とあり、左注には「右の一首は、高橋連虫麻呂の歌の中に出づ」とある。このことから、「右の一首」は、ふつう三一九〜三二一歌の3首を指すと考えられているが（『万葉集注釈　巻第三』・『万葉集釈注　二』など）、三一九・三二〇歌が金村歌集の歌（金村作の伝承を持った作者未詳歌？）、三二一歌のみ虫麻呂歌と解する異論もある。しかし長歌の作風及び語彙・表現などから推して、3首共虫麻呂作と認めてよいと判断され、通説に従って考えて行きたい。

　赤人の作は反歌によって東国へ向かう道中のものであることが明らかだが、虫麻呂も東国下向の際東海道の道筋にはじめて富士の山容を目にした時は、驚嘆と感動につき動かされたことであろう。しかしこの歌は、まず甲斐国に入って富士の北側を通り、「石花《せ》の海」や「不尽河」を経て駿河国から遠江国へ向かう折のものと考える。道行き風の経路がそれを示しているが、天地開闢《かいびゃく》以来の一大「異事」（140頁）とも言うべき富士の全容を北側からも確認しておきたかったのではないか。養老四年720後半の作と推察される（反歌の「六月の十五日」はそれを暗示するか）。ただし、歌作の場は、長歌の末尾に「駿河なる　不尽の高嶺は」とあるので、駿河側に出てからなのであろう。

　そこで虫麻呂は富士をいきなり正面から取り上げて、その本質に肉迫しようとする。前半部でその特徴として点出した「天雲」「飛ぶ鳥」「燃ゆる火」「降る雪」は、目撃した実景に依拠したものであろうが、都人たちの固定化したイメージとは異って、個性的な把握が見られる。即ち、

（自由な運行の可能な）天雲も↓い行きはばかり
（高く飛翔の可能な）飛ぶ鳥も↓飛びも上らず
（消すことの不可能な）燃ゆる火を↓雪もて消ち
（とかすことの不可能な）降る雪を↓火もて消ちつつ

このように可能を不可能にし、不可能を可能にするという反転の論理の積み重ねはきわめて独創的である。それによって表現しようとするものは、人間の想像を絶した超自然現象であった。だから、それは「言ひもえず　名づけも知らず」としか言いようがなく、言語表現すら不可能であることを断言する。詩人が表現を放棄するということは、その対象が人間界の外の存在であることを意味する。それは人知の到底及びえないもの、つまり「霊《くす》しくもいます神」としか表しえない存在なのである。ここに至って一編のテーマは富士の神格化にあったことが明かされる。さらにそれは

日の本の　大和の国の　＜　鎮《しづめ》とも　座《いま》す神かも
　　　　　　　　　　　　　宝とも　生《な》れる山かも

と拡大化されて重ねて強調し、結論づけられる。人知を超えた神秘と霊妙さは、山イコール神であるための必須の要件であった。景観としての美しさよりも、実在する神の姿として捉え、神そのものとしての意識のまっただ中に虫麻呂はいるのである。富士の偉容に再び接した驚嘆と感動は知的に再構成されて、ことごとく山を神と認識するメインテーマへと表現が求心的に流れこんでいく手法が取られている。

まさに富士を「詠める（「うたふ」とも）歌」であって、赤人のように「望める歌」ではない所以である。

さらに重要なことは、赤人歌と違って、その山容が俯瞰《ふかん》的な構図によって捉えられている点である。即ち、甲斐・駿河両国のまん中から屹立《きつりつ》する富士、富士に抱かれる石花《せ》の海、富士に発する（と考えられた）（24頁）激流の不尽河などの配し方によって、富士を含めたきわめて壮大な展望をほしいままにしている。富士という山を挾んで、北側の甲斐と南側の駿河に水を配したこの構図は、漢詩世界の山水意識が念頭にあるのだろうが、あたかも空中から全景を立体的に眺め下ろしたかのような形をとっていて、強烈なイマジネーションによる景の構築作用を認めることができる。白雪を強調して美的景観を絵画的に描こうとした赤人とは、力点の置き方が違うのである。「天雲」「飛ぶ鳥」「燃ゆる火」「降る雪」も、否定はされるが、天空を上昇・下降あるいは移動するイメージを助け、その鳥瞰的な視野はやはり尋常ではない。山が神そのものであるのなら、さらに高所からの展望はことごとく神の領域であり、それを眼下に収める目は神の視線以外の何ものでもないことになる。彼が赤人のように「～見れば」と作者の視点から歌い出さなかった理由はここにある。作者虫麻呂はこの歌には最初から姿を見せてはいないのである。

虫麻呂がこの大景観をイメージによって定着したということは、彼が常人にはない透視能力を持ち合わせたということだろう。常に三次元の目を働かせて、無限の拡がりの中でものの本質を見極めようとした態度がここには窺われる。天空からのパノラマ視を可能とする神の視座を虫麻呂が獲得していたことを、ここでは特に注目しておきたい（このような図柄の古代の絵画は、今のところ管見に入らない。16世紀初頭の雪舟の「天の橋立図」は有名だが、あれでも精々上空一〇〇〇メートルからの景観であるというから、虫麻呂の視点にははるかに及ばないのである）。

なお、きわめて個性的な富士の捉え方を示しながらも、長歌末尾は「見れど飽かぬかも」という宮廷和歌的な伝統的讃美表現によって、都の歌人の手に成る安定した収まり方を見せている。それは虫麻呂自身の実際の感想というよりも、構築した異空間を聴き手である官人たちに体感させた後で、一般人と同じ視点に戻って驚きの感銘を共有しようと誘いかけたものであろう。と同時に後世の人々の思いも確実なものとして予測しているのだろう。だれがいつ見ても、それは不変的真実なのである。

かくして都の官人たちは、東国で出会った高く貴き富士の姿に衝撃的な感動を覚え、赤人は崇高きわまりない自然美を時間的流れの中に観照し、虫麻呂は限りない神性を壮大な空間的拡がりと超自然現象の中に体感して、それぞれに都の歌人としての目と表現を通して形象化したのであった。

なお、歌中に「…日の本の　大和の国の　鎮とも　座す神かも　宝とも　生れる山かも…」とあったが、山を国の鎮めとする表現は、『芸文類聚《げいもんるいじゅう》』などの山に関する漢籍の語句に基づくもので、詩賦に例が多いことを小島憲之氏は挙げておられる（「万葉集と中国文学との交流」『上代日本文学と中国文学　中』）。さらに廣岡義隆氏は、これは漢籍の「宝鎮」を踏まえた表現であることを突き止め、「富士山そのものを日本国の鎮子（宝鎮）と見た」ものであると指摘される（「宝鎮としての富士山」『中京大学文学論究　二』）。

虫麻呂は偉容を誇る富士の山を神そのものと捉えて、国家鎮護のゆるぎない象徴と考えたのである。それは当然、蝦夷勢力に相対して力強く立ちはだかる大和政権の勇姿として意識された。甲斐・駿河をも監察する按察使の大伴山守はその名の通り富士の山を神として宝として守る〝山守〟でもあった。虫麻呂はそれを強く意識して山守への讃歌ともしたかったのだろう。

虫麻呂は、この渾身の作を富士の神霊に捧げると同時に、遠江の国府（磐田郡。現、磐田市）の館において、このような形で按察使山守への激励の献歌として披露を行ったことであろう。先の埼玉の小埼の沼の歌以上に、その奥に込めた重層的な意味合いが透けて見えるように思われるのである。

もう一つ付言すると、仙覚は『駿河国風土記』からの伝聞として、「富士ノ山ニハ雪ノフリツモリテアルガ、六月十五日《みなづきのもちのひ》ニソノ雪ノキエテ、子《ね》ノ時ヨリシモニハマタフリカハルト、駿河国風土記ニミエタリトイヘリ」（『万葉集註釈　巻第三』）と記している。それによれば、夏のまっ盛りに消えた雪がその夜中にはもう降り出しているという伝承が当時あったことが知られる。虫麻呂の第一反歌（三二〇）はそれに基づいて作歌したと考えられ、ここにも旧聞・異事に目配りして伝説歌を創り出す態度に連なるものを認めることができよう。

以上のような彩り豊かな作品群を残して、虫麻呂は思い出深い東国をあとにしたのである。

〔関連小論　「虫麻呂と東国の山やま—始原性への眼差し—」『筑紫文学圏と高橋虫麻呂』・「旅と東国」『万葉の東国』〕

余滴　虫麻呂長歌の対句表現

虫麻呂は15首の長歌を残したが、1首（J9一七五五）を除いてそのすべてに対句が用いられているのは当然とも言えよう（以下、最小の「二句対」とは、五七の一まとまりが次の五七と対句をなす場合をいう）。

その中で対句数が多いのは、A（3三一九）20句（二句対3 四句対1）・C（9一七三八）16句（二句対1 六句対1）・D（9一七四〇）12句（二句対3）の3首が10句以上用いられている。総句数に対する割合としては、C・Aが5割を超え、E（9一七四二）・M（9一七五七）が4割台でそれに次ぐ（ただし、E・Mは総句数は少なく、それぞれ17句に対して二句対2、19句に対して四句対1）。

阿蘇瑞枝氏の調査結果によれば、二句対19例が大部分で、四句対2例、六句対1例がわずかに見られ、性格的には列挙や言いかえが多くを占める（「後期万葉長歌の対句表現（一）」『万葉集研究　第十三集』）。また、その中心には具体的現実的用語が駆使されて、叙事性に富む点が顕著である（抒情的表出はO〈9一七八〇〉「反側《こいまろ》び　恋ひかも居らむ　足ずりし　哭《ね》のみや泣かむ」のみ〈『同』〉）。

虫麻呂の対句表現の傾向はほぼこのようなものだが、長句対や二句対以上のものについて一通り触れておきたい（以下制作順に配列）。

M（9一七五七）

尾花ちる　師付《しづく》の田居《たゐ》に　雁がねも　寒く来鳴きぬ

新治《にひばり》の　鳥羽《とば》の淡海《あふみ》も　秋風に　白波立ちぬ

これは、秋晴れの日に筑波山登頂を果たした時の女体峰頂上からの景観を捉えたものである。東方の師付の田に雁を配し、西方の鳥羽の海に白波を配して、それを同時的に列挙して広々と写し出している。四句対なればこその大景の把握である。

C（9一七三八）

胸別《むなわけ》の　ひろき我妹《わぎも》
　腰細の　すがる娘子《をとめ》の
玉鉾《たまほこ》の　道行く人は　己《おの》が行く　道は行かずて
召《よ》ばなくに　門《かど》に至りぬ
　さし並ぶ　隣の君は　あらかじめ　己妻《おのづま》離《か》れ
　て　乞《こ》はなくに　鍵《かぎ》さへ奉《まつ》る

二句対の方は珠名の特異な肢体を簡潔に捉え、六句対の方は二つのセンテンスを対にして、男たちが魂を奪われたごとく珠名に深く惹かれて行くさまを詳述する。前者は珠名を見た時の一瞬の印象を活写し、後者は男たちの行動を丁寧に叙して対照的である。

A（3三一九）

(イ)天雲も　い行きはばかり
　飛ぶ鳥も　飛びも上らず
(ロ)燃ゆる火を　雪もち消《け》ち
　降る雪を　火もち消ちつつ
(ハ)鎮《しづめ》とも　座《いま》す神かも
　宝とも　生《な》れる神かも
(ニ)石花《せ》の海と　名づけてあるも　その山の　つ
つめる海そ
不尽河《ふじかは》と　人の渡るも　その山の　水の激《たぎ》
ちそ

(イ)は雲と鳥で山の限りない高さを、(ロ)は火と雪で名状しがたい富士の霊威をそれぞれ強調し、(ハ)は富士を国を鎮護する神であり宝であると讃仰している。(ニ)は富士をとり巻く石花の海と不尽河を取り上げてその雄大さを強調しているが、句ごとにきわめて整然とした対照を見せて、他の3例（D・Q・C）と共に漢詩的味わいをかもし出している。

わけてもこの歌の実に堂々とした男性的な歌風や、格調の高さは、次のD歌以上に「賦《ふ》」（漢文の韻文体の一。叙事詩の様式）に近い迫力を感じさせるものがある。

D（9一七四〇）

(イ)家見れど　家も見かねて
　里見れど　里も見かねて
(ロ)立ち走り　叫び袖振り
　反側《こいまろ》び　足ずりしつつ
(ハ)若かりし　膚《はだ》も皺《しは》みぬ
　黒かりし　髪も白《しら》けぬ

総句数93に対して対句数12は割合としては低いが（13%）、3組とも浦島子が墨吉《すみのえ》に立ち戻った後半に集中している（D36句中3分の1）点が注目される。前半が現世から常世へ行って神女に遭《あ》うまでの経緯を叙事的に説明しているのに対して、後半は事態は急旋回して一気にカタストロフィ（破局）へと向かう衝撃の場面が展開する。

(イ)は同時的静的並列であるが、(ロ)は惑乱と後悔の動的様相であり、さらに(ハ)はこれまで止まっていた時間が瞬時に現時に追いつく息を呑む急迫場面である。

句の対応はこれもきれいに揃っていて漢詩的であるが、それだけでなく、この歌の原文には

　矜・海界・海若・邂・趁・誂・耆・須臾・
　披・反側・頓・白斑

などの漢籍語の用字が目立っていて（小島憲之氏「伝説の表現〈伝説歌の表現〉」『上代文学と中国文学中』）、他の歌と比べて突出している（Q9一八〇九の5例、C9一七三八の3例がこれに続き、以下2首が2例、1首が5例。DとQは制作時期も近接しているので、文字表現の熟成が窺い知られる）。まるで、対句使用と合わせて、和歌による賦をねらったかのような表現である（宇合は『経国集　巻一』に「棗《さう》〈なつめ〉賦・一首」〈日本最古の賦〉を残すが、あるいはそれに倣うことを意識してもいるか）。これは、歌を音声によって聴くのとは違って、文字を通して読む場合に、漢籍的な味わいも感じ取られるよう意識的に用字を選んでいるのではないか。時間的・空間的に隔たった官人や文人たちに読んでもらう場合の享受者への配慮が認められよう。

E（9一七四二）

(イ)紅《くれなゐ》の　赤《あか》裳《も》裾《すそ》引き
　山藍《やまあゐ》もち　摺《す》れる衣《きぬ》着て

(ロ)若草の　夫《つま》かあるらむ
　橿《かし》の実の　独りか寝《ぬ》らむ

(イ)は裳と衣の色彩の対照を鮮明に印象づけ、(ロ)は娘子が既婚か未婚かという、男にとって最も知りたい核心を突いている。女の服装から男の関心の中心へと一直線に向かっている。

R（6九七二）

(イ)山彦の　応へむ極み
　谷蟇《たにぐく》の　さ渡る極み

(ロ)丹つつじの　薫《にほ》はむ時の
　桜花　咲きなむ時に

(イ)は節度使宇合の隼人の平定が西海道の果てまで及ぶことを祈り、(ロ)は龍田の景を花で飾って翌春の無事帰還を願っている。古代的な力強さを秘めた壮行と、「君」の帰りを温かく迎える予祝の心を表わそうとしている。

　このように虫麻呂の対句は、表面を飾るだけの美辞麗句とは違って、叙事的であるがゆえに内容の展開と深くかかわって用いられている。とりわけ伝説歌にあっては、軽快なリズム感と相俟って物語の中心部を最高潮に盛り上げる効果を見事に果たしている。

㈢『常陸国風土記』とのかかわり

常陸在駐時代の宇合らのもう一つの仕事とされる『常陸国風土記』編纂について取り上げておきたい。和銅六年713五月二日に元明天皇は〝風土記〟選進の詔を発するが（『続日本紀』）、それは①国郡郷名を好い漢字二字で、②特産物の品目、③土地の肥え具合、④地名の由来、⑤古老の伝える「旧聞」（古くからの土地の言い伝え＝伝承）や「異事」（通常とはかわっている事象。珍しいものごと）などについて調査し、地誌を編集して報告せよというものだった。現在、出雲・常陸・播磨・豊前・肥前の5国の古風土記が残されている。

このうちの『常陸国風土記』は、宇合たちが常陸に在ったことから、彼らが編纂したのではないか（宇合が編述者、虫麻呂が筆録者）ということが古くから言われ、これまで通説化されてきた。

しかし考えてみると、宇合たちはふつうの国司と違って、初の按察使という大役を全うすることに専念したはずなので、風土記編述のための資料蒐集・整理作業などは時間的にきわめて困難だったのではないかと思われ、宇合らの編纂とする説には大きな疑問を抱かざるをえない。現に、筆録の当事者にしては、虫麻呂作品には風土記との直接関係を示すような内部徴証も見当たらない（唯一「嬥歌会《かがひ》」の行事が重なるが、取り上げ方や描写が全く異なっている。〈N歌〉71頁）。

そこで改めてこの問題を考え直してみよう。

風土記撰進の詔の下った和銅六年前後、常陸国守に任じられた者は、宇合を含めて次の3名である（いずれも『続日本紀』）。

和銅元年708三月　阿倍狛《あへのこま》朝臣秋麻呂（従五位下）

和銅七年714十月　石川朝臣難波《なにわ》麻呂（従四位下）

養老三年719七月　藤原朝臣宇合（正五位上）

このうち秋麻呂は在任最後の年に官命を受けたので、僅か1年で資料蒐集から撰録まで成し遂げることは時間的にかなり困難であると思う。すでに着手していたのであれば、未整理・未完の資料を次の難波麻呂に引き継いだことだろう。とすれば、難波麻呂はそれを受けて、風土記の完成を第一の使命と考え、それに専念したに違いない。他の特別な大任のなかったこともそれを可能にした要因だろう。

そもそも、原資料の蒐集は各郡の郡司たち（主帳《ふみひと》・大領《おおみやつこ》など）が担当し、それを国府で整理・編集したものらしいが（『出雲国風土記』には各郡の末尾に郡司らの記名〈姓〉があり、巻末に監修責任者の署名がある）、『常陸国風土記』の場合、11郡分（現在2郡欠落）をまとめて「解文《げぶみ》」（上級官庁に提出する報告文書）として仕上げ、中央官庁（太政官《だいじょうかん》〈国政の総括機関〉）へ提出するまでには相当の時間を要したはずである。

幸い国守難波麻呂のもとには有能な介《すけ》・春日蔵《かすがのくら》（椋《くら》）首老《おびとおゆ》がいた。『懐風藻』の詩（59）には「従五位下常陸介春日蔵首老　一絶　年五十二」とあり、難波麻呂と同時に介に任じられたのだろう。老は右の五言詩のほか、『万葉集』に旅に関する短歌8首を残す文人でもある。

難波麻呂もこの時点でかなりの高官であり（のちに従四位上）、行政・律令に詳しかったらしいから、このコンビは風土記の編纂にきわめてふさわしい資格と能力を備えていたと考えられる。難波麻呂を編集責任者、老を採録・編述者とすれば、それは宇合・虫麻呂らに優るとも劣らぬ編集陣であったと言える。

さらに成立にかかわるもう一つの重要な事実が指摘されている。それは、『出雲国風土記』（総記）に、霊亀元年715（三年の誤りとも）に行政区画の単位をそれまでの国郡里から国郡郷里に改めた（「霊亀元年の式に依りて、里を改めて郷となす」）とあるのだが、『常陸国風土記』はそのほとんどを「里」のままで記していることである。

このように改定以前の形を留めているということは、それが霊亀元年（または三年）以前に成立したことを意味するであろう。とすれば、それは難波麻呂の任期中のことになり、宇合までは及ばなくなる。この意味でも、宇合・虫麻呂による編纂説は退けざるをえない。やはり最近の研究成果（植垣節也氏校注・解説『風土記』〈新編日本古典文学全集〉・三浦佑之氏「現存風土記を概観する」『風土記の世界』など）に拠るのが妥当かと思う。『常陸国風土記』は、秋麻呂・難波麻呂の2代にわたる国守たちの力の結集によって成ったと考えたい。

初め筆者は、「養老二年以前の（難波麻呂の）筆録を基とし、宇合の在任時代に至って編述が完了した」

とする説〈秋本吉郎氏校注『風土記』〈日本古典文学大系〉〉に賛同して、宇合らは難波麻呂の残したいわば第一次稿本を引き継いで養老末年に最終的に補足・整理を加え、まとめ上げて完成したと考えたのだが〈本項末尾の関連小論〉、それでは和銅の官命からあまりにも時間が隔たり過ぎていることに気がついた。宇合の太政官への提出の下限を養老七年723末の帰京時とした場合はなおさらである。当時、国としては地方の実態を早急に把握する必要があったに違いないので、各国ともその任務のすみやかな遂行に努めたはずだからである。中でも重要な常陸国であってみれば、悠長な編纂作業は許されまい。

難波麻呂の完成・提出を霊亀元年715〈または三年〉とすれば、宇合らはその後に着任したから、国府に残された「副本」〈廣岡義隆氏解説『風土記』〈新編日本古典文学全集〉〉を「国勢要覧」あるいは「実務便覧」〈同〉として目にし、活用したということになるだろう。

このように考えると、難波麻呂たちの常陸国司任命の主な目的は、風土記の迅速な完成にあったのであり、宇合たちの常陸派遣のそれは、蝦夷対策を中心とするものであったと考えられる。だからこの4人はその方針に沿った最適の人選であったと言うべきである。外ならぬ常陸国であるだけに、主たる役割を二つに分割した形となったが、不比等らの意図によるものか。

さて、ここで改めて虫麻呂作歌と風土記の関係を考えてみると、虫麻呂の伝説歌群や「嬥歌会《かがひ》」の歌は、撰進の詔の第五項に触発されて生み出されたのではないかと思われる。

『常陸国風土記』の冒頭に「古老《ふるきおきな》の相伝ふる旧聞《ふること》を申す事」とあることは、明らかにそれに呼応していて、とりわけそれを重視し、記述の中心に据えようとしている。内容的にも全体に「古老」の伝承を重んじる姿勢が顕著で、具体的には童子女《うなゐ》の松原の悲恋説話〈香島郡〉をはじめ古伝承をいくつも取り上げている。このような伝承の発掘と創作は、筑紫文学圏においても行われていて〈鎮懐石歌〈山上憶良〉・領巾《ひれ》麾《ふり》の嶺《みね》歌群〈大伴旅人ら〉など〉、同時代の傾向として注目される。

こうした風潮に興味と関心を喚起され、虫麻呂は「旧聞」に類するD・P・Qの伝説歌や、「異事」に類するA・C・E・Nの作を生み出したように考えられる。いずれも異色の長歌である。あるいは、宇合から民間の伝承・行事に取材した歌作を促されたのかもしれない。風土記に盛りこまれた地方性こそ、虫麻呂文学の根源であり、中核となったと言えるのではないか。

それも風土記が漢文で記した散文であるのに対して、虫麻呂歌は叙事的内容を大和ことばで表現した和歌〈韻文〉である点に独自性が認められる。それは形式・内容共に新しいスタイルを打ち出したものとなった。伝説歌人とも称される所以はここにある。

〈関連小論「歴史の窓から見通した高橋虫麻呂の軌跡」『日本文学文化 第一四号』〉

まとめ

以上第一章では、虫麻呂の東国での活動を探ったが、虫麻呂にとって東国へ赴任したことは、その人生において歌作においてかけがえのないものであった。そこで次々に接した自然（風土）や人事（習俗）や伝承は、いずれも初体験の、都にあっては想像もつかないようなものばかりで、その衝撃はきわめて大きかった。中でも筑波山や富士山には神そのものの視座を体験して神の存在を己れ自身に重ねて感じ取った。また歌垣の風習には古代の自在な生のエネルギーの発散を知った。あるいは、かつて周淮《すえ》や真間に生きた娘子《をとめ》たちのあり方に聖性や純一性を見出した。そこには虫麻呂の時代にはすでに稀薄化しあるいは特異なものと見なされるに至っていた神秘性・古代性・始原性が生き生きと息づいていた。それらは虫麻呂の目には、生の根源、命の讃歌として映ったのではないか。また、それこそが虫麻呂のかかえていた現実の「旅の憂へ」と対置するものであり、虫麻呂が探し求めていたものであったのではないか。

虫麻呂にとって東国は、未知と神秘に満ち満ちて、都会＝中央の常識的限界を超えたものに溢れた世界であった。『和名抄』（二十巻本）によれば、「辺鄙」を「阿豆万豆《あづまづ》」と訓んでいて（巻二・微賤類）、辺鄙な地に住む「田舎人」（『同』）を指すらしい。逆に言えば、アヅマは辺境であり、未開野蛮であり、呪的パワーの充満する地として意識されていた（黛弘道氏「東国とは何か」『万葉の東国』）ようだ。一方風土記は、常陸国は山海の物産に富み、五穀に恵まれて、「古《いにしへ》の人、常世《とこよ》の国と云えるは、蓋《けだ》し疑はくはこの地《ところ》ならむか」（総記）（遠い昔の人が常世の国と言ったのは、思うにこの国のことであろうか）と記すが、それは編者らの異界への憧憬から来るものではなく、誇るべき自国意識に立つものであろう。

　狭い現実の枠の外への脱出を願望し続ける虫麻呂にとって、東国は鄙として蔑視するどころか（東国を鄙と呼んだことは一度もない）、心の安らぎと充足を与えてくれる恰好の地であり、その〝呪的パワー〟の刺激を受けて創作意欲をかき立ててやまないものを次から次へと提供してくれる源泉だったのである。故郷を喪失した都の官人の目は、異郷を凝視して、そこに都にはない何かを発見しようと貪欲なまでに努めたのである。

（付記）　虫麻呂は風土への関心の中でも、とりわけ新たに足を踏み入れた土地の天然現象特に気象にはきわめて敏感で、その地の特性や季節感を適切に捉えていることは注意される。そこには風土を時空の総体として把握しようという意図が読み取れよう。以下摘出のみしておくことにする。

　富士山の「天雲・雪」（A三一九〜三二一）、小埼の沼の「霜」（F一七四四）、国府の「雨」（L一七五六）、筑波山の「雲居・雨」（K一七五三）・「秋風」（M一七五七）・「雲・時雨」（N一七六〇）など。帰京後では、水江の「春霞」（D一七四〇）、龍田（山）の「春雨」（I一七四七）・「風」（I一七四七・一七四八、J一七五一）・「露霜」（R九七一）など。

〔関連小論「旅と東国」『万葉の東国』〕

二章　活動後期・帰京後

——人間へのまなざし

すでに触れた通り、宇合が常陸の按察使と国守の任を解かれて、帰京した時期については記録がなく定かでない。おそらく養老七年723中には上京して式部卿に就任したが、翌神亀元年四月に蝦夷制圧の持節大将軍となって陸奥へ赴き、十一月末には都に帰還する。

この間虫麻呂の動静は全く不明だが、宇合と共に常陸から戻り、都の官（宇合の推挙で式部省の大録〈正七位上〉あたりか）に就いていたものと考えられる。しかし、歌作は見られない。虫麻呂が再び歌人としての能力を発揮する機会を得たのは、神亀三年726宇合が難波宮修造という一大事業の総責任者を務めることを命じられ、虫麻呂もその下でそれに携わさったことによる。そこで難波周辺を舞台にした伝説歌や工事完成の式典をめぐる儀礼歌を生むことにつながったのである。

その後京官に戻り、天平四年732に宇合が西海道節度使として派遣されることになった時、切々とした思いをこめた壮行歌を詠んだが、この献歌を最後として虫麻呂の作歌活動は停止する。

㈠ 造難波宮司の主典《さかん》として

神亀三年726十月、聖武天皇は難波宮を修造するという大事業を企てるに当たって、宇合を知造難波宮事に任命した。虫麻呂も多分、これも宇合の引き立てにより同時に造難波宮司の主典《さかん》となって、再び長官の宇合のもとでこの造営事業にかかわったと推測される。虫麻呂の作歌活動はここから再開することになる。次の2群3編の歌群はこの期間に成ったものと考えられ、第一群は造難波宮司の周辺で取材・作歌したものであり、第二群は難波宮の一応の改修完成の折の式典にかかわるものである。

1 難波に在って

1-i 河内の大橋の娘子《おとめ》歌

E 河内《かふち》の大橋を独《ひと》り去《ゆ》く娘子《をとめ》を見たる歌一首　并せて短歌

級照《しなて》る　片足羽川《かたしはがは》の　さ丹塗《にぬり》の　大橋の上ゆ　紅《くれなゐ》の　赤裳裾《あかもすそ》引き　山藍《やまあゐ》もち　摺《す》れる衣着《きぬき》て　ただ独り　い渡らす児《こ》は　若草の　夫《つま》かあるらむ　橿《かし》の実の　独りか寝《ぬ》らむ　問はまくの　欲《ほ》しき

我妹《わぎも》が　家の知らなく（9一七四二）

反　歌

大橋の頭《つめ》に家あらばうらがなしく独り行く児に宿貸《やど》さましを（一七四三）

[歌意]　E　河内の大橋を独り行く娘子を見て詠んだ歌一首

（級照る）片足羽川の赤く塗った大橋の上を通って、紅に染めた赤裳の裾を長く引き、山藍で薄青く褶り染めにした着物を着て、たった独りで渡って行かれるあの娘《こ》は、（若草の）夫をもつ身であろうか、それとも（橿の実の）独りで夜も寝るのだろうか。妻問いに行きたく思うかわいい娘《こ》だけれど、その家がわからないことよ。

反　歌

大橋のたもとに私の家があったとしたら、ものわびしい様子で独り渡って行くあの娘に宿を借してあげようものを。

河内から大和に通ずる重要な公道に架かる新しい大橋と若い娘子《おとめ》をめぐる幻想的な作品である。歌中の「片足羽川《かたしはがわ》」がどの川を指すかはっきりしないので、この「大橋」の所在もわからず諸説あるが、通説では藤井寺市船橋町（国府が置かれたと推定されているが、道と川の要衝の地としてふさわしい）付近を流れる大和川（石川とも）に架かる橋とする。「大橋」は『万葉集全歌講義　五』で詳しく説かれているように、簡単に設置した一般の橋とは異なって、進んだ架橋技術を駆使して造られたものである。それを支えたのは、河内に多く居住した百済《くだら》系の渡来集団葛井《ふじい》氏（もと白猪史《しらいのふひと》。養老四年720葛井連《むらじ》を与えられる）

であったらしい。その氏寺とされる葛井寺（寺伝では聖武天皇の勅願により行基《ぎょうき》が創建）も近い（金色《こんじき》の本尊、千手千眼観音像《せんじゅせんげん》に虫麻呂も額《ぬか》ずことがあったか）。「さ丹塗り」の色も鮮やかな造り立ての大きな橋は、いかにも異国風の香りを放っていて、新名所として多くの人々の往来で賑わったことだろう。

虫麻呂は旅先では名勝や旧跡を見落とすことはなかった（那賀の曝井・手綱の浜・筑波山・真間の井・小埼の沼・富士山・葦屋の墳墓・龍田山など）。そこは、周辺とは異なった土地柄であり、その地にまつわる伝承も少なくないことから、「旧聞・異事」（140頁）に興味をかき立てられて、イメージ豊かな歌を多く詠んだ。あとで読み返せば、記念写真のようにその情景がありありと蘇ったに違いない。

誕生して間もないこの大橋は新たな名勝地として特筆すべきものであり、虫麻呂の目にはこれまでとは違った新しい「異事」として映ったことだろう。

その中でふと目に止めた一人の若い女性に、虫麻呂の想像はにわかにふくらんでいく。虫麻呂の網膜は瞬間的にそれを渡来系一族の美女と感じ取ったのである。「紅《くれなゐ》の赤裳」と「山藍《やまあゐ》の（薄青い）衣」（真間《まま》の手児奈《てこな》も「青衿《あをくび》」を着けた麻の衣をまとっていた〈102頁〉）という韓《から》風の衣装こそは、朱塗りのこの橋に最も似つかわしいものであった。

しかも橋は境界であり、両岸の人々の行き交う交歓の場であるところから、そのたもとでは古くは歌垣も催され、集団的な歌舞を伴う野遊びの場（「打橋《うちはし》の　頭《つめ》の遊びに　出でませ子…」〈『日本書紀』歌謡124〉〈杭を水中に打ち込んだ橋のたもとに集まって楽しむ催しに、出ておいでよ、娘さん…〉・「住吉《すみのえ》の小集楽《をづめ》に出でて…」〈16三八〇八〉

〈住吉の橋のたもとの野遊びに参加して…〉)(206頁)であったから、恋の情緒を高揚させるには絶好の場であった。野遊びの娘子らのイメージから、新しく浮かび上がった短編物語のワンシーンを切り取った感がある。

森斌氏は渡河・渡橋が男女の逢瀬につながることが多いことに注目し、この女性を「男に会うために晴れ着を着込んで目一杯のお洒落をして川を渡る娘子」と見なして、この歌は織女が牽牛を訪れる七夕伝説を背景に踏まえていると指摘される(「河内大橋を独り行く娘子を見る歌」『セミナー万葉の歌人と作品 第七巻』)。その場合、「うらがなしく」という娘子の風情・心情とはずれが生じるように思うが、恋の思いをかき立てるには七夕伝説は十分な要素と言えるだろう。

ところでこの韓《から》風の美女は、いかにも哀しげにわびしげに「独り」橋を渡っていく。異国風であることがかえってはなやかな人通りの中の一人を対照的にきわ立たせている。虫麻呂は歌中に3度も(題詞にも)娘子の「独り」あることを重ねて強調して、その孤独感・孤愁感を深めているが、それはそのまま虫麻呂自身の、孤独の生を愁える心情を重ねたものでもあったろう。孤独の深みが妻問いの思いを喚び起こし、橋詰めにそれを叶える「宿」を強く欲するに至る。長歌で娘子の姿を目で追ううちに、すっかり魅入られて夫の存在を思うに至り、反歌で今にも橋を渡りきらんとする娘子の後姿に向かって呼びかけ、呼び止めたい思いに駆られているのである。程度の差こそあれ、その心の熾烈さは、筑波山の嬥《か》歌《が》会《ひ》で女を得たいと叫ぶ男(一七六〇)と変わらない。また、孤独なる者と孤独なる者との一体化への願望は、あの霍公鳥《ほととぎす》の歌(一七五五)にも窺えたが、それは、筑波山麓で秋田を刈る「妹」(一七五八)や、幻視した那賀郡の曝井《さらしい》の「妻」（一七四五）や手綱の浜の「遠妻」（一七四六）に寄せた思いにすべて連なっているのである。きわめて抑制のきいた形の中にそんなたぎる思いを込めたところに、進化した手法とより洗練された歌境を感じ取ることができる。

また、同じ異国風の美女でも、周淮《すえ》の珠名の場合はその体形と表情に焦点を当てて常人を超えるものを強調したが（一七三八）、大橋の娘子の場合はそのような身体性に言及することはなく、専ら赤と青に彩られた服装と赤い橋とのカラフルなとり合わせ（景）によって異国的雰囲気を現出している。さらに珠名は惜しげもなく男たちの意を受け入れたが、大橋の娘子はどんな妻問いにも応じることなく、凜として静かに橋を渡りきって、まさに視界から消え去らんとしている（この聖なる姿は、水江の浦島子詠の「神の女」（一七四〇）に通底するものがある）。聖なるものが聖なるまま消え去るのは、真間の手児奈（P一八〇七）と同様である。完璧なものがやがて無に帰する思想は水江の浦島子詠で克明に形象化されることになる。このように見てくると、これまでに詠んだ、さまざまな非実在の女性たちに寄せる思いが、この歌にはさりげなく凝縮して取り込まれているように思われる。自己の生きる現代に倦んだ虫麻呂は、あるいは古代に憧れ、あるいは異国世界や仮構空間に心を遊ばせたのである。

さてこの橋は、龍田道を経て河内国府付近を通り難波宮へと向かう要路途中の大和川に位置すると考えられることから、歌中でそれが立派な「大橋」であること、丹塗りの華麗な新橋であること、それと相俟って点出した娘子の服装もまた赤や青で印象づけられていることなどに改めて注目したい。これほど色彩豊かであでやかな歌は、虫麻呂の作品中ほかには見当たらないからである。

この作がそれほど特異であることは、大橋は難波宮造営の一環として構想され、いわば宮へのアクセスの整備事業として新たに架け替えられたものであることを示しているのではないか。宮の造営と連動して密接な関係にあるものとすれば、造難波宮司主典の虫麻呂が注視するのも当然である。宮が完成すれば、天皇はじめ高位・高官や都人たちが平城京から新難波宮へ向かう時に渡る橋となるからである（外国からの使節が来れば、それを大和にまで迎え入れるエントランス的な橋にもなろう）。

そのような重要な橋であってみれば、その完成記念の祝賀の催しなども行われたに違いない。虫麻呂もその一員として参加し、その賑わいの中でこの歌のイメージをふくらませたのかもしれない。しかし、直接橋そのものを讃美することを目的とした作にはなっていないので、公の祝賀行事の場で披露したものではないのだろう。独詠的な匂いも感ぜられはするが、別の機会の宴席などで宮の修造にかかわった人々の前で詠じられたか。すると作歌の時期は宮の完成（天平四年732三月）に近いころということになろう。

この幻想風景はまさに虚構としか言えないのであるが、題詞には「河内の大橋を独り去く娘子を見たる歌」とある。『万葉集釈注　五』でも指摘しているように、周淮の珠名・真間の娘子《おとめ》・水江の浦島子などを主人公とする伝説歌の場合は、必ず「…を詠める（歌）一首」と題詞に記している。虚構であるのなら、なぜ「…詠める」でなく「…見たる」であるのか。真間の娘子の場合、実際に見たのは「真間の井」（一八〇八）であり、菟原の処女の場合のそれは「墓」（一八〇九・一八一〇）であった。目にしたそのような景物を契機として、伝説の幻像世界が一気に拡がったのである。すると大橋の娘子の場合も、橋の上を一人歩む若い女を食い入るように見つめるうちに、それを橋とセットにした女性像に創り上げ、夢幻的影像を描いていったのだろう。だからそれは、菟原《うはら》の処女歌と同様に「…を見て詠める歌」と解することができ、「詠める歌」の系列に含めてさしつかえないと考えられる。

余滴　**虫麻呂の女性志向**

　虫麻呂は多くの女性を歌に取り上げているが、若い虫麻呂としては至極当然のことである。子細に見ると、それは伝説歌の主人公に典型的な行動する動的女性（C周淮の珠名・P真間の手児奈《てこな》・Q菟原処女《おとめ》・D海若《わたつみ》の神の女、N嬥歌会《かがい》の女）と、脳裏に思い浮かぶ静的な女たち（G曝井《さらしい》の妻・H多珂《たか》の遠妻・M筑波山の裾廻《すそみ》の妹《いも》・E河内の大橋の娘子《おとめ》・J龍田《たつた》の児《こ》）に大別できるのだが、いずれも時間的・空間的に遠く隔たった存在で、生身の女性が一人も見られないのは異色である（N嬥歌会《かがい》の歌に「わが妻」とあるのは、虫麻呂自身の妻ではなく、歌垣に参加した男の妻ということだろう）。特に後者の場合、虫麻呂が一人在った時の深い孤独感に突き動かされて浮かんだ幻像である点が共通している。

　旅先での現地の妻も見当たらず、虫麻呂が思いを寄せた現実の女性は全く登場しないのである。これは、虫麻呂は生涯にわたって特定の女性に出会うことがなかったとも考えられるが、次の例は別の理由を思わせる。

虫麻呂が曝井や真間の井を見て女性の連想につながったのは、水汲みは女性の仕事であるからだが、さらに井は異界への通じる通路と信じられていたので、それをのぞきこんだことで、亡くなった女性たちがその奥から立ち現れてきたからである。そのことから思いめぐらすと、虫麻呂は妻とも称すべき最愛の女《ひと》を早く喪っていて、その想い絶ちがたく、幻想という非現実世界の中に生きる女性ばかり求めて詠んだということになるのではないか。非存在の女人への憧憬である。その娘子《おとめ》たちを血の通った女性として蘇らせて、一人々々に自分の想う女《ひと》を重ね見ようとしたのであろう。だから右の女性たちには、有名・無名を問わずそのすべてに対して深い愛情を注いで歌い上げている。彼女たちを詠み手と対等の関係に置いて、差別的な視線を投げかけたりすることはない。取り上げる対象はあくまでも讃仰の対象なのである。

このような女性の描き方は、自己のそうした思いに発して、歌の聴き手である男性官人のだれもが恋い焦がれるような一般的・普遍的な女性像に創り上げ、若い彼らの女性を求める心を満たしてその寂しさを慰めてやろうという意図によるものであろう。これも享受者の心の代弁者としての一つの表現と言ってよい。

中で虫麻呂が外国あるいは異界の女性への憧れもかなり強かったと思われるのはおもしろい。異国風の周淮《すえ》の珠名、韓《から》風の大橋の娘子《おとめ》、異次元の海若《わたつみ》の神女たちはみなその系列に属する。このような現実世界とかけ離れた女性たちへの思いは、異国の女性たちについて、かつて遣唐使として唐に滞在した宇合から聞かされた話や、漢籍によって得られた知識などから、そのイメージが醸成されたものなのであろう。これが異次元世界の構築に力を注いだ虫麻呂の志向と深く結びついたものであることは言うまでもない。

1-ii　難波周辺の伝説歌

虫麻呂は難波に在る時に構想あるいは取材した伝説に基づいて、「水江の浦島子詠」（9一七四〇・一七四一）と「菟原《うはら》の処女歌《おとめ》」（9一八一〇・一八一一）の長編2首を成した。その制作の先後関係は明らかにし難いが、菟原の処女歌が妻争い伝説という求婚説話に由来している点を踏まえると、東国の「真間の娘子詠《おとめ》」（9一八〇七・一八〇八）との対比意識から西国の菟原の処女歌をまず用意したと思われ、水江の浦島子詠に先行するものと考えられる。よって浦島子詠は伝説歌の集大成として最後に成ったものであろう。

1-ii①　菟原《うはら》の処女《おとめ》歌

1-ii①(1)　虫麻呂歌

Q　菟原処女《うはらのをとめ》の墓を見たる歌一首　并せて短歌

B 葦屋《あしのや》の　うなひ処女《をとめ》の　八年児《やとせご》の　片生《かたおひ》の時ゆ　小放髪《をはなり》に　髪たくまでに　並び居《を》る　家にも見えず　虚木綿《うつゆふ》の　隠《こも》りてませば　C_1見てしかと　悒憤《いぶせ》む時の　垣ほなす　人の誂《と》ふ時　C_2血《ち》沼壮士《ぬをとこ》　うなひ壮士《をとこ》の　廬屋《ふせや》焼《や》く　すすし競《きほ》ひ　相結婚《あひよば》ひ　しける時は　焼太刀《やきたち》の　手柄《たがみ》押しねり　白檀弓《しらまゆみ》　靫《ゆき》取り負《お》ひて　水に入り　火にも入らむと　立ち向ひ　競《きほ》ひし時に　D_1吾妹子《わぎもこ》が　母に語らく　「倭文手纏《しつたまき》　賤《いや》しきわがゆゑ　丈夫《ますらを》の　争ふ見れば　生けりとも　逢ふべくあれや

ししくしろ　黄泉《よみ》に待たむ」と　隠沼《こもりぬ》の　下延《したは》へ置きて　うち嘆き　妹が去《い》ぬれば　D_2血沼壮士その夜夢《いめ》に見　取り続《つつ》き　追ひ行きければ　後《おく》れたる　菟原壮士《うはらをとこ》い　天仰《あめあふ》ぎ　叫びおらび　足ずりし　牙喫《きか》み建《たけ》びて　如己男《もころを》に　負けてはあらじと　懸佩《かけはき》の　小剣《をだち》取り佩《は》き　冬薮蕷葛《ところづら》　尋《と》め行きければ　D_3親族《うから》どち　い行き集《つど》ひ　永き代に　標《しるし》にせむと　遠き代に　語り継がむと　処女墓《をとめづか》中に造り置き　壮士墓《をとこづか》　此方彼方《こなたかなた》に　造り置ける　E_1故縁《ゆゑよし》聞きて　知らねども　新喪《にひも》の如《ごと》も　哭《ね》泣《な》きつるかも（9一八〇九）

反　歌

E_2葦屋《あしのや》のうなひ処女《をとめ》の奥津城《おくつき》を往《ゆ》き来《く》と見れば哭《ね》のみし泣かゆ（一八一〇）

E_3墓《はか》の上《うへ》の木《こ》の枝靡《えなび》けり聞きし如《ごと》血沼壮士《ちぬをとこ》にし寄りにけらしも（一八一一）

右の五首は、高橋連虫麻呂の歌集の中に出づ。

［歌意］Q　菟原処女の墓を見て詠んだ歌一首

B葦屋のうない処女が八つばかりのまだ幼い時分から、少女の振り分け髪となりさらにその髪を束ねる年ごろまで、並び住んでいる近所の人にさえ姿を見せず、（虚木綿の）家にこもっておられたので、C何とかして一目見たいものだとやきもきして、まるで垣根のように取り囲んで男たちが求婚した時、中でも血沼壮士とうない壮士が、（廬屋焼く）火のごとく激しくお互いに争って求婚した時には、焼き鍛えた太刀の柄《つか》を握りしめ、白木の弓を手に取り靫を背に負って、処女のためなら水の中火の中にでも入ろうと立ち向かい争ったが、その時に、D_1いとしい処女が母に打ち明けて言うには、「(倭文手纏)とるに足らない私のような者のために、立派な男の方が争っているのを見ると、たとえ生きていたとしてもだれとも結婚することはできないでしょう。いっそ(ししくしろ)黄泉の国でお待ちしましょう」と、(隠り沼の)こっそり言い残して運命を嘆きながら処女はこの世を去ってしまったのだが、D_2血沼壮士はその夜処女の死を夢に見て、すぐに続いて後を追って行ってしまった。後れをとった菟原壮士は天を仰いで大声をあげてわめき、地だんだを踏み歯ぎしりしてたけり狂い、あんな男に負けてなるものかと、腰に下げる小剣を身に着け、(冬蔌蕷葛)処女の後を追って死んでしまった。D_3そこで親族の者たちは寄り集まり、永久の記念にしようと、遠いのちの世まで語り継いでゆこうと、処女の墓を真ん中に造り、壮士たちの墓をその両側に造って置いたという。E_1そのいわれを聞いて、実際には知らない遠い昔のことではあるが、今亡くなったばかりの身内の喪のように、声を上げて泣いてしまったことだ。

反　歌

E_2葦屋の菟原処女のこもる墓を道の行き来のたびに見ると、声を上げて泣けてくることだ。

E_3墓の上に木の枝がそちらに靡いている。やはり話に聞いた通り、処女は血沼壮士の方に心を寄せていたらしいなあ。

右の五首(一八〇七〜一八一一)は、高橋連虫麻呂の歌集の中に出ている。

これは、真間の娘子詠にあった「錦綾の　中につつめる　斎児《いはひご》」(一八〇七)(102頁)ともいうべき在地の富裕層(豪族クラスか)の箱入り娘が、同郷の男の愛を振り払って他郷の男に惹かれたために、壮絶な妻争いが生じて結局は3人とも死に至るという悲劇である。舞台は摂津国菟原郡葦屋(現、神戸市から芦屋にかけての地）である。

妻争いをモチーフとする歌は、すでに「中大兄《なかつおほえ》の三山の歌一首」（1一三〜一五）が著名で、阿菩大神《あぼのおおかみ》が大和三山の争いを調停しに来た話が『播磨国風土記』（揖保《いいぼ》郡）に見える。中大兄は船団を率いて筑紫に向かう途中印南《いなみ》の海でそれを想起し、「古昔《いにしへ》も　然《しか》にあれこそ　うつせみも　嬬《つま》を　あらそふらしき」（一三）（昔もそうだったからこそ、今の世でも愛する人を奪い合って争うらしい）と、現実（中大兄―額田《ぬかた》―大海人《おおあま》）の関係か、（中大兄―間人《はしひと》―孝徳）の関係か）に思いを馳せたのである。ここでは過去の伝承を確かなものと認め、それを根拠として現世の人事の不如意を解こうとしている。

この三山の恋物語に淵源を持つかと想像される作（耳無《みみなし》の池にまつわる）が巻十六の冒頭に2編収められている。前文に記された〝由縁〟（歌の作られた事情。いわれ）によれば、一つ（三七八六・三七八七）は桜児《さくらこ》をめぐる二人の「壮士《をとこ》」の争い（2男1女型）であり、他の一つ（三七八八〜三七九〇）は縵児《かづらこ》をめぐる3人の男の争い（3男1女型）である。本来自然物（樹木）にまつわる擬人的伝承であったものが、その周辺における人格的伝承に変貌していったらしい。そこでは事の経緯は文章（漢文）で記され、短歌群は、板挟みになって死を選んだ女に対して男たちが哀慟したものとなっている。

事件そのものは本来語り伝えられるものであるから、文章化すればそれが散文世界に属してしまうのは当然である。そこでは事柄を散文（漢文）で叙し、その頂点としての登場人物の情の表出を韻文（和歌）で行う。冷静で客観的な散文の叙述よりも、情緒的に直接享受者へ訴えかける力は歌の方が強いから、歌集である『万葉集』としては、当然歌の方を第一義的に扱うことになる。しかもこの場合、男性的な散文と相俟って、男の嘆きに主眼が置かれていることは留意すべきだろう。漢和による韻散一体の構造が何とも男臭くて調和が図られているのだが、文章の迫力に比して、男たちの歌は弱く熱っぽさに欠ける。

山上憶良は近時の事件に基づき、この方法を用いて「敬みて熊凝《くまごり》の為に其の志を述べたる歌に和《こた》へたる六首」（5八八六〜八九一）を成し、また「筑前国の志賀《しか》の白水郎《あま》の歌十首」（16三八六〇〜三八六九）もこれに近い。詳述は割愛するが、そこでは散文と韻文とのかなり高度な密着性によって文学的な統一世界をかもし出しているが、頂点はあくまでも歌にあって、文章はそれを効果あらしめるための説明的補助手段でしかない。主と従の関係はきわめて明白なのである。

対して虫麻呂の作品は、文章を付して状況説明を施す手段は一切とることなく、すべてを歌によって語り尽くそうとする。右のものとはかなり異質の方法に依っていることは歴然としている。

妻争いにかかわる虫麻呂のもう一首は、すでに見た真間の娘子詠（一八〇七・一八〇八）（101頁）であるが、その「奥津城《おくつき》」（墓）と「真間の井」という現実の景に触発されて、幻視の想像世界に分け入り、「見れば…思ほゆ」型によって創作したものであった。

真間の娘子詠の場合、波音の絶えない湊の「奥津城」の点出が、手児奈の入水と死を暗示したのだが、菟原の処女歌はその「墓を見たる歌」であることを題詞に明確化し、その衝撃が一挙に想をふくらませたものとなっている。長歌部分は娘子詠が43句から成ったのに対し、処女歌は73句にも及んで、描写がより具体的で詳細にわたっている。

手児奈の墓は、「真木の葉や　茂りたるらむ　松の根や　遠く久しき」（3四三一　山部赤人）（歌意は109頁参照）という、所在も判然としないようなものであったが、処女の墓たるや、今も神戸市東灘区に処女《をとめ》塚古墳として残る長大な墳墓（全長約70mの前方後方墳。前方部は南〈海の方角〉へ向く）であった。この処女塚古墳を挟んで、ほぼ同規模の東求女《もとめ》塚古墳（同区。全長約80m、西向き。処女塚まで約1.5kmキロ）と西求女塚古墳（灘区。全長約95m、東向き。処女塚まで約2km）と称する二つの古墳が山陽道に沿って東西に直線的に並んで存することが、伝説を付会するには絶好の条件となったようだ。これを親族たちが「処女墓《をとめづか》　中に造り置き　壮士墓《をとこづか》　此方彼方《こなたかなた》に造り置ける」（一八〇九）ものと見なしたのである（ほかにも葺合区に乙女塚古墳と称するものが1基残る）。

歌には三人の死に方は具体的に示していないが、三基の塚がいずれも海に面していることで（現在は、築造当時の海岸線から100〜200m）、三人とも入水したことが自明であると考えたのであろう。

美女たちが墓に眠ることになった原因が妻争いにあることは共通だが、真間の手児奈には多数の無名の男たちが群がったのに対して、菟原の処女の場合は血沼《ちぬ》壮士《おとこ》と菟原壮士という二人の男が壮絶な闘争を繰り広げた点（典型的な2男1女型）が大きく異なる。その精細な経緯を描くことを主眼としたので、歌は拡大したのである。だからこの歌は、女よりもむしろ男たちに重心が移されていると見られる。その長歌の構成を真間の娘子詠と比較すれば次の通りである。（上段の符号は下段に揃えた）

〔真間の娘子詠〕

A〈所と時の提示〉鶏が鳴く…絶えず言ひ来る
B〈庶民層の美女〉勝鹿の…妹に如かめや
C〈蝟集する男たち〉望月の…人の言ふ時
D〈手児奈の死と墓〉いくばくも…妹が臥せる
E〈現時に戻っての思い〉遠き代に…思ほゆるかも

〔菟原の処女歌〕

A　――
B　〈富裕層の処女〉葦屋の…隠りてませば
C　C_1〈多数の男の求婚〉見てしかと…人の誂ふ時
　　C_2〈二人の男の争闘〉血沼壮士…競ひし時に
D　D_1〈処女の決意と死〉吾妹子が…妹が去ぬれば
　　D_2〈二人の男の後追い〉血沼壮士…尋め行きければ
　　D_3〈親族の墓の築造〉親族どち…造り置ける
E　〈現時に戻っての思い〉故縁聞きて
　　…哭泣きつるかも

このように、Aは伝説世界へと享受者を誘う導入部であり、B～Dは過去の異次元世界を今に再現した展開部であり、Eは過去の時空から現実へと覚醒する終結部をなしている。菟原処女歌が導入部を欠いていきなり展開部から歌い出されていることを除けば、全体の進行は「ヒロインの登場→男たちの求婚→女の死→墓の築造→現時の思い」となって、構成要素も順序も両歌は全く同じであることが判明する。

ただ処女歌の方が展開部が具体的で細部にわたる点がきわ立っている。処女を取り巻く血沼壮士・菟原壮士・母親・親族たちが次々と登場して、行動性に溢れた劇的な話の展開を担っているからである。何よりも3基の大きな墳墓が築かれた由来を歌い尽くそうとしたことが、作品を長大化させたのである。Aの導入部分を割愛したのは、この伝承が難波ではよく知られていたことにもよろうが、塚が単なる過去の遺物ではなく、歴史的事実を語るものとして、そのまま現在につながっていると受け止められたからであろう。これらの塚に相対すれば、忽ち見る者を墓の主たちの生きた過去へと誘いこむことになるので、余計な説明は要らないのである。

ところで、巻十六の2編の妻争い歌は口承による伝承（語り）を文章化（漢文）して前文に据え、それに歌を添える形式が特徴的であることは先に触れた通りだが、桜児歌（三七八六・三七八七）の場合、その前文に記された「由縁」（巻十六標題）（歌の作られた由来）は次のようにまとめられる。

昔（A）、桜子という娘子がいた（B）。二人の男が求婚して激しく争った（C）。娘子は自らの死によって争いをやめさせるべく林に入って経死した（D）。男たちは哀慟してその思いを歌に詠んだ（E）。

このA→B→C→D→Eという叙述順序は縵《かづら》子《こ》歌（三七八八〜三七九〇）の前文でもやや簡潔ながら全く同様で、これが妻争い伝説を語る基本パターンであったことが知られる。虫麻呂は、このような語りの定型を根底に踏まえながら、そこに現時の語り手としての立場を組み入れて新しい伝説歌の構築を図ったのである。ただ両者の大きな違いは、巻十六歌が説話も歌もすべて過去のものとして現在とは峻別されているのに対して、虫麻呂歌の場合は詠み手と聴き手の現在から伝説の過去へと移行し、その中に共に身を置いて同化し、やがてもとの現時に戻るという点にある。いわば伝説の時空の中に分け入って、伝説的現在の中で彼らと同時的に生きるあり方を創出したと言えよう。現在と過去の時間的境界を取り払って、伝説的世界とのなめらかな往還を自在にすることによって、聴き手のリアルタイムの臨場感を高めようと試みたものと考えられる。過去の映像と現在の想念との二重構造的性格が歌による新しい語り口と言ってよいだろう。

再び真間の娘子詠と菟原の処女歌を比較して、娘子たちが死を選び取った理由の表現の違いに触れておこう。娘子詠の場合は、それは「何すとか　身をたな知りて」（一八〇七）と、あくまでも虫麻呂ら後世の人間からの推定に立って、男たちの激しい妻争いを防ぐためのものであることを匂わせるに留まっている。一方処女歌の場合は、「倭文手纏《しつたまき》　賤しきわがゆゑ　丈夫《ますらを》の　争ふ見れば　生けりとも　逢ふべくあれや　ししくしろ　黄泉《よみ》に待たむ」（一八〇九）と、処女自らが死ぬ決意をひそかに、しかしはっきりと母に告げている。何の迷いもなく自ら死を選択する生き方は、真間の娘子よりはるかに衝撃的である。

この部分は会話を引用して語られているが、これは後述の水江の浦島子詠にも見られ、虫麻呂伝説歌特有のものである。しかも「母に語らく」を受ける形は、「…と語りて」ではなく、「…と隠沼《こもりぬ》の下延《したは》へ置きて」と変形させている。それは「足柄の御坂《みさか》畏《かしこ》み曇夜《くもりよ》の吾《あ》が下延へを言出《こちで》つるかも」（14三三七一）（足柄の峠がけわしくてその神が恐ろしいので、〈曇夜の〉じっと秘めていた思いをとうとう口に出してしまったよ）の歌に見られるように、「下延へを言出て」と解されるのではないか。つまり、「隠沼の下延へ置きて」の句は、「これまで誰にも口にせず、心深く思い悩んできた決意をはじめてそっと言い残して」という意を簡潔に表現したものと理解されよう。

巻十六にあっては、娘子たちが発した嘆き（「歔欷」・「嘆息」）の言葉に、死への意志が示されているが、この理知的・論理的な考察や状況判断は本来男の思考や価値観に属するものであろう。虫麻呂もそれを処女自身の口を通して語らせているが、男の論理を女にきっぱりと表明させる形を和歌の中に取りこんだところにかえって血の通った現実感が生まれてくる。処女の死は、男たちの争闘を終息させるための自己犠牲的なものとは異なって、この世で遂げえぬ血沼壮士との恋をぜひともあの世で遂げようとの、自己の意志で選び採った死であった。同郷の男ならぬよそ者との、阻止された恋に、迷うこともなく命を絶ったわけだが、それは永続的な幸せを保証する、来世での新たな生を獲得するための積極的な死であった。この世でそのまま生き続けることは、己れの苦悩を深め他の不幸を増大するもので、死と引き替えることによってのみそれは逆転可能だったのである。

黄泉《よみ》で会うという発想は『玉台新詠』の悲話に基づくことが指摘されているが（小島憲之氏「伝説歌の表現」『上代日本文学と中国文学　中』）、「死によって成就されるという愛という主題を、漢土の古伝説に依りつつ果たしていた」（内田賢徳氏「巻十六桜児・縵子の歌」『万葉集研究第二十集』）ことになる。死という究極の解決法が来世における再生を意味する点で、ある種の救いをもたらしていると思われる。また、中川ゆかり氏の指摘によれば、「日本古代の死後の世界観に〝黄泉で再び会う〟という発想が見られない」という（「菟原処女の墓を見る歌」（『セミナー万葉の歌人と作品　第七巻』）。それはそのまま行動する意思を持った古代の女の強靱さを示すものと言ってよい。それだけにこの決意は、処女の存在感をひときわ浮き彫りにするものとなっている。

よそ者との禁断の恋に走ったことは、世間常識的にはまさに「身を知らぬ」行為であるから、一層事は深刻で、争いは火に油を注ぐごとく激しさを増しただろう。そこで血沼壮士は夢という直接的回路によって処女の意志を知り、あの世での「直《ただ》の会ひ」（合一）の実現を求めて、すぐさま処女の後追いをした。遅れをとった同郷の菟原壮士は負けてなるものかと、小剣を携えてさらにその後を追ったのである。

一般の妻争いにあっては女の悲劇的な死が中心をなすが、ここでは男たちのすさまじいばかりの闘いぶりに光が当てられている。それは、処女一人の死で哀話を閉じることなく、処女の生前から死後に至るまで男たちの死闘が続く形で、その壮絶さは類を見ないものとなっている。その激情は「嬥歌会《かがひ》」の男のそれに通じ、過激な行動を伴う点でそれを超えている。

妻争い伝説を扱った歌での男たちの争いぶりは、単に男たちが争ったとあるのがふつうで、「命を捨てて」とは言ってもその具体的様相にまでは踏み込まない（1一四、16三七八六前文、9一八〇一、19四二一一など）。これらのことから、虫麻呂がここで描こうとしたものは、女から男たちへと比重を移して、妻争いそのものであったことが明らかである。それが展開部を拡大し、男中心の新体の妻争い歌を編み出させることになったのである。

二人の男の描き方を改めて見直しておこう。菟原壮士は言うまでもなく処女と同郷の若者だが、血沼壮士は和泉国千沼《ちぬ》（大阪府西南部）の出で（一八〇二歌には「小竹田《しのだ》壮子」とあり、それならば和泉郡信田《しのだ》郷で血沼〈千沼〉の一部）、処女にとっては他郷の男であった。相思相愛のよそ者の求婚者の前に、同郷の菟原壮士が立ちはだかったので、熾烈な争いが生じたのである。

よそ者との恋を武力にものを言わせて阻止し、同郷者との結婚を貫こうとする争いは多勢に無勢で、血沼壮士にははなはだ分《ぶ》が悪い。勝ち目のないことを悟った血沼壮士は、「夢」という直接的回路を通じて、処女との恋を実現するには死以外にはありえないことを直感して、即座に処女のもとへと走ったのである。この世で果たしえない「直《ただ》の会ひ」が黄泉において実現可能なら、もはや何の躊躇も感じることはない。彼は判断力・決断力・行動力において、菟原壮士よりもはるかに敏であった。何よりも「血沼壮士　その夜夢に見　取り続き　追ひ行きければ」という僅か4句が、それを余すところなく語っている。

二人の男が併称される場合は、2度とも血沼壮士が先行し、後半では血沼壮士がまず行動を起こしてから、それに反応する形で菟原壮士は追随する。これは語り手が血沼壮士サイドに身を置いた扱い方で、異郷求婚譚への強い興味と共に、このようなよそ者への同情は、他郷に旅することを常とした虫麻呂が、他郷を負の条件として生きる者に対して、絶えず深い愛情を寄せ、その行動を容認していたことによると思われる。第二反歌（一八一二）にも血沼壮士に寄り添った心が窺われ、周淮《すえ》の珠名に対しても同様であった。対して菟原壮士の方は、武力においても周辺の支援においても優勢を誇り、その勝利に絶対的な自信を持っていただけに、その隙を突いて血沼壮士に先を越されたことに気も動転した。「天仰ぎ　叫びおらび　足ずりし　牙喫《きか》み建《たけ》びて」という動詞の連用形の畳みかけは、突然処女を失った悲痛、血沼壮士に後《おく》れをとった屈辱感、一瞬にして敗者に転じた己れへの苛立ち、それらのものが混然となって噴き出した激情ぶりをよく表している。思考力を失って奔騰する情念に身もだえする姿は動物的でさえある。その錯乱状態は、とり返しのつかない事態を招いた極限状況のさ中にあることを示している。

菟原壮士にとっては負けることなどあるはずはないと信じて疑わなかったから、「負けてはあらじ」と前後も顧みることなく反射的に血沼壮士の後を追った。「懸佩《かけはき》の小剣《をだち》」を携えて、あの世までも追い求めて血沼壮士を倒さない限り、彼にとっては事は決着を見ないのである。しかし、この世の恨みをあの世で晴らしたとも思われないから、それは全くの死に損でしかない。力に頼って冷静に対処できない菟原壮士は、結局は激情に走ってすべてを失う破目に陥ったのであった。同じく死に赴いても、血沼壮士に比してより単純で、前後の見境のない破滅型の人物として描き分けている点を見落としてはなるまい。

このように、菟原処女と血沼壮士が「身を知る」（96頁）存在であったのとは対照的に、彼は全く「身をたな知らぬ」人物であった。処女と血沼壮士にはその知恵と勇気によって来世での幸が約束されているが、菟原壮士にはそのような救いは用意されていないのである。その意味では、本当の悲劇の主人公は菟原壮士と言うべきかもしれない。その悲劇性を正面から取り上げたのが水江の浦島子詠であろう（後述）。

こう考えると、題詞が「菟原処女を詠める歌」とせずに「菟原処女の墓を見たる歌」としたのは、真間の娘子《おとめ》詠のごとく処女のみを徹底して描くのではなく、3基の墳墓が相並ぶに至った「故縁《ゆゑよし》」（一八〇九）（由来）を、男たちの熾烈きわまりない妻争いに即して歌おうという意図によるものであったことが明白になってくる。3人の若い男女が次々と死に急ぐ劇的な展開と破局は、すっかり過去のものと化した牧歌的哀話の域を超えて、現実に目の当たりにするような迫力と衝撃に満ちている。主人公たちの直線的で迷いを知らぬ行動力は、いかにも古代性に溢れている。

巻九の編者は、この歌が何よりも死と墓を取り上げていることから、真間の娘子詠と共に虫麻呂歌集から切り出して挽歌の部に一括した。また歌でも長歌の末尾や第一反歌に、「新喪《にひも》の如も哭《ね》泣きつるかも」（一八〇九）とか「奥津城を往《ゆ》き来と見れば哭のみし泣かゆ」（一八一〇）とあって、現時点に立ち返っての哀傷を表明してはいる（娘子詠でも末尾で過去を回想する〈一八〇七・一八〇八〉）。しかしそれは、田辺福麻呂《たなべのさきまろ》の葦屋処女歌（9一八〇一〜一八〇三　次頁）や山部赤人の勝鹿の真間娘子歌（3四三一〜四三三　前掲109頁）に比して、挽歌的要素ははるかに希薄である。それは、主人公たちの死を中心的対象として哀悼することを主眼とする二人の作とは違って、死に至り着く必然性や死を躊躇しない主人公たちの意志と行動に作者の視点が据えられているからである。死を悼む作者の心情より、死に相対する人間のありようを生き生きと描くことに力を注いでいるのである。そのため、聴く者はまるで歌劇でも観るように、伝説世界のただ中に身を置くことになる。大墳墓にまつわる「旧聞」(140頁)の、リアルな再現に虫麻呂の目論見があったと考えられる。墓を扱うことに重きを置いたから、語り手や聴き手の哀傷の心は最後に添えたのである。

このように菟原処女歌は、妻争いの伝説歌としては真間の娘子詠より規模も大きく、内容も具体性に富んでいて、一段と進化したものとなってる。

さて、同じく菟原処女を取り上げた歌には、ほかに田辺福麻呂と大伴家持の作があるが、最後にこの2首について瞥見《べっけん》しておこう。

1-ii①(2) 田辺福麻呂歌

葦屋処女《あしのやのをとめ》の墓を過ぎし時に作れる歌一首 并せて短歌

古《いにしへ》の ますら壮士《をのこ》の 相競ひ 妻問ひしけむ 葦屋の うなひ処女の 奥津城《おくつき》を わが立ち見
れば 永き世の 語りにしつつ 後人《のちひと》の 思《しの》ひにせむと 玉鉾《たまほこ》の 道の辺《へ》近く 磐《いは》構へ 作れる
塚を 天雲の そくへの限り この道を 行く人ごとに 行き寄りて い立ち嘆かひ ある人は
哭《ね》にも泣きつつ 語り継ぎ 思《しの》ひ継ぎ来る 処女らが 奥津城どころ われさへに 見れば悲し
も 古思へば(9一八〇一)

反　歌

古の小竹田壮士《しのだをとこ》の妻問ひしうなひ処女の奥津城ぞこれ（一八〇二）

語りつぐからにも幾許《ここだ》恋しきを直目《ただめ》に見けむ古壮子《いにしへをとこ》（一八〇三）

［歌意］　葦屋処女の墓を通りかかった（原文の「過」は訪ねる意とも）時に作った歌一首

昔の雄々しい男たちが競い争って求婚したとかいう、葦屋の菟原処女の墓に私が立ち寄って見ると、行く末長くずっと語り伝えて、後の世の人の偲ぶよすがにしようと、（玉鉾の）道のほとりに岩を組み合わせて造った墓だから、天雲のたなびく遠い果ての人までも、その道を行く人のだれもが立ち寄っては嘆き、ある人は声をあげて泣いたりして、語り伝え偲び継いできた処女の墓所は、かかわりのない私までも見ると悲しくなることだ。はるか昔のことが思われて…。

反歌

遠い昔の小竹田壮士が妻問いにやってきた菟原処女の墓なのだ、これは。

昔の話を語り伝えるだけでもこれほどひどく恋しく思われるのに、直接処女に会った昔の男たちの思いはいかばかりであったろうか。

これも「田辺福麻呂歌集中出歌」であるが（一八〇六左注）、旅の途中（難波宮の歌〈6一〇六二～一〇六四〉にかかわるとすれば、天平十六年746か。〈同年閏正月、天皇難波宮に行幸、二月難波皇都を宣言〉〈『続日本紀』〉）処女の墓のそばを通りかかったのが作歌動機であって、「奥津城どころ　われさへに　見れば悲しも」という、眼前の墓に対する個人的感懐の表出に主眼が置かれる（長歌と第一反歌に「奥津城」は3回詠まれる）。伝説の内容も「古の　ますら壮士の　相競ひ　妻問しけむ　葦屋の　うなひ処女」とあるように、伝聞した妻争いを概括的に示すだけで全く具体性に欠ける。「葦屋の　うなひ処女の　奥津城を　わが立ち見れば」と、あくまでも現在の時点に立って、後人の一人として悲話を偲ぼうとしている。その中で彼が関心を抱いたのは、その伝承の「語り継ぎ　思《しの》ひ継ぎ来る」事実と、他郷の小竹田壮士の妻問いにあったらしい（一八〇三）。当事者たちの恋の苦しみを思いやり、それを語り継ぐ後人の嘆きを今に受け止め、自身もまた悲しみを深めている。悲傷・哀嘆は一種の魂の浄化装置であり、墓に眠る悲劇の主人公たちの鎮魂につながるものと考えたのだろう。その意味では真間の娘子《おとめ》をめぐる赤人歌（3四三一～四三三）（109頁）や虫麻呂歌（9一八〇七・一八〇八）（101頁）に比して最も挽歌的色彩が濃い。歌はあくまでも墓＝悲劇の主そのものに向けて発せられているのである。

　では何ゆえに悲劇的伝承は後世に語り継がれねばならないのか。

　古代人は異常な死・悲運の死を遂げた魂には強い畏懼《いく》の念を感じていたから、それを同情をもって繰り返し語ることは、その霊を慰め鎮めることにつながると考えたことだろう。つまり、もし語り継がれることが中断されれば、魂は無念の思いを抱いて永遠に土中に閉じ込められたままになる。するとそれは生ある者にとってはいつ危害を及ぼすかもしれぬ荒ぶる魂として、はなはだ恐るべき存在となる。死に至る悲劇性が大きければ大きいほどその霊の発揮する力は大きく、それへの恐ろしさは増大することだろう。それを免れるためには、語り手から未知の他へと語りの輪を拡大し、加えて後世へも途切れずに伝えることが不可欠となってくる。つまり共時的にさらに通時的に伝承の拡張を図り、それを滅びさせることがあってはならないわけである。

それを受け止める者は真摯にそれを信じ、伝えた者と同じ心で哀悼の涙を流すことになる。その全身的感動はたちどころに伝承の享受者を伝達者に変えていく。「ある人は　哭にも泣きつつ　語り継ぎ思《しの》ひ継ぎ来る」とあるのは、その間の事情を端的に物語っている。福麻呂自身はまず「われさへに　見れば悲しも」と受け止めて、「語りつぐからにも幾許《ここだ》恋しきを」と転じていく。伝説は語り継ぎ、歌によって偲び継いだのである。こうして無念の魂は慰撫され、生者は安泰を得ることが可能となる。「奥津城」は、「永き世の　語りにしつつ　後人《のちひと》の　思《しの》ひにせむ」がためのモニュメントとされたのである。

万葉最後の宮廷歌人とされる福麻呂（橋本達雄氏「宮廷歌人の流れ」『万葉宮廷歌人の研究』）であってみれば、歌の呪的能力は高く、慰霊鎮魂にはきわめて有効であると期待されて挽歌を墓前に捧げることになったのだろう。それは先の、真間の娘子《おとめ》の墓に対して詠んだ赤人歌の場合（109頁）と全く同様である。

なお、塩沢一平氏は、この作品の享受層として、先行する宮廷歌人歌を多く収納した歌儛所《うたまいどころ》（雅楽寮の中の日本音楽部）をその場として、風流侍従（天皇と共に宮中行事や儀式にかかわった侍従。儀礼・古歌舞・音曲にも精通）や大学寮（学生《がくしょう》の高等教育機関）に関係する人々を想定し、和漢の知が集積した場で披露されたものと具体的に指摘される（「葦屋処女の墓を過ぎし時に作れる歌」『万葉歌人田辺福麻呂論』）。第二次の享受のあり方の一つとして大変興味深い。

1-ii①(3)　大伴家持歌

追ひて処女《をとめ》の墓《つか》の歌に同《こた》へたる一首　并せて短歌

古《いにしへ》に　ありけるわざの　奇《くす》ばしき　事と言ひ継ぐ　血沼壮士《ちぬをとこ》　うなひ壮士の　うつせみの　名を争ふと　たまきはる　命も捨てて　争ひに　妻問ひしける　少女《をとめ》らが　聞けば悲しさ　春花のにほえ栄えて　秋の葉の　にほひに照れる　あたらしき　身の壮《さかり》すら　大夫《ますらを》の　言《こと》いたはしみ父母に　申し別れて　家離《いへざか》り　海辺《うみへ》に出で立ち　朝夕《あさよひ》に　満ち来る潮の　八重波に　靡く珠藻の節の間も　惜しき命を　露霜の　過ぎましにけれ　奥墓《おくつき》を　此処《ここ》と定めて　後の代の　聞き継ぐ人も　いや遠に　思《しの》ひにせよと　黄楊小櫛《つげをぐし》　しか刺しけらし　生《お》ひて靡けり（19四二一一）

処女らが後のしるしと黄楊小櫛生ひかはり生ひて靡きけらしも（四二一二）

右は、五月六日に、興に依りて大伴宿祢《すくね》家持作れり。

［歌意］

後から処女の墓の歌に唱和した一首

昔あったという出来事で、不思議な珍しい話と言い伝えてきた、血沼壮士と菟原壮士とが、この世の名誉をかけて争うとて、（たまきはる）命も顧みず先を争って求婚したという、その娘子の話は聞くも悲しいことよ。春の花のように照り栄えて、秋の葉のように美しく光り輝いている。そんな惜しい娘子盛りの身であるのに、求婚する男たちの言葉をつらく思って、父母に暇乞《いとまご》いをして家を離れ海べに出で立ち、朝に夕に満ちてくる潮の、幾重もの波に靡く玉藻の節《ふし》の間ほどに短く惜しい命なのに、（露霜の）消えるように亡くなってしまわれたとは。そこで墓所をこと決めて、後の世の聞き伝える人もいついつまでも偲ぶよすがにするようにと、娘子の黄楊の小櫛をこのように墓に挿したのであるらしい。それが生い茂って風に靡いているよ。娘子の後の世の印として、黄楊の小櫛が木となって生《は》え変わり、成長して枝葉を靡かせているらしいよ。

右は五月六日に、感興を催して大伴宿禰家持が作ったものである。

これは天平勝宝二年750（19四二三七題詞）、家持が国守として越中に在った時の作である。虫麻呂や福麻呂の「処女《をとめ》の墓《つか》の歌」に「追同」（＝追和）した形で詠んだもので、先行歌に触発された「依興」の歌である点が他とは大きく相違している（冒頭の「古に　ありけるわざの　奇ばしき　事」が、「旧聞・異事」（140頁）を踏まえた表現であることは明白だろう）。

家持は越中で福麻呂と親交を深めたことがあり（天平二十年748）、その際知った福麻呂歌に触発されたものであろう。しかし、「血沼壮士　うなひ壮士」「たまきはる　命も捨てて　争ひに　妻問ひしける」「父母に　申し別れて」「後の代の　聞き継ぐ人も　いや遠に　思《しの》ひにせよと」「生ひかはり生ひて靡きけらしも」などの表現に着目すると、虫麻呂歌の方により強く拠っていると考えられる（家持は越中守着任（天平十八年746）以前のかなり早い時期に、宇合家から入手した虫麻呂歌集に目を通していた可能性がある〈46頁〉）。

まず最初の14句（「聞けば悲しさ」まで）で事件の概要を語って、自己の悲しみの心を表明する。過去の事柄を伝聞して現在の時点から悲情を傾けるのは福麻呂歌と変わりない。しかしその後の叙述は、「春花の　にほえ栄えて　秋の葉の　にほひに照れる　あたらしき　身の壮《さかり》」とか、「朝夕に　満ち来る潮の　八重波に　靡く珠藻の　節の間も　惜しき命」といった修飾表現に力を入れて（「たまきはる」「露霜の」という枕詞の使用も見られる）、処女の美的イメージの構築に努めている。それは直接的・具体的に写した美ではなく、比喩的・幻想的に描いたものであって、気分象徴的な抒情の表出に有効である。まさしく家持が独り美的追想に耽り、自分だけの抒情世界に浸っていることを示すものであろう。入水を暗示する「海辺」や形見の「黄楊小櫛《つげをぐし》」も（走水《はしりみず》の海で弟橘《おとたちばな》比売《ひの》が倭建《やまとたける》の身代りとなって入水した時、その櫛が海岸に流れ着いたので、陵《はか》を造ってそれを埋葬したという『古事記　中巻』の伝説をイメージとして重層させているか）、こうした幻影の中から具体的に立ち現れてきたものか。そのように次々と紡ぎ出されてくる歌想こそ、彼のいう「依興」の内実だったのではなかろうか。虫麻呂歌の壮絶な男の争いを背景として、「あたらしき身」「惜しき命」と美女の薄命を哀惜してやまない、独自の美的追想を展開して見せたのである。それは虫麻呂歌の聴き手側に身を置く者がふくらませた幻想の表出である。「追同」とは元歌から受け止めた享受者側の熱い共感から生み出されるものなのである。

　このように、虫麻呂は主人公たちの生前と死への道行きを再現させることに力を注ぎ、福麻呂は旅人として墓に眠る者への鎮魂の抒情を主体的に詠じた。対して家持は、伝説歌の享受者側の一反応として伝説世界に自由に遊んだのである。ここに歌人たちの、伝説への3様のかかわり方を知ることができる。

〔関連小論　「虫麻呂伝説歌の流れ」『国文学 言語と文芸　第一二七号』・「菟原処女歌—伝説歌の方法—」「憧憬と諦観—伝説歌の人物造形—」『筑紫文学圏と高橋虫麻呂』・「墓の万葉歌と古墳壁画の思想」「行路死人歌の成立とその行方」『万葉集研究余滴』・「追和歌の創出」「家持作歌の試み」『筑紫文学圏論　大伴旅人　筑紫文学圏』〕

余滴　**「詠める歌」**

虫麻呂の長歌には「…を詠める歌」と題する作が5編（A・C・D・L・P）ある。

この題詞の形式は巻七・十一・十六の短歌に集中していて、その対象は「天《あめ》を詠める」のようにすべて「もの」であって、巻七・十一においてはそれは1種であるが、巻十六の場合は数種の物の名に及ぶものもある。

このような詠物歌あるいは物名歌は『文選《もんぜん》』や『玉台新詠』など中国の詠物詩の影響を受けたものだが、詠む対象は、一般に天・月などの天象、河や動植物などの地象、さらに器物・食物などの人事にわたる。

虫麻呂の場合は、それがすべて長歌体である点が異なっていて、まず注意される。そのうちA「不尽山を詠める歌」（3三一九～三二一）は「詠山」（7一〇九二～一〇九八）に類似し、L「霍公鳥《ほととぎす》を詠める一首」（9一七五五・一七五六）は「詠鳥」（7一二三三～一二三四、10一八一九～一八三一）に近い。しかしその内容は、一方は富士の神秘と霊妙さをことばを尽して称え、一方は霍公鳥の特異な習性に注視することによって、ふつうの山やふつうの鳥とは全く異なった様相をきわ立たせようとしている。単なる嘱目《しょくもく》の景を写すのではなく、脳裏に投影された映像や思いを描こうとしているのである。

他の3編、C「上総《かみつふさ》の周淮《すゑ》の珠名娘子《たまなのをとめ》を詠める一首」・D「水江《みずのえ》の浦島の子を詠める一首」・P

「勝鹿《かづしか》の真間娘子《ままのをとめ》を詠める歌一首」の場合は、いずれもいわゆる伝説歌に用いたものだが、伝誦の主人公にまつわる物語を個性豊かに詳述している。それらは語り継がれてきた「旧聞・異事」（140頁）に取材しながら、そのまま忠実に歌に移し替えたものではなく、虫麻呂なりの丁寧な彫琢の手を加えたものであった。だからこれらは単なる詠物歌を発展的に進化させ、虫麻呂独自の歌境を拓いたものと言ってよいだろう。

　ところが、同じ伝説歌でもQ「菟原処女《うはらのをとめ》の墓を見たる歌一首」（9一八〇九～一八一一）だけは「詠める歌」と題さなかったが、それはなぜか。

　一つには伝説の主人公たちの大きな墳墓が眼前に実在していることへの驚きがあろう。実は墓について詠んだ作がもう2首ある。

勝鹿《かづしか》の真間娘子《ままのをとめ》の墓を過ぎし時に、山部宿祢《すくね》赤人の作れる歌（3四三一～四三三）

葦屋処女《あしのやのをとめ》の墓を過ぎし時に作れる歌（9一八〇一～一八〇三　田辺福麻呂《さきまろ》歌集）

がそれで、これまた「詠める歌」とは題していない。それらは旅の途中墓のそばを通りかかって、その主を偲び、その由来を自分もまた語り継ぐことでその慰霊・鎮魂を図ろうとしている。だからこれは挽歌なのである。

　これに対して虫麻呂の作に「墓を過ぎし時に」とないのは、たまたま通りかかったのではなく、墓を見るためにここを訪れたからだと思われる。虫麻呂の「見る」はただ視線を対象に向けることではなくて、心眼を開いてその奥を凝視することを指すと考えられる（199頁）。勝鹿の真間娘子《ままのおとめ》の物語は「真間の井を見」（9一八〇八）たことから始まり、浦島の子のそれは墨吉《すみのえ》の岸で「釣船のとをらふ見」（9一七四〇）ることから展開したのがその好例である。この歌の場合も、3基の墓を目を凝らして見つめることを通して、過去の非現実世界に深く入りこんで行ったのである。その結果、それは処女《をとめ》の話からさらに男たちの争闘に重心を移して、激しい妻争いの再現と親族の墓を築いた経緯を主に描くものとなった。その点で、前2歌のような挽歌とは明らかに異なっている。

しかも、内容的にも、表現方法だけでなく、登場人物たちの自己を貫く古代的あり方まで共通していて、他の伝説歌と重なってくる。その意味で、この題詞は「菟原処女の墓を見て詠める歌」とあっても何ら問題はないと言える。だからこれも先のC・D・Pの「詠める歌」と同じ範疇に入るものと判断される。

さらに、E「河内《かふち》の大橋を独り去《ゆ》く娘子《をとめ》を見たる歌」（9一七四二〜一七四三）の場合も、伝説歌ではないが、娘子への視線を凝らすことで、わが想いを拡げている。だから、同様の作歌法から言って、これも「…娘子を見て詠める歌」と考えられることはすでに触れた通りである（155頁）。

「詠める歌」と似た題詞表現に「作れる歌」（F・N・R）があるが、これは幻想世界を歌ったものではなく、眼前の景や現実の状況に相対して、構想や効果を練り上げている点が共通していて、「詠める歌」とは歌の作り上げ方が異なっている。おそらく作歌の時も虫麻呂の記憶の中では鮮明なのだろう。

その「時」をはっきり打ち出した作には「時の歌」（I・J・K）があるが、歌の性格は「作れる歌」と同じだから、N「…日に作れる歌」・R「…時に作れる歌」のように、これらは「…時に作れる歌」と記すことも可能である（虫麻呂歌集中の歌だから、その名を示す必要はない）。

D

水江《みづのえ》の浦島《うらしま》の子《こ》を詠める一首　并せて短歌

A春の日の　霞《かす》める時に　墨吉《すみのえ》の　岸に出でゐて　釣船《つりふね》の　とをらふ見れば　古《いにしへ》の　事そ思《おも》ほゆる　B水江《みづのえ》の　浦島の子が　堅魚《かつを》釣り　鯛《たひ》釣り矜《ほこ》り　七日《なぬか》まで　家にも来《こ》ずて　海界《うなさか》を　過ぎて漕ぎ行くに　C_1海若《わたつみ》の　神の女《をとめ》に　たまさかに　い漕ぎ向ひ　相誂《あひあとら》ひ　こと成りしかば　かき結び　常世《とこよ》に至り　海若《わたつみ》の　神の宮の　内の重《へ》の　妙《たへ》なる殿に　携《たづさ》はり　二人《ふたり》入り居《ゐ》て　老《おい》もせず死にもせずして　永き世に　ありけるものを　C_2世の中の　愚人《おろかひと》の　吾妹子《わぎもこ》に　告《つ》げて語らく「須臾《しましく》は　家に帰りて　父母に　事も告《の》らひ　明日《あす》のごと　われは来《き》なむ」と　言ひければ　妹がいへらく　「常世辺《とこよへ》に　また帰り来《き》て　今のごと　逢はむとならば　この篋《くしげ》　開くなゆめ」とそこらくに　堅《かた》めし言《こと》を　D墨吉《すみのえ》に　還《かへ》り来《きた》りて　家見れど　家も見かねて　里見れど　里も見かねて　恠《あや》しみと　そこに思はく　『家ゆ出でて　三歳《みとせ》の間《ほど》に　垣も無く　家滅《う》せめや』と　『この箱を　開きて見てば　もとの如《ごと》　家はあらむ』と　玉篋《たまくしげ》　少し開くに　白雲《しらくも》の　箱より出でて常世辺《とこよへ》に　棚引《たなび》きぬれば　立ち走り　叫《さけ》び袖振り　反側《こいまろ》び　足ずりしつつ　たちまちに　情消失《こころけう》せぬ　若かりし　膚《はだ》も皺《しわ》みぬ　黒かりし　髪も白《しら》けぬ　ゆなゆなは　気《いき》さへ絶えて　後《のち》つひに命死にける　E_1水江《みづのえ》の　浦島の子が　家地《いへどころ》見ゆ　（9―一七四〇）

反　歌

E_2常世辺《とこよへ》に住むべきものを剣刀《つるぎたち》己《な》が心から鈍《おそ》やこの君　（一七四一）

［歌意］　D　水江の浦島の子を詠んだ一首

A春の日の霞んでいる時に、墨吉の岸に出て腰をおろし、釣船が波に揺れているさまを見ていると遠い昔のことが思われてくるよ。

B――あの水江の浦島の子が、堅魚を釣り鯛を釣って夢中になり、七日経っても家にも帰って来ず、はるかわたつみの境も越えて漕いでいくと、C1わたつみの神の姫君に思いがけず出会い、求婚し合って話が決まったので、契りをかわして常世の国に至り着き、海神の宮の中のずっと奥の方にある立派な御殿に、手を取り合って二人で入ったまま、そこでは年を取ることもなく死ぬこともなく、いついつまでも生きていられたというのに、C2世にも愚かな浦島の子がいとしい妻に打ち明けて言うには、「ほんの暫くの間家に帰って父や母に事情を話し、明日にでもまた帰って来たいのです」と言ったので、その妻が答えて言うには、「ここ常世の国にまた帰ってきて、今のように私に会いたいと思うのでしたら、この小箱を決して開けてはなりません」と、よくよく堅く約束したことであったのに、D墨吉に帰って来て自分の家を探しても家も見つからず、里を探しても里も見当たらないので、これは変だとそこで考えたことには、『家を出てからたった三年の間に、垣根もなくなり家も消え失せることがどうしてあるものか』と、また『この小箱を開けて見たならば、きっと元のように家が現れるにちがいない』と思って、美しい小箱を少し開いてみたところ、白い雲が箱から立ち登り、常世の国の方へたなびいて行ったので、立ち上がって走り廻り、（神女の魂を呼び戻そうと）大声を上げて叫んで袖を振り、ころげ廻って地だんだを踏み続けているうちに、たちまちに気を失ってしまった。若々しかった肌も皺だらけになり、黒かった髪もまっ白になってしまった。のちのちは息も絶え絶えとなり、最後はとうとう死んでしまったという。

E_1 ――その水江の浦島の子の家のあったあたりが目に浮かんで来る…。

反歌

E_2 常世の国にいついつまでも住んでいられたはずであるのに、（剣刀）自分の心の浅はかさからこんな結果になってしまって、何とまあ愚かなことか、この浦島の子の君は。

この歌は、作品自体が長大であるばかりでなく、表現・構成・思想等のいずれにおいても、虫麻呂の行き着いたすべてが注入された代表作と認められるので、その考察も多岐にわたることになる。その流れを整理して、ここではまず「全体的集約」を行い、次に主な「個別的問題点」を取り上げて検討を加える形で進めたい。

1-ii②(1)　全体的集約

見ての通り、長歌部分だけでも93句に及ぶ、虫麻呂作品中最大の作であることに圧倒される。しかし、冒頭の8句（A）と末尾の3句（E_1）に語り手と聴き手の現時を額縁状に設けて（232頁）、中に伝説部分82句（B・C・D）を包み込むのは、真間の娘子詠の場合（107頁）と全く同巧である。

その伝説内容を場面によって区切れば、〔現世（海上）8句（B）→常世《とこよ》38句（C_1・C_2）→現世（墨江）36句（D）〕と転換し、神女と二人の常世と、浦島子（以下原文の「浦島子」の表記を用いる。なお198頁参照）が一人戻った現世とが、ほぼ等分にしかも対比的に扱われている点が注目を惹く。つまりこの伝説は、現世の凡人がたまたま常世とのつながりを持つことになったがゆえに生じた悲劇であり、浦島子が常世と現世にどうかかわったかに主要テーマが潜んでいる。

ところで、周知の通り、虫麻呂歌以前の浦島子伝説としては、『日本書紀』雄略二十二年478七月条の簡略な記事と、『釈日本紀』(巻十二)に引く『丹後国風土記』逸文(散逸し、古典注釈書などに引用されて断片的に伝わる文章)の詳細な記載があり、さらに両方の編纂者が目に止めていた伊予部馬養《いよべのうまかい》の述作があったらしい(後述。191頁)。これらはいずれも丹後国余社《よざ》郡管川《つつかわ》(与謝郡筒川)の浦島子の得た亀がおとめに変じて共に蓬萊山《とこよのくに》(東の大海中にあるという神仙の山)に赴いた点が共通していて、伝承の系統を一つに絞りうる。しかしそれらは大陸の五行思想や神仙思想で彩りを加え、六朝風の華麗な漢文表現を駆使した文芸作に仕立てられていて、海洋民の日下部首《くさかべのおびと》の始祖にまつわる、本来の浦島伝承を改変したものとなっている。

馬養が不比等や伊岐博徳《いきのはかとこ》らと大宝律令の撰定に参画している(『続日本紀』文武四年700六月)ことから、この人脈と、虫麻呂が不比等の子宇合の下僚であったことを思えば、虫麻呂が丹後風土記の資料や馬養の記録を借覧した可能性はなしとしない。その時期はやはり、虫麻呂が宇合のもとで造難波宮司の典として、宮の修造に従った難波時代であろう。そこで虫麻呂は現地や都の歌の享受者を意識して、舞台を摂津国「墨吉《すみのえ》」(現大阪市住吉区)に移し、秋から春へ季節も替えてそのプロットと道具立てを借りて新浦島子伝を組み立てるべく企図したのである。それは、丹後風土記などとは異なった独自の歌作であり、また馬養のように独立した作品化を狙ったものでもあった。

そこには、異郷訪問の交通手段としての亀は登場させず、浦島子が堅魚《かつお》や鯛の豊漁のあまり大海を突き進んだ結果、境界を超えて超現実の常世に至るとする。従って、その亀が女となって浦島子と結ばれるという原話の異類婚姻譚も姿を消す。また、元資料にみられるような祥瑞思想や神仙思想も夾雑物として払拭し、それらによって虫麻呂なりの現実味のある浦島子像を描き上げようとしたのである。「海界《うなさか》」の先の常世で「神の女《をとめ》」と邂逅《かいこう》して結婚するという、異郷における神婚説話の形式を一応借りてはいる。そこは物も愛も命も満たされた豊饒と生命の理想世界であったが、それをすべて独占したにしてはその経緯も簡潔で、歓喜の叫びも表現されない。神の女そのものも、これまでの伝説の女たちとは異なって、容貌も容姿も表情も服装も全く不明確で、ただの神の宮の「妙なる殿」に住む神秘的存在として示されるのみである。

浦島子は家と父母への思いをつのらせ、現世への一旦の帰還を希望することで人間性を露わにしてくるのに対して、神女はその願いに逆らって取り乱すこともなく、泰然としてタブーを課してそれを許容する。やはりどこまでも神の女として神格化された存在であり、精神性の強い霊的・聖的存在なのである。

前半のこの、無機的なままにあっさりとした説明的記述は、すでにこの内容が常世への憧れを歌い上げることを目的とするものでもなければ、また男対女という人間関係を主題とするものでもないことを暗に示している。つまり前半の異郷訪問譚は、次に生起する現世での事件の前提として設定されていたのである。

丹後風土記の「旧聞」（140頁）の中心は異郷訪問と絢爛たる婚姻の「歓宴」にあったから、浦島子が神女から預かった「玉匣《たまくしげ》」を開けたために神女との再会が叶わなくなり、悲嘆に暮れるところで幕は降ろされる。しかし、虫麻呂歌のクライマックスはタブーを破ったあとに設定したから、結末は当然その死まで描ききることになる。

神女の大切にしていた「玉篋《たまくしげ》」（一七四〇）（篋は櫛笥《くしげ》で、女性にとって大事な櫛など化粧用具や真珠〈たま〉を入れておく重要な箱）には神女の霊力のすべてがこもっていて、〝見るなの禁〟を犯さない限り、浦島子の身を守り、その若さを保ち、再び常世に戻してやる強力な呪力を秘めていた。現世の家郷への執着ゆえにその禁が破られたことから、その返報として神女の霊魂は「白雲」（同）となって常世辺へと向かってしまう。魂の訣別に気づいた浦島子は再会の叶わぬことを思い知り、神女の幻影を求めて劇的な最期を遂げることになる。

…a立ち去り　叫び袖振り　反側《こいまろ》び　足ずりしつつ　bたちまちに　情消《こころけ》失せぬ　c若かりし　膚も
皺《しわ》みぬ　黒かりし　髪も白けぬ　dゆなゆなは　気《いき》さへ絶えて　e後《のち》つひに　命死にける…（一七四〇）

とある、この〔a悲痛の狼狽→bにわかの心神喪失→c急速の老化→d呼吸停止→e完全なる死〕という、終局への加速度的な突入は古伝承には見られなかったものである。全93句中14句（15％）も占める、この急激かつ過酷な変容ぶりは迫真力に満ちていて、聴き手の息を呑ませるに十分である。思えばそれは、血沼壮士《ちぬおとこ》に先を越されて気も動転し、「天仰《あめ》ぎ　叫びおらび　足ずりし　牙喫《きか》み建《たけ》びて」（一八〇九）後を追った菟原壮士《うはらおとこ》の、痛恨と屈辱からくる激情的な惑乱ぶりに通じている（特に動詞の連用形を畳みかけた表現は全く同巧）。

玉篋は開けなければ常住不変の常世という理想世界へ、開ければ無常有限の現実世界へ通じる扉であった。浦島子は自分の意志で現世に身を置く方を選択してしまったから、もはや不老不死の永世に戻ることは成らず、停止していた時間は一気に急回転して、老死という現実の掟に従わねばならなくなったのである。時の流れのない常世と、時に支配される現世との大きな違いに浦島子は気がつかなかった。もはや里もなく家もなく親もなく、わが身もこの世から消え去ってすべてが無に帰するのが、現世に舞い戻った代償であり、浦島子に負わされた運命だったのである。有限世界に在るからには、生↓老↓死という変化と消滅から免れるわけにはいかない。浦島子は常世に還ることができなくなったばかりか、忽ちにして現世へのよみがえりも叶わぬ冥界の奥底へと深く吸い込まれていったのである。真間の手児奈の死は自ら選び取ったものであり、菟原の処女のそれは生の延長として望んだものであって、共に覚悟の上の死であったのに対し、浦島子の場合は、天からの理《ことわり》として下された予期せぬものであった。しかも、結果として、二人のようには後に墓さえも残らないのである。

「常世辺に住むべき」（一七四二）僥倖を自ら絶ってしまった浦島子に対して、「世の中の愚人《おろかひと》」（長歌）・「鈍《おそ》やこの君」（反歌）という批判的言辞を歌中で投げかけるが、それには思いもかけない重大な結果に対する、聴き手を誘いこんだ共感的感懐が深くこもっていると見るべきだろう。それが家と親とを思うあまりの失態であるとすれば、この世の凡俗ならだれもがとったに違いない行為であるから、同じ「愚人」として同情と憐憫を禁じえないのである。反歌の念押しのような「鈍」は、長歌末尾の「家地《いへどころ》」（浦島子の最後まで執してやまなかったわが家の消滅の跡）から導き出されていて余韻深い（錦織浩文氏は、この「鈍」は判断や行為が速やかではないことから、〝気づくのが遅かった〟という新しい解釈を示される〈「高橋虫麻呂浦島伝説歌に関する一考察—『世間の愚か人の』を中心として—」『美夫君志　第八十三号』〉）。

金井清一氏が「愚人」に対しては、「『愚人』は作者虫麻呂の主人公浦島子に対する批判ではあるが、俗世の人間みな逃れられぬ家族への愛着という迷妄の中にあるものとして、その一人である浦島子をいとしみつつ『愚人』と言ったものであろう。」（『万葉集全注　巻第九』）、また「鈍」に対しては、「ここは浦島子が故郷に帰る気を起こしたり、箱を開けてしまったりして、自分の置かれている偶然の幸運をわきまえることができなかった愚鈍さをさして言っている。『この君』には、そうした僥倖を取り逃がして死んでしまった浦島子に対する親愛と哀憐の気持が込められている。」（同）と解されたのはきわめて的確であった。虫麻呂のこの手法について、多田一臣氏は、「歌い手が叙事に介入し、批評的言辞を差し挟むことで、登場人物の内奥に迫り、かれらの人間性の本質に迫ろうとする」とし、これは「和歌の世界に語りの方法を持ち込むことで得られたもの」で、「長歌の限界をつき破る意欲的なこころみ」と評価される（「水江浦島子を詠める歌」『伝承の万葉集』）。

従って、その批評は、「この君」という暖かく包みこんだ表現からも知られるように、浦島子を冷たく突き放して全人格を否定するものではありえない。それは、周淮《すえ》の珠名に対して投げかけられた「身はたな知らず」という一見否定的表現が、決して非難を意味するものではなかったのと同様である。作者は享受者と共に主人公たちに深く寄り添おうとしているのである。

なお、この批評的言辞は伝説を語る文脈の外にあるもので、語り手たちの時空から発せられ挿入されたものである。それを鈴木日出男氏は古来の伝承とかかわる語りの方法によるものと認められ、さらに平安時代の物語に見るいわゆる草子地に近い叙述と説かれた（『竹取物語』の異郷と現実―語りの眼―」（『国語通信』第二四八号））。（また前掲錦織論文では、「世の中の愚か人の」の句は、柿本人麻呂の泣血哀慟歌（２二〇）の表現「世間《よのなか》を背《そむ》きしえねば」〈常なきこの世の定めに背くことはできないから〉から得たのではないかと推定している。）

さて、この愚行は「己《な》が心から」（一七四二）に発するものであったが、虫麻呂は本来自己の意志によって人生を選択する態度を積極的に肯定していたと思われる。珠名も手児奈も処女《おとめ》もみな自らの意志を貫いて生きる点で共通していて、彼女たちのあり方を強く支持し称賛を惜しまなかった。浦島子も、自らの力で「海界《うなさか》」を越えて常世に至り、現世への一たびの帰還を自ら強く希求し、自らの行為として玉篋《たまくしげ》を開いた結果、破局を招くことになってしまったのである。

虫麻呂が常世で有頂天になる浦島子を子細に歌おうとはせず、現世で死に至る過程に大きな比重をかけたのは、常住不変など夢のまた夢で、所詮人は有限で愚鈍の存在でしかないという、いわば実存的認識に基づくものであろう。実体のない理想よりも現実の実相を直視したのである。伝承の稀有なる浦島子像を否定して、世間一般の凡俗の一人と捉え、それゆえの愚をあわれみをこめて描き上げたのである。同時に伝説の主人公にこうした普遍的な人間像を重ねたことは、聴き手の強い共感・共鳴を喚起することにも功を奏している。

このようにこの浦島子詠は、古い異郷訪問譚を当世の寓話に組み替えて、人間の生のあり方を改めて考え直させるものにまで深められ、これまでの伝説歌の域を超えている。主人公の存在を無化することで時代の新たな認識を吹き込み、作品を今に蘇らせることに成功したのである。それ以前の伝説歌の要素と手法をすべて取り入れて、完成度の高い最長の作品に磨き上げた結果、虫麻呂伝説歌の到達点を示すものとなったと言ってよいだろう。

1‐ii②⑵　個別的問題点

以上、虫麻呂作品中最大のこの長歌をどう読み解くかを凝縮した形で示したが、言及が十分とは言えなかった、しかも虫麻呂歌に特徴的な課題の主なものを再び取り上げて、具体的に補足しておきたい。

（問題の性格上、すでに触れた記述と多少の重複が生ずることをお断わりする。）

1-ii②⑵〈1〉　浦島子伝説

最初に触れた通り、虫麻呂歌に先立つ浦島子伝説としては、『日本書紀』の雄略二十二年七月条の簡略な記事と、『釈日本紀』（巻十二）に引く『丹後国風土記』逸文（以下、風土記と略記）の詳細な記載があり、さらに両方の記述者が目に止めていた伊預部馬養《いよべのうまかい》の記録があったらしいが（これが最古の伝となる）、今に伝わらない。『釈日本紀』は『本朝神仙伝』の浦島子伝も併記し、さらに『扶桑略記』（三）の「続浦島子伝」や『古事談』の「浦島子伝」、下って『群書類従』（一三五）の、「浦島子伝・続浦島子伝記」も同類の記事を伝えることがすでに諸家によって指摘されている。今これらをめぐってもう少し詳しく補筆しておこう。

虫麻呂歌制作以前のものに限って言えば、虫麻呂歌以外はいずれも雄略二十二年丹波国《たにはのくに》（丹後国が分置されたのは和銅六年713四月。翌月風土記撰進の命）余社《よざ》郡管川《つつかわ》（現、京都府与謝郡伊根町筒川）の浦島子の得た亀がおとめと変じて共に蓬萊山《とこよのくに》に赴いた点が共通していて、伝承の流れを一つに絞りうる。そのことは風土記逸文与謝《よさ》郡日置《ひおき》里の条の冒頭で、

この里に筒川の村あり。ここの人夫《おほみたから》、日下部《くさかべ》の首《おびと》らが先つ祖《おや》、名を筒川の嶼子《しまこ》と云ふひとあり。為人《ひととなり》、姿容《かたち》秀《すぐ》れ風流《みやび》なること類《たぐひ》なし。これ、謂《いは》ゆる水江の浦の嶼子といふ者なり。こは旧宰《もとつみこともち》、伊預部《いよべ》の馬養《うまかひ》の連《むらじ》の記せるに相乖《そむ》くことなし。故《かれ》、所由《ゆゑよし》の旨《おほむね》を略陳《の》べむとす。

【大意】この里に筒川村がある。ここの民で、日下部の首らの先祖に当たる、名を筒川の嶼子という者

がいた。生まれつき容姿がすぐれて優雅なことはこの上もなかった。それが世間で言われているところの、水江の浦の嶼子という者である。この話は前任の国守である伊預部の連《むらじ》馬養の記している内容と矛盾や相違しているところがない。よってこの昔話の概略を述べることにする。

とあって、風土記で得た伝承が先立つ馬養の記録と内容的に異同がないことを明言している。これは風土記の記事から逆に馬養の記録を見透かすことも不可能ではないことを示していよう。

　また雄略紀二十二年には

秋七月に、丹波国《たにはのくに》余社《よざ》郡管川《つつかは》の人瑞江浦嶋子《みづのえのうらのしまこ》、舟に乗りて釣し、遂に大亀《おほかめ》を得たり。便《すなは》ち女《をとめ》に化為《な》る。是に、浦嶋子、感《め》でて婦《め》にし、相逐《あひしたが》ひて海に入り、蓬萊山《とこよのくに》に到り、仙衆《ひじり》に歴《めぐ》り観《み》る。語《こと》は別巻《ことまき》に在り。

【大意】秋七月に、丹波国の余社郡管川の人である瑞江の浦嶋子が、舟に乗って釣をしていたところ、遂に大亀をつかまえた。するとそれがたちまち女となった。そこで浦嶋子は、心がたかぶって妻とし、連れ立って海に入り、蓬萊山に至って、仙人たちとめぐり会った。この話は別の書物にある。

とあって、「別巻」にその具体的内容が記されているので詳細はそれに譲ると言わんばかりの記述である。史書としては、この年に瑞祥としての「大亀」を捕獲したことを記せば十分であって〈「瑞江」〈前田家本〉という用字もそれと関係あるか〉、それ以上の話の展開はここでは必要がないと判断して簡略に済ませたのだろう。本条の拠ったものとは別本である「別巻」には、恐らくその一部始終が詳述されていたものと思われる。書紀の編纂者が自分たちの記述と同程度に重視した資料であるとすれば、それはやはり言われるように馬養の作に関連する記録を指す可能性が高いだろう。とすれば、雄略紀もまた馬養の記事と同一線上に位置して、風土記とも同系統に立つと言える。

小島憲之氏は、馬養の浦島子伝を要約したものが雄略紀の「別巻」に近いものであったと推定し、馬養の没年が『遊仙窟』伝来以前であり、風土記の文章が『遊仙窟』のそれを利用している事実から、馬養所記のものに遊仙窟的潤色を加えたのが風土記の文章であると説かれる（「浦島子伝の表現」『上代日本文学と中国文学　中』）。

また三浦佑之氏は近年、『日本書記』に続いて目指されたと考えられる『日本書』列伝に掲載予定の、浦島子の仙境訪問の物語「浦島子伝」がその「別巻」だと推定する、注目すべき新見解を示された（「日本書紀の浦島子」『浦島太郎の文学史』・「歴史書としての風土記」『風土記の世界』）。

そもそも両者にかかわる伊預部馬養（『日本書紀』に「伊余部馬養（馬飼）」、『懐風藻』に「伊与部馬養」）は、風土記によれば「旧宰《もとつみこともち》」つまり前任の国司であったという。このことは記録には見当たらないが、赴任先で土地の伝承を採取して文章化したのだから、風土記の内容と相違しないのが当然ということになる。風土記の記述以前の述作とすれば、やはり国司時代かその直後に成したものか。風土記の記述者も伝承の文章化に当たっては、残された馬養の記録をかなり参照して積極的に活かしていることが考えられ、わざわざその名を挙げて「相乖《あひそむ》くことなし」と断ったのは、その文章に対する信頼と敬意の表れであろう。風土記の浦島子伝が五行思想や神仙思想で華麗な彩りを加え、文飾の勝った格調高い漢文表現を意識して腐心していることは、他の一般的な風土記の記述体裁と比較すれば、一目瞭然である。風土記の3条の逸文はいずれも説話的性格が濃厚で、わけてもこの筒川の嶋子伝と比治《ひじ》の真奈井《まない》の天女伝は、確とした文芸意識に立脚した独立の作品たりえている。なればこそ、嶋子伝の最後に、嶋子と神女の歌に添えて「後時人追加歌《のちのひとおひてうたふ》」まで加えて、完結を期そうとしたのだろう。この5首の詠歌は、「物語伝承の古型ではなく、風土記編纂時の後補」（新編日本古典文学全集『風土記』頭注）と考えるのが妥当であろう。

高野正美氏は、以上の関係について、次のような示唆に富む整理を施された（「水江の浦島子」『万葉集の形成と形象』）。

（馬養の）在任時に筆録されたという浦嶼子伝は、当時、海洋民であった日下部首に伝わる始祖神話をもとに、神仙譚風に仕立てられた馬養の述作と想定できる。むしろ風土記の筆録者は馬養の述作によって広く知られていた浦嶼子を、逆に日下部首の祖である嶼子とみなして同一視したのではないか。よく知られている浦嶼子は、実は日下部首の祖である嶼子のことなのだというように。（中略）

当時丹後国に神仙譚風の浦島伝説が伝えられていた可能性は低く、むしろ都京の知識階層を中心に知れ渡っていた浦島子を、日下部首の祖である筒川の嶼子の伝承との類似から、都京の事情にも通じている風土記の筆録者（官人）が浦島子は丹後国の日下部首の祖「嶼子」のことだとして、強いて結びつけたものといえよう。

その祖型を成した伊預部馬養は、実は傑出した知識人であった。持統三年689六月に撰善言司《よきことえらぶつかさ》（「善言」という題名の書物を撰進するための官司）に任ぜられ（時に勤広肆《ごんこうし》）（『日本書紀』）、文武四年700六月に大宝律令撰定に参画した功により禄を賜る（時に直広肆《じきこうし》）（『続日本紀』）。

この律令撰定は、浄大参《じょうだいさん》刑部《おさかべ》親王のもとに、直広壱《じきこういち》藤原朝臣不比等、直大弐《じきだいに》栗田朝臣真人、直広参《じきこうさん》下毛野朝臣古麻呂、直広肆《じきこうし》伊岐《いきの》連博徳《はかとこ》ら（直広肆以上）の錚々《そうそう》たるメンバーと共に行ったものである。中西進氏は、刑部親王は形式的な奉戴者、不比等が監督的立場にある首長、古麻呂・博徳・馬養が実際の起草者だったろうと推定される（「長屋王の生涯とその周辺」『万葉集の比較文学的研究　二』）。だから、馬養の功績がいかに重視されたかは、後年、大宝三年703にその子が博徳らと共に功田《こうでん》（国家的功労者に与えた田）六町・封戸《ふこ》（俸禄の一種）100戸を賜わり、天平宝字元年757にその功が下功に当たるとして10町を子に伝えさせたことからも明らかである。

大宝元年701八月には大宝律令の完成によって禄を賜わる。時に従五位下（『続日本紀』）。が、その後間もなく（大宝二年前後）卒したらしい。『懐風藻』には「皇太子学士（春宮坊《とうぐうぼう》に所属し、中国古典を教授）従五位下伊与部馬養。一首。年四十五」とある。「皇太子」は、持統初年とすれば草壁皇子《くさかべのみこ》（持統三年689四月薨、28歳）を指すし、持統末年とすれば軽皇子《かるのみこ》（持統十一年697二月立太子、八月即位、文武天皇）ということになる。持統天皇は譲位を決意して、僅か半年であるが、若い軽皇子（慶雲四年707六月崩御、25歳）のために集中的に帝王学を施そうとしたのではないか。その方が40歳ごろの学の円熟した馬養にもふさわしい。

その詩は「従駕、応詔」(36)とある一首で、帝堯《ぎょう》を挙げ西王母《せいおうぼ》の故事を踏まえて天子の遊覧を寿ぎ、「仙槎《せんさ》栄光を泛《う》かべ、鳳笙《ほうしょう》祥煙を帯ぶ」(仙人の乗る筏《いかだ》〈ここは天子の御船〉は瑞光を浮かべ漂わせ、笙《しょう》〈笛の一種〉の音はめでたいしるしの煙を帯びる)の句には祥瑞思想の反映も窺える。

馬養がこのように天皇・皇太子に近くにあって、法に明るくかつ詩文に長じた当代屈指の有識者であったから、「彼の浦島子伝は美麗な六朝風のもの」(小島憲之氏前掲論文)(193頁)であり、それを風土記や書紀の編纂者が一目置いて取り上げたのも何ら不思議はない。そのことは、馬養の作が丹後に残されたばかりでなく、京遷任と共に中央にももたらされたことを意味するだろう。だから澤瀉久孝氏が、「私は思ふに、この作者虫麻呂は常陸風土記の制作にも関係した人であり、雄略紀や丹後風土記も読んでをり」(『万葉集注釈　巻第九』)と指摘されるように、後の虫麻呂が都に在るころそれを見知ったであろうことは十分考えられる。書紀撰定にかかわる不比等―博徳―馬養という人脈と、虫麻呂が不比等の子宇合の下僚であった可能性を重ね合わせれば、虫麻呂が書紀や風土記の資料を目にした蓋然性はかなり高いと言ってよいだろう(あるいはもっと早く、虫麻呂がはじめて不比等家の書吏の任に就いたころ(18頁)、この資料を見る機会があったか)。

それにも拘らず、虫麻呂の作がそれらとは別系統の伝承にでも拠ったかのように内容を異にするのは何ゆえか。澤瀉氏は作者は住吉の岸に立って、書物で読んだ浦島伝説を思ひ出し、ここを舞台にして作者の浦島伝説を「創作」したのである。これは「摂津地方に伝承された浦島伝説」ではなくて、作者の創作である。

とまで断言される（前掲書）。

「摂津地方に伝承された浦島伝説」を主張する説は、海洋民・海上制圧者（水・江・浦・島の語が暗示）である日下部氏が摂津近辺に多く分布し、その始祖伝説として浦島伝承があったと推測するのであるが、土地に残る「旧聞」（140頁）として口承されていた痕跡は見当たらないようだ。虫麻呂は文献的伝承による浦島伝説を旧聞的な伝承に振り替えて、舞台を新たに「墨江《すみのえ》」（住吉《すみのえ》。大阪市住吉区《すみよし》）に設定したのであろう。あるいは「墨江」は、「小集楽《をづめ》」の野遊び（151頁）が行われた「住吉《すみのえ》」（16三八〇八）との連想も働いているか。

金井清一氏は、舞台となった地名、浦島子の訪問先、女性の出現のしかた、後半の叙述などについて比較検討を加えて、

風土記は大陸文化の影響を受けた神仙譚、仙境訪問譚として原伝説を変改したものと思われるのに対し、虫麻呂は伝説のストーリーと道具立ては変改せず、主人公の具体的描写に力を注いだのである。

と結論づけ、この長歌が叙事を通しての虫麻呂の抒情詩であることを強調された（「虫麻呂の浦島伝説歌」『国文学　解釈と鑑賞』第五一巻第二号）。

虫麻呂の伝説歌群がいずれも歌による伝承の再創造であることは、疑う余地がないものと考える。

最後に、諸注にあまり触れられていない、「水江」と「墨江」の関係について私見をつけ加えておきたい。

虫麻呂が旅先の名所を見落さなかったこと（151頁）に改めて着目すると、「墨江」を「旧聞」的な浦島伝説の新名所として定着させたいとの思惑が強く働いたように思われてならないからである。

というのは、題詞や長歌末尾に「水江の浦島の子」とあり、「水江」を地名的に用いていて見逃しやすいが、「水江」は本来「瑞江《みづのえ》」（美しい入江）で、浦島子が住んでいたとされる浦の美称であろう。現に、先に引用した雄略記には「丹波国《たにはのくに》余社《よざ》郡管川《つつかは》の人瑞江浦嶋子《みづのえのうらのしまこ》」と表記されていた（192頁）。また『丹後国風土記』には、「この里に筒川の村あり。ここの人夫《おほみたから》、…名を筒川の嶼子《しまこ》と云ふひとあり。…これ、謂《いは》ゆる水江の浦の嶼子といふ者なり。」とあった（191頁）ことからすると、原伝説の「筒川の島子」という呼び名が、筒川付近の入江の美しいことから、伝承が広まるにつれて「瑞江の浦」が「水江の浦」に、「浦の島子」が「浦島の子」に（風土記の後補部分の歌中には「宇良志麻能古《うらしまのこ》」とある）に転じて、「水江の浦島の子」と通称化し、定着するに至ったものと考えられる。虫麻呂はその呼称を用いたのであろう。

虫麻呂が歌中には2度も「墨江」と明示しながらも、これを「水江」と銘打ったのは、「瑞江」の原義を匂わせながら美的な幻想世界に彩りを添えようとしたのだろう。

河内の大橋が新名所となったことに歌想を得た虫麻呂は、墨江を新作の浦島子詠によって新たな名勝に仕立て上げようと意図したのではないだろうか。

1-ii②(2)〈2〉「見る」の多用

虫麻呂の作には「知る」と共に「見る」の語（「見ゆ」「見す」なども含む）が、3三九、6九七一（2）、9一七四〇（7）、一七四九、一七五一、一七五二、一七五三（3）、一七五七（2）、一七五九、一八〇七、一八〇八、一八〇九（3）、一八一〇（（ ）内は2回以上の使用度数）などに多用されていることが興味を惹く（題詞には、9一七四二・一七四三、一七四四、一八〇九～一八一一の3例）。全歌数に占める使用頻度が他に比して高いのは明らかで、わけても当該歌の突出ぶりは注目される。

特に「釣船の　とをらふ見れば」「家見れど」「里見れど」「この箱を　開きて見てば」などの見方は、まさに目を凝らしてまばたきもせず見るものであろう。このような見方は、「不尽の高嶺は　見れど飽かぬかも」（三一九）、「筑波の山を　見まく欲り」（一七五三）、「筑波嶺に　登りて見れば」（一七五七）、「真間の井を見れば」（一八〇八）、「見てしかと　悒憤《いぶせ》む時の」（一八〇九）、「奥津城を往き来と見れば」（一八一〇）などもみな同様であろう。

浦島子詠では、霞の中にゆれる釣舟を「見る」ことで古の世界に入り、現時に立ち戻ったところで「家所」を幻視していて（「見ゆ」）、詠み手の現実の「見る」と「見ゆ」の間に挟まれて過去の伝説世界が展開する形がとられている。詠み手の視線が作品の構成に重要な役割を果たしていると言うべきであろう。

虫麻呂はこのように、対象を意識的に熟視してその奥にあるものを見極めようとした歌人と言ってよいだろう。凝視に心を集中させる時、これまで曖昧摸糊としていた世界はたちどころに眼前にくっきりと立ち現われてくる。虫麻呂の網膜には人よりもはるかに鮮明にものが映じたことだろう。過去の伝説の数々をあれだけリアルに再現できたのも、富士山の広大なたたずまいを俯瞰しえたのも、また幻想・幻影の非現実空間を自在に浮かび上がらせたのも、すべてそうした見方の所産であって、尖鋭で透徹した眼力のなせるわざである。虫麻呂は、古代の人々の透視能力を今なお失ってはいなかったのである。

眼前にない事象を細部まで現出しうる目には、現実を見通すことなどきわめて容易であったろう。聖武朝における新興貴族藤原氏の実権の前にあっては、身分の低い官人がわが地位を望む夢など実現するはずもなかったから、ものの見えすぎる虫麻呂は己れの将来などすっかり見抜いていたことだろう。10年後、20年後の自分が今の自分とさしたる変化もないことを知る時、一種の閉塞状況下に置かれた自己をそこに見出したに違いない。沈痾《ちんあ》（重病）の憶良は「士《をのこ》やも空しくあるべき万代《よろづよ》に語り継《つ》ぐべき名は立てずして」（6九七八）（男子たるものがこの世を無為に過ごしてよいはずがあろうか。万代ののちまで語り伝えられるべき功名を立てることもないままで）と嘆じたが、虫麻呂は人生の空しさをすでに若くして感得していたと思われる。それが運命的に免れがたいものであり、自分の力では如何ともしがたいものであることを思う時、虫麻呂はこの閉塞的な現実の外に暫くでも身を置いて、想念の世界に果たせぬ夢を実現しようと図る。「『官途に挫折した』『貧しい現実の代替が、華麗な夢想だと考えられる。』と中西進氏はすでに指摘される（「風景の幻想」『旅に棲む――高橋虫麻呂論』）。常住不変の常世への憧憬もそこに発し、またそれが文学的営為へと彼を駆り立てたものと考えられる。坂本信幸氏も、現実のむなしさ、身のはかなさの認識が常世への願い、永生への希求を生み、これらが虫麻呂の本質であると指摘されている（「高橋虫麻呂論」『セミナー万葉の歌人と作品　第七巻』）。

憶良は「世間《よのなか》や　常にありける」（世の中はいつまでも変らないであろうか）という現世認識を嘉摩三部作（第三作）の世間難住歌（5八〇四・八〇五）で示したが、第一作反惑情歌（八〇〇・八〇一）では父母・妻子と共にある世の中を「黐鳥《もちどり》の　かからはしもよ」（鳥もちにひっかかった鳥のように、離れがたく断ち切れずに生きるものよ）と慨嘆しながらも、どんなにそれが憂苦に満ちたものであろうと、鳥でない限りは（5八九三）現実のしがらみの中でもがき続けて生き通すことを道理と考えた。無常有限の世間認識においては虫麻呂に通ずるものがあるが、その中に必死に踏み留まろうとするのが憶良で、鳥になる自分を夢見てその外の世界を垣間見ようとするのが虫麻呂と言ってよいだろう。

対して旅人は、自己に迫り来る老病死苦とは正対せずに、あるいは虚構世界に心を遊ばせ、あるいは亡妻や故郷などの喪失したものへの思いを深めた。文人的な文雅の世界の構築を通して魂の安らぎを図ろうとした。旅人の悲苦はかなり個人的で、憶良のような一般性や普遍的拡がりを持たないが、「世の中は空しきもの」（5七九三）という認識は深いものがあったから、世間苦の感知は他と共通していたろうが、それを癒やす術を文雅を尽くすことでかわしたということだろう。

このように考えると、宮廷や中央とは遠く断ち切れた場（異郷＝鄙）に身を置き、いわば〝旅〟という極限状態に在り続ける知識人たちは、その現状認識と自己省察とからする、生の限界とむなしさへの抗いがその作歌動機をなしていると理解されよう。

1-ii②(2)〈3〉 境界を越える

「見る」と「家」（後掲**余滴**）と共にこの長反2首の中には「常世《とこよ》（辺《へ》）」の語が4回も用いられていて、常世に対する虫麻呂の強い拘泥が認められる。「常世」は古代日本人が大海の限界の向こうに幻想した不老不死の理想郷で、むなしく有限なるこの世の対極として在るものであった。この場合それは、「海・界を　過ぎて漕ぎ行く」結果至り着いた所で、異郷への訪問と幸の獲得を浦島子が自らの力によって可能にしたことを見落としてはなるまい（『丹後国風土記』では、島子は神の女に眠らせられるという入眠作用によって異郷との往還を可能にしている）。家も顧みず7日も漕ぎに漕ぎ続けたひたむきさは、前述のように虫麻呂の憧憬してやまない人間のありかたであった。だから、憧れの行動で憧れの地に達した浦島子は、少なくともここまでは虫麻呂の理想像そのものであったと言ってよいだろう。

ところで、「常世」は『万葉集』では藤原宮の役民《えのたみ》の歌（1五〇）や人麻呂の作（3二六一）に見えるほか、旅人（3四四六）・吉田宜《よろし》（5八六五）・大伴三依《みより》（4六五〇）・坂上郎女《いらつめ》（4七二三）・家持（18四〇六三、四一一一）など神仙思想と結びついて旅人周辺でとりわけ愛用された。憶良もまた、常世の語こそ用いなかったが、永遠なるものの存在に目を見張り（5八一三・八一四）、永生を切実に願った（5八〇五、九〇二・九〇三）。

虫麻呂歌の場合、常世は「海界《うなさか》」という海原の果ての境界の向こうに拡がる未知の幻想領域であり、伝説そのものも見方によれば過去という時間的な他界でもあるわけだから、この歌は時空2重の意味で他界幻想を描いたとも見られる。

清原和義氏は、「墨吉の岸《すみのえ》」という現実の岸は「もう一つの海界の果て――いわば非現実の岸――をのぞむという場所である」として、「大海を間の隔てとして、『墨吉の岸』は二つの岸の一方の岸なのである。」という把握を示されたが（「風雨の歌人―風土考序説」『万葉集の風土的研究』）、虫麻呂は此岸《しがん》に立って、大海を漕ぎ海界を越えて彼岸《ひがん》に入り行く浦島子をじっと見つめていたことになる。

この海界はこちら側の日常的な人間社会とあちら側の人為の届かぬ聖なる異界を分かつものであったが、虫麻呂の作品にはほかにも境界にかかわるものが少なからずあることは重視すべきで、境界とそこに営まれる人間の行為に強い関心を寄せていたことが察せられる。

境界をなす場には、自然物として浜・浦・河原・中州・坂・峠などが、人工的なものとしては道・橋・市・宿・関・渡・津・泊《とまり》・墓所などが指摘されるが（網野善彦氏「境界領域と交通」）、虫麻呂作品にその具体相を探ってみよう。

㋑**坂**（後述のJ一七五一・一七五二歌の検討の中で触れることにする）

㋺**山**　坂はきわめれば山であるから、山もまた境界領域となる。「筑波山に登らざりしことを惜しめる歌」（8一四九七）があるように、虫麻呂にとっては筑波山は仰ぎ見る山ではなく、登る山であったこと（9

一七五三・一七五四、一七五七・一七五八、一七五九・一七六〇）は注目すべきである。

一七五三・一七五四歌（K）は検税使大伴卿を夏の盛りに案内した時のものだが、「男《を》の神」と「女《め》の神」の神慮のお蔭で、大伴卿が天皇に代わる国見ができた喜びを「今日の楽しさ」として讃嘆している。

一七五七・一七五八歌（M）は晩秋の単独登山で、地上高く東に師付《しづく》の田居、西に鳥羽の淡海《おうみ》を眺めおろし、その景観の見事さに憂悶を慰めている。それはまさに、地上の日常空間をはるかに超えて、聖なる異空間である神の領域にまで達した感動であり、さればこそ癒やしがたい積年の「旅の憂へ」を晴らすことができたのだろう。未知なる領域に在る充足感から黄葉を贈るべき「妹《いも》」を求めるのも、歌垣の神婚に基づく連想か。神に近い位置に在る自分とそれを迎え入れる異郷の女との出会いを幻想したものだろう。

一七五九・一七六〇歌（N）は「筑波嶺に登りて嬥歌会《かがひ》をせし日に作れる歌」で、『常陸国風土記』に記録されるほど世に聞こえていた「嬥歌会《かがひ》」の風習を写す。筑波山のしかも裳羽服津《もはきつ》という水辺はまさしく聖なる境界領域で、そこで行われる歌垣は神婚を人が模倣することであった。だから、「人妻に吾も交らむ　わが妻に　他《ひと》も言問《こと と》へ」という日常的な禁忌《タブー》の破壊が許されることになる。都倉義孝氏はこの表現を、「境界的な場に限定されて神に容認された禁忌侵犯へ積極的挑発を演技的に詠じたもの」と解される（「東歌・防人歌—その境界性」『うたの発生と万葉和歌』）。従って歌中の「われ」は勿論作者自身でも語り手でもなく、歌垣に参加する「壮士《をとこ》」自身である。作者虫麻呂は壮士になりきって歌垣を内側から描くことで、非日常的で特異に映る世界の純粋さをきわ立たせたかったものと思われる。全体的な状況（長歌）から「われ」の意志（反歌）への移行と昂揚は、日常を脱し、屈折を知らぬ古代性に憧れる虫麻呂自身の心に発していることも既に触れた通りである。

同じ山でも富士山の場合は登って山頂をきわめるわけにはいかないから、3三一九歌（A）で虫麻呂ははるかな天空からの俯瞰を幻想する。甲斐・駿河両国の境界領域をなして屹立《きつりつ》する富士山の高嶺に、石花《せ》の海と不尽河《ふじかわ》という水を南北に配して、日常世界を高く超えた異空間から全体の景観を一望のもとに収めようとする。飛ぶ鳥も上りえず、火を雪で消し雪を火で融かすという霊妙さは、言語表現に絶するものだという。だから「霊《くす》しくも　います神」としか言いようがない。まさに人知を超え次元を別した、この世なる異空間として称えようとしているのである。

㋩山野　このような垂直空間に対して限りなく水平空間に対する目も働く。6九七一歌（R。後掲250頁）は西海道節度使として派遣される宇合を、龍田山を「うち越えて　旅行く君」と表現し、大和の境を越えて筑紫に到っては、部下の者に「山の極《そき》　野の極《そき》」までも検分させ、自身も「山彦の　応へむ極み」「谷蟇《たにぐく》の　さ渡る極み」国土をわが目に収めて早く帰還するように願っている。境界を出て果てしない旅を経、再び境界から家郷に戻るパターンである。限界を見きわめる目で異郷の果てに目を凝らしたもので、この広大な水平空間の把握は、水平線の果てに「海界《うなさか》」を観ずるものと一致する。

㋥橋　境界としての橋にかかわるものには9一七四二・一七四三歌（E）がある。片足羽《かたしは》川にかかる丹塗《にぬ》りの大橋を渡って、「向こう側」の世界（226頁）に消え行かむとする若き娘子《おとめ》に思いを馳せる。夫ある身か独り身なのか、家も知らないその女性に、橋の頭《つめ》に家を仮想して宿として貸したいと望む。境界を越えて異空間へ向かわんとする娘子に対して、己れを失って立ちつくすばかりである。

かつて橋詰では、「打橋《うちはし》の頭《つめ》の遊びに　出でませ子　玉手の家の　八重子の刀自《とじ》　出でましの　悔いはあらじぞ　出でませ子　玉手の家の　八重子の刀自」（『日本書紀』天智九年670五月の童謡《わざうた》）（杭を水中に打ちこんだ橋〈「板を渡した仮橋」とも〉のたもとに集まって楽しむ催しに、出ておいでよ、娘さん。玉手の家の八重子さん〈「八重に構えた家の奥深く大切にされている女子」とも〉よ。おいでになっても、後悔なんかありますまいよ。出ていらっしゃい、玉手の家の八重子さんよ。）とあるように、橋の詰という境界にあって、境を異にする男女の出会いが歌垣の形で行われた。虫麻呂はあたかもその現代版を個人として夢想しているかのごとくである。中西進氏も、すでに「この歌は小集楽《おづめ》の遊びをイメージして重層させた歌」と想定し、橋の上の女神＝橋姫を歌ったものと考えられた（「橋上の女」『旅に棲む―高橋虫麻呂論』）。題詞に「娘子を見たる歌」と見ることを特記するが、「さ丹塗の　大橋の上ゆ　紅《くれなゐ》の　赤裳裾引き　山藍《やまあゐ》もち　摺《す》れる衣《きぬ》着て」という華麗な彩りは、伝説の主人公たちの像を眼前にくっきりと浮上させるのと同巧である。

同じ橋でも9一七八〇・一七八一歌（O）の場合は、刈野《かるの》橋で大伴卿に別れた際の一首で、橋が異郷との接点であり、通路であるところから、人との出会いの場であると同時に別れの場でもあったことを示している。境を越えて船出して彼方へ旅立たんとする大伴卿に対して、こちら側に残される者の悲しみを述べて引き留めようとする心は、長反歌相俟って痛切である。

㋭門　家は垣で囲まれ、門を備え、いくつかの建物から成り立っているのがふつうだから、門は家の内外を画す境界として機能した（小林茂文氏「古代の都城における境界―境界儀礼と都市の風景―」『因縁の古代史―王権と性・子ども・境界』）。9一七三八・一七三九歌（C）は美女の評判を聞いて「金門《かなと》」にやって来る男たちに、周淮の珠名がその境界を出て誰彼の別なく逢ったという話である。外側に立つ男たちにしてみれば、境界は女の出現と出会いの場であり、日常性を超えられる場であった。珠名にしてみれば、門の外に出たことで家が象徴する倫理的限界を抵抗なく踏み越えることができる。だから、「身はたな知らず」「たはれ」はしたが、その非倫理性は咎め立てられるところとはならない。虫麻呂は男性の聴き手と共に「吾妹《わぎも》」という近しい存在として珠名を受け容れようとする。

㋬墓と井　9一八〇七・一八〇八歌（P）と一八〇九～一八一一歌（Q）は共に「奥津城《おくつき》」にしずもる二人の女性の悲話を描く。いずれも自らの意志でわが命を絶って、現世から「黄泉《よみ》」という他界へと赴いた。常人には越えがたい境を、自己を貫いて一気に飛び越えた純粋さに虫麻呂は強い衝撃を受けたのだろう。墓という境を通じて、冥界という異界から娘子たちをこの世の現時点に蘇らせて見せたのである。

また、山幸彦が海宮に出現した場所が門の外の「井上《ゐのへ》の香木《かつら》」（『古事記　上巻』）であったことは、井が現世と他界をつなぐ通路であったことを示しているから、手児奈の場合はその幻影は「真間の井」（一八〇八）から立ち現れて、生前の姿を明らかにしたものである（ちなみに、平安前期の小野篁《たかむら》が、昼は朝廷に勤務し、夜は閻魔《えんま》庁に通って大王に仕えたという伝承のある井戸が、京都（東山区）の六道珍皇寺に残る）。

虫麻呂の伝説歌は、珠名のもの以外は華やかな生とひそやかな死を同時に描いているのだが、虫麻呂の目は境という回路を通し時を逆進させて、死の現在から生の過去をけざやかに見渡している。山口昌男氏の、「内と外、生と死、此岸と彼岸、文化と自然、定着と移動、農耕と荒廃、豊饒と滅亡といった多義的なイメージの重なる場」という境界の定義（『文化と両義性』）を受けて、山田直巳氏は

右各々はいわば二項対立の形式を採っており、従って二つが同時には存在しないはずである。にも拘らずそれがイメージの重畳として表現されて来ることに最大の注視がされなければならない。

と重要な指摘をされたが（「トポスとしての〈境界〉」『古代文学の主題と構想』）、虫麻呂は巧みにそれを実現したと言ってよいだろう。虫麻呂は帰るべき家を持たないいわゆる非定住者であり、自身も漂泊の旅という境界に生きる人であったから、境界領域にあって常に此岸と彼岸を同時に見据えることが可能だったのだろう。これまた虫麻呂独特の眼力のなせるわざである。

境界を越えるということは、迷いやためらい、あるいは倫理や規範といった心理的・社会的抑制ないし拘束を一切振り切って、その先にあるものをつかみ取ろうとする意志的行動であろう。この未知なる世界への憧れは、周囲への思惑や結果への考慮を何らめぐらさず、意を決した行動に走って後悔することのない古代的あり方への憧れに重なるだろう。

このように、虫麻呂の発想の根底には境界とその向こう側への思いが常に存在し、それをめぐる多彩

な人間行動に深い興味と関心を寄せていたことが理解される。浦島子詠の場合、海界を過ぎて常世に至り、そのまた「海若の　神の宮の　内の重の　妙なる殿」に在ったこと、そこから再び現世の墨吉《すみのえ》に還り来たこと、最後は死んで黄泉《よみ》へと旅立ったことなど、浦島子の重要な行動はすべて境界を越える形で展開していて、境界にかかわる歌の典型をなしている。加えて、前述のように語り手虫麻呂は、大海の此岸に在って海界を過ぎ行く浦島子を見やり、時の境を超えて過去を現在に呼び戻して、時空にわたる2元世界を操っている。まことに、虫麻呂は常に境界を見つめ、境界に生き、境界を自在に往還した稀有の歌人と称することができるだろう。それは、彼が異郷に身を置いて、官旅を常としていたことと分かちがたく結びついているものと思われる。

1-ii②(2)〈4〉　伝説歌の主人公たち

虫麻呂が曖昧な過去を現在化することにかくも情熱を注いだのは、結局伝説の主人公たちに強く惹かれてやまないものがあったからに違いない。赤人歌（真間の娘子歌）や、福麻呂歌（葦屋の処女歌）に比して虫麻呂の伝説歌に挽歌的要素が希薄であるのは、主人公たちの死そのものが直接の対象なのではなく、死に至り着く必然性や死を選び取る生き方に眼が向いていたということだろう。死の悲劇を悼む心情より死に至る過程に叙述の大半が割かれているのはそのためである。死という結果が問題ではなく、自分で自分の生を選び自分で自分の死を選び取る、主人公たちの強靭な意志と行動力に人間のありかたの本質的なものを見出していたのではなかったか。

結局虫麻呂が筆を費やして描きたかったものは、自己の真実を貫いて生き通した過去の人々の姿であった。墓などに誘発されてふくらんだ被葬者たちへの関心は、すでに虫麻呂の時代には、また虫麻呂自身にも許されなくなっていた純粋で妥協のない生きざま、あるいはひたむきで濃密な生き方にあったようだ。

複数の男たちに求婚を迫られて迷わず死に走った女たち、女を得ようと太刀をかかえて闘う男たち、またおのが魅惑を振りまいて男たちを惑わし続ける女——これらはいずれも自分の思い通りの生き方を一途に貫いた男女である。彼らは、己れの前に立ちふさがるものを何一つ意に介することなく、いかなる障害ももののともせず、おのが信ずる道を一直線に突っ走って生き通したのである。それは応々にして母さえも捨ててあたら短い生涯を閉じるという悲劇に終わったが、それだけに鮮烈な衝撃をいつまでも後に残した。虫麻呂は、自己の意志にためらいを待たずに行動する古代的純粋さとも言うべきものをそこに発見して、伝説歌の主人公たちをより鮮明に造形したのであろう。虫麻呂の憧憬してやまなかったものがそこに自ずと見えてくる。

古代の典型的英雄である倭建《やまとたける》は大碓命《おおうすのみこと》や熊曾建《くまそたける》・出雲建《いずもたける》を次々と何の迷いもなく荒々しい殺し方で屠《ほふ》ったが（『古事記　中巻』）、まさに古代性の原像とも言うべきものであろう。その激情的性格は「秩序ある天皇の世界を大八島国全体に実現するのである」（日本古典文学全集『古事記』頭注）が、同時にそれは「その力ゆえに天皇の安定した秩序のうちには収まりようがないことでもある。」（同）。虫麻呂は、現実の秩序には収まりきらない、原始の力学とも言うべきそうした古代性に強い憧れを抱いていたのではなかろうか。律令制度という現実の秩序の中で己れを矯《たわ》めて生きざるをえないのが虫麻呂はじめ当時の官人・民衆一般のあり方だったから、その圏外にわが意思のままに生きる生き方を夢想したのである。

虫麻呂は、西海道節度使として派遣される宇合に贈った壮行歌を、「千万《ちよろづ》の軍《いくさ》なりとも言挙《ことあ》げせず取りて来《き》ぬべき男《をのこ》とそ思ふ」（6九七二）（歌意は251頁参照）という反歌で結んだが、これこそ男たるものの古代的理想像に外なるまい。

また、あの筑波山の「嬥歌会《かがひ》」の歌（N9一七五九・一七六〇）にしても、「人妻に　吾《われ》も交《まじ》らむ　わが妻に　他《ひと》も言問《ことと》へ」「今日のみは　めぐしもな見そ　言も咎《とが》むな」（一七五九）や、「時雨ふり濡れ通るともわれ帰らめや」（一七六〇）（歌意は72頁参照）に端的に見られるように、意志・命令・禁止・反語などの表現を畳みかけて、現在のわれらを放棄して始原の男女に還る民衆の意志とエネルギーを発散せしめている。第三者による客観的叙述によらずに、意志と行動に彩られた内側からの描出によってそれを可能にした。虫麻呂は歌垣の遺風が自分の生きる世界の外のものであることに感動して、その一員になりきって当事者の心を生々しく語って見せたのである。だからこれとても、屈折を知らぬ激情の古代への限りない憧憬に根ざすものと言うことができるだろう。古代的なものが眼前に残存することへの虫麻呂自身の驚きは、それを示された官人たちの閉塞感も暫し吹き払ったことだろう。

1-ii②(2)〈5〉　会話体と人物転換

和歌の登場人物が発することばをそのまま直接的に表現することは比較的少ない。大伴家持が4首の長歌で用いた例（17四〇一一、18四一〇六、19四二一四、20四四〇八）が目につくが、虫麻呂が2種の伝説歌に用いたのはそれに次ぐ。

●…吾妹子《わぎもこ》が　母に語らく「倭文手纏《しつたまき》　賤《いや》しきわがゆゑ　丈夫《ますらを》の　争ふ見れば　生けりも　逢ふべくあれや　ししくしろ　黄泉《よみ》に待たむ」と　隠沼《こもりぬ》の　下延《したは》へ置きて…（菟原の処女歌　一八〇九）

●…世の中の　愚人《おろかひと》の　吾妹子《わぎもこ》に　告《つ》げて語らく「須臾《しましく》は　家に帰りて　父母に　事も告らひ　明日《あす》のごと　われは来《き》なむ」と　言ひければ　妹がいへらく「常世辺《とこよへ》に　また還り来《き》て　今のごと　逢はむとならば　この篋《くしげ》　開くなゆめ」と　そこらくに　堅《かた》めし言《こと》を…（水江の浦島子詠　一七四〇）

このように、会話の中に枕詞も持ち込んではいるものの、「語らく」「いへらく」と散文的表現（直接話法）で括って、発言が生のままであることを浮き立たせている。古来の語りの文脈を歌の中にすべりこませているのである。それによって全体の語り口が平板に流れるのを防ぎ、登場人物たちが眼前に躍動しているような緊迫した現実感・臨場感を盛り上げる効果を上げている。

それればかりではない。実はそこに話し手の強い意志がこもっていて、それを虫麻呂は重視したのである。つまり菟原の処女の場合は、黄泉《よみ》で血沼壮士に逢おうという破天荒の一大決心の表明が、後半の男たちの激しい争闘に発展する引き金となった。この衝撃的なことばが、場面の急激な展開への転換点として機能しているのである。

また、浦島子の場合は、一旦は家郷へ戻りたいとの強い男の意志表現が、常世から再び現世に舞台が移動することを暗示し、厳しいタブーを課してそれを許す神の女のことばは、そこで起きる哀れむべき破局を伏線として孕んでいる。だから、この二人の会話も、その次に生ずる事件の重要な転換点として機能しているのである。

加えて心中思惟（心話文）も、

…そこに思はく『家ゆ出でて　三歳《みとせ》の間《ほど》に　垣も無く　家滅《う》せめや』と『この箱を　開きて見てば　もとの如《ごと》　家はあらむ』と　玉篋《たまくしげ》　少し開くに…（水江の浦島子詠　一七四〇）

のように、浦島子の次の行動を促す契機として記述され、生身の人物を浮き立たせるのに有効に働いている。菟原の処女歌の、「見てしかと」「如己男《もころを》に　負けてはあらじと」「永き世に　標《しるし》にせむと」「遠き世に　語り継がむと」なども同様に考えられるだろう。

現実を次々と覆していく、生のことばの持つこの重々しい力は、言霊《ことだま》（ことばに宿る神秘的な霊力）を重んじる古代思想に支えられていると言ってもいいかもしれない。

また、伝承部分の人物描写の変換も、その心理と行動の移り行きをテンポよく展開させ、演劇的効果を高めて一気にクライマックスへと導いている。

周《す》淮《え》の珠名↓道行く人↓隣の君↓妹（一七三八）

勝鹿の真間の手児奈↓人↓妹（一八〇七）

葦屋のうなひ処女↓人↓血沼《ちぬ》壮士《おとこ》・うなひ壮士↓吾妹子↓血沼壮士↓菟原壮士↓親族《うから》どち（一八〇九）

水江の浦島の子↓海若《わたつみ》の神の女《おとめ》↓世の中の愚人《おろかひと》↓吾妹子↓浦島の子（一七四〇）

これらはいずれも人物の一人々々を一場面ごとに交互にくっきりと照らし出し、人間関係の織りなすあやを鮮明に描き出している。

このきわめてリアルな表現法は一体何を目的としたものか。

歌が虫麻呂だけのものであれば、赤人や福麻呂のように伝承は自分さえ承知していればいいのであって、わざわざ歌を通して詳細に述べる必要はない。それを歌の中心に据えることを主眼としているのは、それを伝えたい相手＝対象がいるからであろう。つまり、伝承を熟知しない聴き手（享受者）の脳裏に、あたかも事実であるかのように印象づけて、それをリアルに再現させようと図ったのであろう。要するに、これらの伝説歌は決して独詠ではなく（作者自身が歌の表に現れることは一切ない）、聴き手を前にして披露することを目的としたものであろう。それゆえ多分に享受者を意識して工夫が施されたのである。これは虫麻呂歌の多くに共通した特徴である。

1-ii②(2)〈6〉　浦島子の生と死

初めに触れた通り、浦島子詠の伝説の場面は、［現世（海上）8句（B）→常世38句（C_1・C_2）→現世（墨江）36句（D）］と転換し、とりわけ神女と二人の常世と、浦島子が一人戻った現世とが、ほぼ等分にしかも対比的に扱われていることが注目される。つまり、この伝説は現世の凡人がたまたま常世とつながりを持つことになったがゆえに生じた悲劇であるから、現世と常世に浦島子がどうかかわったかに問題が潜んでいる。繰り返しにはなるが、少々パラフレイズして見直してみよう。

伝説の発端となる8句（B）は、豊漁のあまり7日も家に帰らず遂に「海界《うなさか》」を越えて異郷に入り込むという状況設定である。「家」はこの世の象徴であり、「海界」は常世への境界であることを思えば、それは伏線的な意味を担って、事件の発生を予感させる。

続く第一の中心部の前半（C_1）は浦島子と神女との邂逅《かいこう》と常世での満ち足りた生活を描くが、二人の出会いの詳しい経緯もなく、神女の女性的魅力も何一つ触れることもないことは、このテーマが男対女という人間関係にあるものではないことを暗に示している。それは、虫麻呂の目指す方向が他の3作とは明らかに異なるということでもある。ここは常世なるものが、「妙なる殿」の内で神女と二人が不老不死を約束された場であることを説明したもので、無機質なまでにあっさりとした記述である。それは現世世界とは何もかも異なって、物も愛も命も満たされた、完全無欠の理想郷であることを説くに留まり、言葉を尽くして讃嘆したりはしない。すでにそこには、この歌が常世への憧れを歌い上げることに主眼を置くものではないことが示されている。それどころか、末尾の「永き世に　ありけるものを」という逆接表現によって、次に急展開する意外な事態への反措定《そてい》として設定したものであることが理解される。

即ち後半（C_2）では、きっかけとなる二人の重要な会話が示されて、にわかに具体性を帯びてくる。浦島子が神女に告げたのは、暫く家に戻って父母に事情を話し、再びここに帰って来ようというものだった。いとも簡単にそれが可能で、それがどんな結果を招くか全く思い至らぬ浦島子を、語り手は「世の中の　愚人」と呼んで、それが破局への引き金となっていることを予告する。それに対して神女は、男の意志の堅さを知り、現世の往還の困難さを配慮して、己れの魂を封じ込めた「玉篋《たまくしげ》」を男に渡し、「開くなゆめ」と固くタブーを課した。このやりとりで浦島子ははじめてその人間性を露わにしてくるが、神女の方は、男の願いに取り乱してさからうこともなく、女としての喜怒哀楽の情を一切外に示すことがない。自分の願望を通すことしか考えぬ、駄々っ子のような言い分を阻止することをせず、何もかも見通しているかのように、そのわがままを許してやるのである。

唯一の言動であるタブーの宣告も、自分のもとへその後も男を留めようという欲求に駆られたものではなく、男に常世に戻る気があればそれを保証してやるためのものだった。来る者は拒まず、去る者は追わず、泰然として動じることがない。彼女はどこまでも「神の女」として神格化された存在であり、人間のように感情の起伏に任せて右往左往することがない。出会いも別離も、凛として、人間とは一線を画した形で一貫して描かれている。

第二の中心部（D）は、墨吉《すみのえ》に立ち戻った浦島子を劇的に描いたクライマックスである。果たしてそこには父母はおろかかつての家も里もなく、彼は愕然《がくぜん》とする。常世とこの世では時の進み方が全く異なることに今までまるで気づかなかったのである。

途方に暮れた彼は、その時が逆転してすべてが元に復するかと思って、固く戒められた禁忌を破るという重大な誤りを冒してしまう。これは、現世との往還を志したことに次ぐ、二つ目の大きなつまずきである。開いた篋からは「白雲」（神女の霊魂）が流れ出て常世へと向かい、再び神女のもとへ戻る道は完全に絶たれたのである。それは禁を破った者が必ず負わねばならない重い返報である。「立ち走り叫び袖振り　反側《こいまろ》び　足ずりしつつ」という動詞の畳みかけは、菟原の処女を失い血沼壮士に先を越された菟原壮士の振る舞いと同巧である。最も大切なものを瞬時に失って、必死に袖を振っての魂呼ばいも空しく、もはや2度と再び手にしえぬ、取り返しのつかない状況のさ中にある惑乱の態《てい》である。それは遠く遡れば、八尋白智鳥《やひろしろちどり》となって故郷を目指す倭建《やまとたける》の魂をひたすら追い続ける后や皇子たちの激的行動（『古事記　中巻』）を髣髴《ほうふつ》とさせるものがある。しかも、それはそのまま浦島子の肉体的変化へと直結していく。

忽ちに時間を止める霊力も失せて、常世での「三歳」という時の流れがこの世のそれに変換され、その10倍も100倍もの時間が電撃的に彼の体内を通り抜けていく。その結果「心神喪失→しわの現出→白髪化→呼吸停止→完全な死」と、老化から死への進行を一気に加速することになる。段階的に一直線に死へと向かい、死がすべての終着点となるのである。

精神的錯乱から肉体的崩壊へという、このきわめて劇的なラストシーンで伝承部分の幕は降ろされる。この世にはゆかりの者はいないから、偲ぶよすがとなる墓も築かれることはない。浦島子の生きた痕跡は何一つないのである。すべては視界から滅し去り、無に帰する。その「家地《いへどころ》」は特定するわけにはいかないから、語り手の残像として脳裏に映ったものだろう。「家」を語り手と聴き手の時空にまで持ちこんだのは、それが浦島子の異郷での憧れの対象であり、彼の現世での最後の地であることにおいて、語り手側の深い同情の表れであろう。浦島子の心を余韻として残しながら反歌へと移るのである。劇的な死を描いても、偲ぶ心は示さないから、挽歌の範疇には属さない。

思わず引き込まれていた聴き手の万感の思いを、語り手は反歌で明らかにして締め括る。それは浦島子を死者としていとおしむものではなく、彼の生き方に向けられたものであった。即ち、常世にそのまま住み通せたのに、この世では手にしえない夢の幸福を一挙に失った男への同情的批判である。しかも、その原因を作ったのはほかならぬ自分自身であることにおいて、「鈍《おそ》」としか評しようがない。それは先の「愚人《おろかひと》」と同質で、「己が心」の内実は、家への回帰と父母への孝心という現世の人間的紐帯であった。人が家を思い子が親を思う現世的倫理の遂行と引き替えに、常世での永生という個人的幸福は消し飛んだのである。現実の掟に執することで理想は打ち砕かれたとも言える。だから、浦島子の意志と行動は世間常識的には「身を知る」（96頁）ものであったのだが、虫麻呂の目には「身を知らぬ」ものとして映ったことになる。

それは、ただ常世での神女との再会が叶わなくなっただけではない。目的の、父母に会うことすらできなかったばかりか、里も家もなく、この世での安息を約束する家族も家郷も皆無であった。現世でのつながりまでも完全に断ち切られたのである。かくて常世でも現世でももはや浦島子には生きて身を置く場がなくなった。従って、死ぬことによって黄泉《よみ》という第三の世に向かうほかはすべがない。死は行き場を失った男の、最後に行き着くべき世界だったのである。こうして「生と死の交錯する世界（現世）↓不老不死の世界（常世）↓生から死への世界（現世）↓死後の世界（黄泉）」と、現世の生を境に永生のユートピアからの死の冥界へと180度の劇的転回を遂げた。それは浦島子にとって予想だにしなかった筋書きで、もはや自分では選択のきかぬものとして運命づけられたものであった。結果的には、父母にも会えず死ぬしかないという2重の悲劇を招いたことになる。しかもその死は己れの意志によって選び取ったものではないから、伝説の処女たちのように死と引き替えに納得のいく解決を見ることもできなかった。

古代の浦島伝承においては話が主人公の死まで及ぶことはなく（唯一『本朝神仙伝』の浦島子伝の末尾に「不レ去而死」とあるのみ）、「玉篋《たまくしげ》」を開けて神女に会えぬ悲嘆に暮れるさまを結末として、その後は享受者の想像に委ねられている（お伽草子の「浦島太郎」では、鶴になって〈亀と対応させたか〉虚空へ飛び去ったとしている）。風土記と違って、虫麻呂はなぜ玉篋を開けたあとの浦島子の加速度的な変容ぶりを段階的に丁寧に描いて、彼を完全な死に至らしめたのか。それは、「この篋《くしげ》　開くなゆめと　そこらくに　堅めし言《こと》」を破った報いとして設定したものだからであろう。この種の禁忌は説話世界では破られるべくして付置され、その結果一切の幸を失うのが通例であるが、この歌の主題を描くにはきわめて有効な仕掛けであった。それさえ破らなければ、浦島子も「常世に到り　海若《わたつみ》の　神の宮の　内の重の　妙なる殿に携はり　二人入り居て　老もせず　死にもせずして　永き世に　ありける」ことが再度可能なはずだった。右の句とは全く対照的に「若かりし　膚《はだ》も皺《しわ》みぬ　黒かりし　髪も白けぬ…　後つひに　命死にける」という結果を暗示することによって、タブーの侵犯が常世での理想の幸福をすっかり奪ってしまった悲劇を強調したかったのである。虫麻呂歌だけがまるで止めを刺すかのように死への過程を克明に記し、死を宣言したのは尋常ではない。大海での豊漁も神女との邂逅《かいこう》も現世への帰還も、すべてはこの死の一点に注ぎ込むように仕組まれていたことに、ここではじめて気づかされるのである。それは、人間の営みは幸であれ不幸であれ、所詮すべては死に向かい、死に飲み込まれてあえなく消え去ることを暗示している。

真間の娘子詠の場合は、手児奈がどのような死に方をしたかは一切伏せて、いきなり今に残る「奥津城」をクローズアップさせた形で一編の幕引きを行ったが、浦島子詠の場合は、死に至る過程を無惨なまでに克明に描くことに最大の力点を置いて、収束を図ったのである。

止まっていた時間の針を瞬時に回転させて、浦島子をただの男に戻しすべてを邯鄲《かんたん》の夢に帰せしめたことは、所詮この世では富も愛も長生も容易に手に入れがたいものとの認識が根底にあろう。玉篋は、開けなければ常世という理想へ、開ければ現世という現実へ通じる扉であった。虫麻呂には常住不変の常世と無常有限の現世という対比意識が前提としてあって、所詮我々は此岸に生きるしかすべはないと考えていたのだろう。不老不死の永生の常世に戻ることが叶わず、無常有限のこの世に身を置くからには、浦島子は老死という現世の掟に従わねばならなかったのである。里もなく家もなく親もなく、自らもこの世から消えてすべてが無に帰するのが、現世に舞い戻った浦島子に負わせられた運命であった。理想の富も愛も長生もたとえ獲得できたにしても、死の前には無力で、死によって奪い去られてしまう。死はすべてを不可逆なものへと流し去るのである。このように常世と現世の落差の大きさを強調することで、現実の死の無常の過酷さを抉り出して見せようとしたのであった。

長歌末尾に「家地《いへどころ》見ゆ」とあるが、「家地」とは浦島子の家のあったであろうあたりの意であろう。今はそれを心眼で捉えるしかない。真間の手児奈や菟原の処女のような「墓」すらなく、浦島子を今に蘇らせるよすがは何一つない。何事もなかったような〝無〟の世界が拡がるばかりなのである。

このような死の重みに加えて、テーマはもう一つ潜んでいると思われる。浦島子には、現世に在っては父母とのつながり、里人とのつながりがあった。また、常世に在っては神女との結びつきがあった。しかし、再び戻ったこの世には自分にかかわる存在は皆無であった。今にして天涯の孤独の身をいやというほど痛感させられたはずである。従ってそれに続く死後の世界も、孤独の深淵以外にありえない。己れの意志に反してにわかに追いやられた非情な孤独への回帰——これが浦島子の死の、もう一つの意味するものであった。だから、浦島子にとって第三の世界は暗黒の闇が拡がるばかりで何の救いもない。この救いのなさは、先の菟原壮士の場合と共通するものがある。真間の手児奈や菟原の処女にあってはその死は新たな再生を意味したが、浦島子や菟原壮士には再生につながる何ものもないからである。この浦島伝承を、虫麻呂は人間が救いのない世界に否応なく引きずり込まれていく悲劇として受け止めたものと解される。

思えば、海界《うなさか》を越え、神女と結ばれ、常世で暮らした浦島子の生涯は、自らの意思と力によって勝ち得たものではなく、すべて偶然に支配され（「たまさかに」）運命的に天から与えられたものであった。自らの意志を表明し、行動としてそれを貫いたのは、唯一現世への一時帰還であった。実はそれが身の破滅へと直結したわけだが、そのことは、所詮虫麻呂の理想とする自己貫徹など、この世ではいとも簡単に打ち砕かれてしまうものであることを図らずも示している。それを試みることは、まさに愚鈍としか言いようがない。しかしこの世の善良な凡人であれば、だれもがそんな道を選ぶに違いない点において、それを非難するわけにはいかない。自分たちの姿をそこに認めているから、全面的に否定し去るわけにはいかないのである。世人のすべてが欲する理想世界を手中に収めたにも拘らず、そこに浸って現世とのかかわりを一切断ち切ることができず、現実世界の倫理を律儀に果たそうとしたがゆえの破局だからである。伝説の処女たちとは違って、いわば後を振り返ったことがより大きな悲劇を生む結果となったから、死が代償となったことにおいて、浦島子の弱さと善良さに対しては、人の性として憐みや同情を寄せないではいられない。だれ一人この世の絆《ほだ》しから抜け出ることができない以上、「己《な》が心から鈍《おそ》やこの君」（一七四二）という批判的言辞は、この世に在る語り手と聴き手のそんな温かい思いを内包したものなのである。

しかし、理想の常世から戻ったことを惜しむべきこととして愚鈍呼ばわりするのは、あくまでも常世に限りない憧れを抱く享受層＝聴き手レベルに照準を合わせたものであって、実は作者虫麻呂の視線はさらにその先にあって、浦島子の死の意味に思いを深めている。常世など、虫麻呂にとっては俗世間的な夢想にすぎないものであろう。

このように、浦島子の異郷訪問に力点を置かず、異郷からの現世帰還に焦点を絞っていることを重視すれば、虫麻呂の描きたかったものは、俗世の人間の希求してやまない理想郷そのものではなく、家族との絆しという凡人の離脱不能の迷妄と、死して無に帰すこの世の無常と、孤独の人間存在であったと思い当るのである。死は孤独の究極として意識されていたのだろう。だからこの浦島子詠は、伝説としての語りをそのまま歌に移し替えた単純なものではなく、いわば当面する虫麻呂らの現代的課題を深く封じ込めて創造した、まさに換骨奪胎の新作として受け止めることができるだろう。もはや単なる伝説歌の枠を超えているのである。

1-ii②⑵〈7〉 虫麻呂の予見と歴史の現実

宇合の晩年、内外の慌ただしく不安定な状勢の中で発生したのが天然痘（「豌豆瘡《わんとうそう》・裳瘡《もがさ》」）の大流行であった。天平七年735八月大宰府管内に流行した疫瘡は猛威を振るいつつ東に移り、遂に天平九年四月に参議房前（57歳）が、七月に参議麻呂（43歳）と左大臣武智麻呂（58歳）が、八月には参議宇合（54歳か）が相次いで薨じ、ここに藤原四子による政権体制はあっけなく終焉を迎えた。貴顕といえども免れがたい、まるで浦島子の死に見るような世の激変の相、無常迅速の理が現実に出来したのである。この悪疫の蔓延は実に多くの「天下の百姓《はくせい》」の命も奪ったが、同時に天平四年以来毎年続く「陽炎《ひでり》」による不作で窮乏を極め、天平六年には大地震発生によって追い討ちをかけられて、民は2重・3重に苦しめられた。こうした世紀末的異常事態を虫麻呂はどのような思いで見つめていたであろうか。

官民の安寧を一気に奪ったこの災厄によって、律令体制は政治的にも経済的にも急速に弱体化の一途をたどる。それを目の当たりにした虫麻呂は、官人であることが「万代《よろづよ》に語り続《つ》ぐべき名」（6九七八）を立てる道ではないことを改めて痛切に思い知ったはずである。大樹の蔭も頼りにならず、かといって自分一人では無力に等しく、自己の未来を展望できるものは何一つない。「五位の冠《かがふり》」（16三八五八）（五位の官位）も手にしえぬままの哀れな一生は、巻十六に登場する下級官人たちのそれと変わるところがない。急変する世の動きと悲惨な現実は、虫麻呂に世間のすべなさ・生きるむなしさを痛感せしめたことだろう。

虫麻呂の過去を再現する鋭敏な目は、同時に未来をもはっきりと見通していたに違いないからである。それも実際に見聞する以前、養老末年に常陸から帰京して都の官に復したころから、早くも意識に上っていたのではなかろうか。

事実この後、橘諸兄《たちばなもろえ》政権の発足（天平十年）、藤原広嗣《ひろつぐ》の乱（天平十二年）、聖武の相次ぐ遷都（天平十三年以降）、さらには盧舎那仏《るしゃなぶつ》の造立、藤原仲麻呂の専横、橘奈良麻呂の変、称徳・道鏡政権など続発してやまぬ奈良朝後期の〝事件〟は、ますます政治的混迷を深めるばかりで、虫麻呂の予見した暗黒の未来ははからずも歴史的事実が証明することになった。そこにはどれ一つとして虫麻呂の将来に光を投げかけるものなど見当たらないのである。

失望・落胆の積み重なる現実と何一つ展望の開けぬ将来を、虫麻呂の冴えた目が事前にはっきりと見据えていたとすれば、そんな自分を浦島子の悲話に見出して、伝承とは力点の異なった新しい浦島子詠を成したのも納得がいく。所詮夢は夢でしかなく、自分の力では抗しきれぬ力によって悲惨な現実に引き戻される残酷さをそこに読み取り、自己の暗く閉ざされた絶望的な一生を重ね見たのである。それは深く「身を知る」（96頁）虫麻呂の、自虐的な自画像ですらある。

己れの運命に自分の力を揮えなかった浦島子に対して、他の3作品の伝説歌の主人公たちは、いずれも己れの力で己れの生を全うした。一見悲劇的結末を遂げたように見えるものでも、それは見事な自己実現を果したことになる。強固な意思の貫徹性、躊躇なき行動の迅速性―それは虫麻呂時代には叶わなくなった、人間としてかくありたき生の貫き方であった。その純粋一途な生き方こそ理想の姿だったのではないか。混沌や迷妄を切り裂いて自己の実現に突き進む古代の人間像に、虫麻呂は強い憧れを抱いたのではなかったか。

対して虫麻呂自身は、内にも外にもそんな力を到底持ちえないことを熟知していた。そこで歌人である虫麻呂は、現実世界を超えて「向こう側」（関連小論「『万葉集』における『向こう側』」『筑紫文学圏と高橋虫麻呂』）の異次元世界に入り込み、その中の一角に紛れてそれをつぶさに見聞することを試みた。それが一連の伝説歌の創作だったと思われる。

虫麻呂がそこに凝視したものは、決して甘美なロマンスではなく、集団や組織に屈従せず、時に掟を冒してでも一切妥協を許さぬ一直線の生き方であった。あるいはまた、折角実現した理想も愚かな知恵によって崩壊し、われもまたこの世から消え失せるほかはないという、人間の宿命的なはかなさ・むなしさでもあった。それはいわば、伝承世界に内蔵された、過去への憧憬と未来への諦観（諦視）であった。虫麻呂はそれを、一つは聴き手＝享受者の共感に照準を合わせ、一つはその先の標的に自己を据えて歌い上げた。だれにも受け容れられるものの奥に自分だけの世界を覗き見ているのである。あるいはそこに人間の普遍まで見透かしているのかもしれない。

ところで、都を遠く離れて旅を続ける虫麻呂が家郷を歌うことがないということは、そこには父母もなく（家もなく）妻や恋人もいないことを意味していると思われる。羇旅発思歌（旅にかかわる相聞歌）や防人歌《さきもり》では旅先に在って父母や妻子を思う後向きの発想が通例だが、彼にはそのような顧みるべき対象がいないのである。独特の霍公鳥詠《ほととぎす》（L9一七五五・一七五六）にはとりわけそんな深い孤独感がよくにじみ出ていることは、先に触れた通りである。

とすれば、都は己れの立身の可能性のある場でもなければ、わが身の安息の場でもない。官人として男として意味の希薄な都に縛られないとすれば、失望や諦念と引き替えに、彼は完全に精神的な自由を獲得したはずである。それこそ新文芸の創造には不可欠の力と言ってよい。また、拘束や境界を越えて自己の意志を貫いた古代の伝承の民たちの生き方は、自由に生きる最高の姿でもある。彼らの行動の自由と自身の精神の自由というういわば自由の重なり合いに、虫麻呂は時代の閉塞感からの開放のすべを探り当てたのであろう。そこに伝説歌の制作に打ち込んだ最大の理由が潜んでいるものと考える。かかる自由を内に秘めて、虫麻呂は自分を取り囲む現実の外に心身の安住を確保する世界を探し求めて模索したのである。

こうして東国時代に培われた歌作の才は、帰京後に得た新たな経験によってさらに研かれ、歌の内容も深みと拡がりを増すものとなったのである。

1-ii②⑵〈8〉　伝説歌の流れ

虫麻呂は辺陬《へんすう》の常陸に任官したことによって風土記の「旧聞・異事」（140頁）への関心をつのらせ、4

編9首のいわゆる伝説歌を産み出した。最初の異事的な周淮《すえ》の珠名詠と次の旧聞的な真間の娘子詠は、いかにも古代的な女の生き方を取り上げて対をなすものとなった。それは、一方は惜しみなく男たちに愛を許す女を、一方は自己の死によって男たちの争いを防ぐ女を描いて全く対照的である。さらに、難波に在っての第二作目の菟原《うはら》の処女《おとめ》歌は、女と共に男に力点を置き、水江の浦島子詠とこれまた対をなすものとなっている。それも、死の向こうに現世では得られない幸を求める男女と、常世で得た理想の幸を一瞬に失って死しか残されない男が対照的に浮き彫りにされている。

このように、虫麻呂の伝説歌は、男女の人間関係を軸に、女中心の一対と男中心の一対に仕立てられ、それぞれの人間像の対照がきわ立つものとなっている。4群は、目的に向かって一直線に突き進む古代の人々の行動性にいずれも熱い視線を注ぎながら、重大な結果を生むに至る必然的経緯を丹念に辿る形で、次々と連鎖・進展していることが認められるのである。その行動性も、真間の手児奈を除けば、世間的な掟を超え、禁忌を破るもので、衝撃度はなお一層強化されている。また、ヒロインたちに絞れば、4人共聖性を秘めた存在として共通しており、虫麻呂の理想の女性像の反映が見られる。

しかも第二作以降はテーマに死が重く加わって、自己犠牲、死後での意思貫徹、救いのない絶望の死など、その異常な死にざまに意味を託そうとして1作ごとに長大化した。それは、第一作から見通せば、人間生の謳歌から完全なる死への道筋であった。それらを決してただの昔話的な歌物語に終わらせず、人間のありようにまで踏みこんだところに新開拓の独創性を認めることができよう。

また歌中でたびたび主人公たちに投げかけられた批判的言辞も、彼らに同情的に寄り添う享受者の心情を先取りした表現となっていて、共通している。菟原の処女歌にだけそれが見られないのは、墓を築造した「故縁《ゆゑよし》」（由来）を歴史的事実と認めて客観的に描き切ろうとする姿勢によるのだろう。
以上の伝説歌群の関係を構造体として捉えて、簡略に図示すれば、左のようなものとなろう。

〈伝説歌群の関係性と進展〉

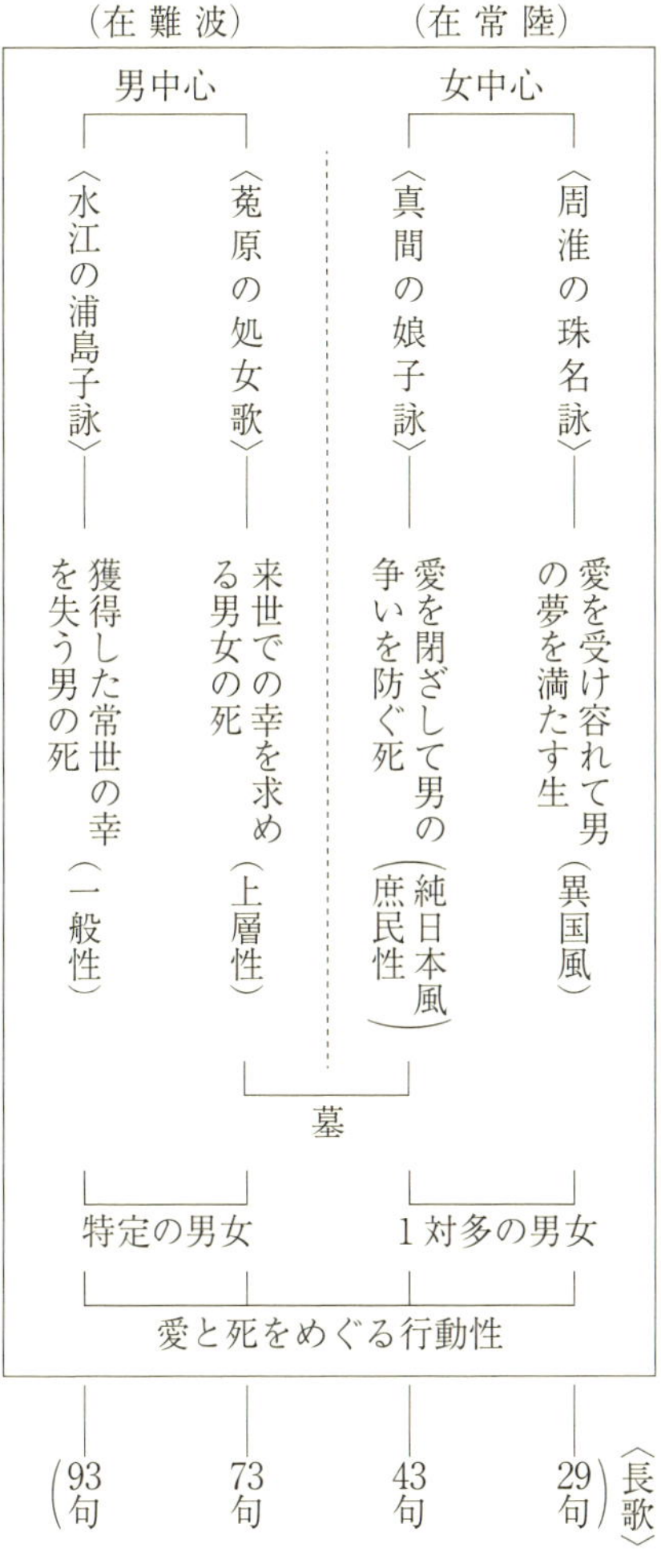

虫麻呂が珠名や手児奈や処女に見出したものは、美女にふさわしいなよやかな振舞いではなく、その

奥に秘めた、自己の意志を貫いて迷わずに生きあるいは死を選ぶ、直線的で明快な純一性であった。また歌垣の男にしても血沼壮士や菟原壮士にしても、みな激情型の一徹な人物たちであった。

これらの男女が備えていた古代的直截さは、虫麻呂の時代にはすでに喪失していたものと思われる。律令制度や官僚機構の整備が進んで、社会的・組織的・倫理的制約によって個人の自由な生き方が抑えこまれ、異質なもの突出したものが認められなくなったからである。それによって人々はすっかり人間の本源的エネルギーを摩耗させ、疲弊していただけに、鄙の古の民衆にそれを再発見した虫麻呂の驚きは新鮮で大きかったのである。

しかし浦島子の死は、決して後を振り返ることのない美女たちの、古代エネルギーに弾かれたようなそれとは違っていた。常世に在りながら家や父母という現実世界のしがらみを顧みたがゆえに、一挙に家郷を失い、神女を失い、現世と常世の二つの夢はもろくも消えた。それどころか、天涯孤独となった途端、自ら命さえ忽ちに奪われることになった。それは自分の選択した死ではなく、それ以外にはないものとして運命的に用意された終焉であるので、そこには一片の救いも見られない。真間の手児奈や菟原の処女の場合は、目的を持った死であったから、それと引き替えに現世の難題の解決やあの世での再生と夢の実現が期待されるが、浦島子にはそれにつながる何ものもなく、すべて雲散霧消して無に帰する以外にはなかったのだ。この世で最後に至り着いたものは、孤独の人間存在と世の無常だったのである。

前述の通り、虫麻呂は時代状況と己れの人生の行き着く先をいち早く察知し、未来への展望など何一つないことを見通して、世間のすべなさ、生きることのむなしさを感じ取っていたものと思われる。失望・落胆から絶望へと連なる浦島子の最期は、下級官人の虫麻呂自身も聴き手たちも他人事には思えなかったはずである。だから虫麻呂は、浦島子を通して、将来に期待の持てぬ自分たちの自画像を自虐的に描いて見せたとも言えるだろう。それは、己れの孤独の究極の姿を予知したものでもあった。

「旧聞・異事」(140頁)に発した虫麻呂の伝説歌は、古代人の生き方への憧れから、さらに現在の自分たちの生を見つめ、将来を予見するものへと向かっていった。過去への憧憬は現在における不在に立つから、その視線の先は当然未来の諦視へとつながるのである。時空を超えてものを見通す、虫麻呂の人並み外れて犀利な眼力は、人は何を求めて生きるのかという思いを深め、人間存在そのものを問うところにまで達している。それは、本郷を離れて常に他郷に在ることによる、深い漂泊者意識のなせるわざであろう。特に伝説歌において、一作々々人間省察の深まりを増していると言ってよい。

こうして、伝承世界を鮮やかに可視化して今に蘇らせ、古代の人物たちを個性豊かに愛情こめて造形する作業を通して、多様な人間のありようを次々と追及したことは、虫麻呂自身にとって閉塞状況下における唯一の自己実現であったかもしれない。

〔関連小論　「虫麻呂伝説歌の流れ」『国文学 言語と文芸　第一二七号』・「水江浦島子詠—高橋虫麻呂の世界」「憧憬と諦観—伝説歌の人物造形—」『筑紫文学圏と高橋虫麻呂』・「高橋虫麻呂の享受者意識—伝説歌を中心に—」『古筆と和歌』〕

余滴　長歌の額縁型構造

この浦島子詠の長歌の構造を改めて見直してみると、冒頭（A）と末尾（E）に語り手と聴き手の現時点を示して、その間に伝説の再現を図る主想を展開させる点が特徴的である。菟原の処女歌は導入部（A）は欠くが、終末部（E）は語り手の偲びによって結ばれている。実はこの形式は、すでに真間の娘子詠で試みられていたもので、中心となる過去の伝承を、冒頭（X）と末尾（Y）に挟んでいる。それについては、語り手が聴き手を意識して、現時から過去の伝承世界へ誘い入れ、再び現時に覚醒させるものとして機能させ、伝説歌の語り口の定型をここに編み出したものと解した（107頁）。換言すればこれは、聴き手を過去の世界へ導く入口として、また過去から現時へ戻る出口として設けられたもので、いわば現在と伝承世界との時間的・空間的結界である。虫麻呂はこうして、伝説歌構築の中にも境界意識を持ちこんだのである。

身崎壽氏は、「伝説歌にみられる『語り』の局面、『語り手』の時空を長歌の冒頭や末尾におくという叙述の構造は、もっぱらウタでカタルという状況がもたらしたものだったといってよい」と指摘し、こうした形態は、「虫麻呂が伝説そのものをうたうという、もっとも叙事性のたかい方向をめざしたがために、結果的にその叙述のためのより完備した装置が必要となった」ためと説かれた（「ウタでカタルということ―『伝説歌』の構造」『万葉集研究　第三十集』）。

また、多田一臣氏はつとに、

このように、「浦島子の歌」では、序と結びでうたい手（語り手）の位置を確認し、それを枠組みとした上で主想部の叙事を語るという、いわば額縁的とでもいうべき構造を認めることができる。その主想部も、すでに見たように、会話体を用いたり、うたい手（語り手）の視線を介入させたりするなど、叙事の平板さを超えようとする、きわめて奥行のある表現がこころみられている。これは、歌の表現の中に、叙事としての語りの様式を最高度に発揮した例と考えてよい。

と述べられ（「行路死人歌と伝説歌」『万葉歌の表現』）、〝額縁（的・型）構造〟の呼称が定着するようになった。

　この構造によって、伝説世界と語り手たちの時空は峻別されているわけだが、とりわけ浦島子詠の場合は、冒頭部（A）を末尾（E）と共に完全に独立させることで、その枠組みを鮮明にしている。このあり方に改めて着目して、錦織浩文氏は、

　浦島伝説歌において虫麻呂は、「額縁的構造」という完備された装置を持ち込むことにより、伝説中の人物（死者）を批判的にうたうことを実現させた。その実現はすなわち、伝説を題材とする歌が、挽歌から離陸し、「伝説歌」と称すべき領域の高みに達したことを意味していたといえる。歌の中で話を再現するという虫麻呂の試みは、こうして、浦島伝説歌においてはっきりと達成されたと捉えることができる。

と結論づけられた（「浦島伝説歌におけるうたい手の設定」『万葉語文研究　第9集』）。

余滴　家

　この歌には「家」という語が頻繁に（8回）用いられ、他（E歌2・K歌1、Q歌1、L歌〈わが宿〉）に比べて異例である。それが主人公の悲劇的結果を招く重大な要因になったことは本文で説いた通りである。すなわち、ここでは家は主題と分かち難く結びついていると言ってよい。

そもそも家は、家族一人々の生の中心であり、男にとっては父母・妻子と共に住む生活の拠点である。だから自らがその中にある時には意識されることはないが、一歩外に出て家から離れた時点で初めて意識に上る。

家を出て家郷から遠ざかった場合が〝旅〟であるから、旅に在ればだれでも家を思い、残してきた家族を恋しく思うのは当然である。家から遠ければ遠いほど、逆に家への思いは熾烈さを増す。それは地方赴任の官人たちの歌や防人《さきもり》の歌を見れば、明白である。

ところが、虫麻呂の場合、都からは遠隔の常陸という異郷に在ったにもかかわらず、家を歌うことは全くなかった。勿論赴任途中においてもそれは変らない。それは多分、虫麻呂には帰るべき家がなかったからだろうと察せられる。すなわち、すでに都で家族を喪い家もなくなっていたものと思われる。だから、虫麻呂の望郷の思いは浅く、むしろ初めて知る新天地に心を奪われたのだろう。

常陸で詠んだL歌（9一七五五）では親のいない霍公鳥《ほととぎす》にわが家と庭を提供しようと呼びかけているが、そんな自分の境涯を漂泊の旅にある鳥に重ねて見ているのだろう。

浦島子がすべてを失って身を亡ぼした原因は、常世から現世の家＝父母を恋い求める激しさにあったわけだが、虫麻呂自身としてはそれすら叶わなかったことがすでに悲劇であったのかもしれない。そんな思いをここに劇的に打ち出してみたかったものと思われる。家のない在り方に人間存在の究極としての孤独を鮮明に見据えようとしているのではなかろうか。

浦島子に常世で父母のもとへ一時帰ることを思い起こさせたのは、かつて常陸の国司の一員として「五教」の一つである「孝」を諭《さと》して部内巡行をした経験（『戸令33』）に突き動かされてもいるのだろう。

さらに家と関連していわゆる行路死人歌について付言しておこう。家郷においてではなく、旅先での孤独の死は異常な死に方というほかはないが、そのような行き倒れの死者に対して、通りかかった旅人の手向けた歌が行路死人歌と呼ばれるもので、集中には8編が残されている。

行路死者は徭役《ようえき》（公用の労役）などに駆り出された一般民衆で、異郷に在って飢餓や疫病によって斃《たお》れたのである。和銅五年712正月十六日の詔（『続日本紀』）は、当該の国司は食料を与え看護すべきこと、また死者は埋葬してその姓名を出身地に報告せよと命じているが、実際はあまり守られなかったらしい。

もし死者を路傍に放置したままにしたら、その魂は浮遊し、荒ぶる魂と化して災いをもたらすので、通りかかった旅人はその魂を家郷に帰還させ、家族に手厚く祀られることを願って、その場で魂を慰撫し鎮めようと図った。遊離魂はこうしてはじめて安らぎを得ることになる（関連小論「行路死人歌の成立とその行方」『万葉集研究余滴』）。万葉歌の流れとしては、屍を見て作った歌は、やがて墓を見て作った歌へと連なっていく。

山上憶良は神亀五年728七月大伴旅人の妻の死に際して「日本挽歌」（5七九四〜七九九）を詠んで旅人に呈上したが、遠い異郷の筑紫の地で病死した大伴郎女《いらつめ》はまさに右の行路死者に等しい。憶良は夫の旅人になり代わって、筑紫における「百日供養」（井村哲夫氏『万葉集全注　巻第五』）のための鎮魂歌を詠んだのであった。

村瀬憲夫氏は、「旅人は、赴任地での葬式、供養を済ませた後、大伴氏の本拠地である奈良へ一旦帰って、大伴氏族としての事の処理に当った」と推定されたが（「『日本挽歌』試考」『名古屋大学文学部研究論集』LVIII）、この葬儀において「日本挽歌」が旅人に詠じられることによって、郎女の魂はやっと帰るべきところに帰り着くことができ、真の鎮静が得られたことであろう。本郷の共同体に戻っての手厚い儀礼によってはじめてそれが可能となるのである。

「日本挽歌」には「家」が3回用いられていて、それが家郷の奈良の家か、筑紫の帥《そち》邸か古来見解の分かれるところであるが、改めて読み直してみると、基本的に奈良の家と解した方が無理がないと思われる。郎女にとっては、筑紫の家は旅の仮屋であり、奈良の家こそ家刀自《いえとじ》（家事をつかさどる一家の中心的女性）として在るべき本来の家であった。「日本挽歌」が奈良において郎女の霊前に捧げられたことで、人々もまた思いを深め、安堵したことであろう。

2　難波を往還して

9一七四七歌～一七五二歌の3編から成る一連の歌群（I・J）は、天平四年732「春三月」、難波宮の改修工事完成の式典開催（三月二十六日）に当たって、都と難波を往還した折のもので、時間的にも連続している。

最初の2編（I）は題詞に「難波に下りし時」とあるように、知造難波宮事の宇合はじめ「諸《もろもろ》の卿大夫等《まへつきみたち》」と共に造難波宮司の主典《さかん》の虫麻呂も随行して詠んだものであり、後の1編（J）は、翌日一足先に虫麻呂だけ都に「還《かへ》り来《こ》し時」の歌である。両群が往還の対応をなしつつ集団と個という対比をきわ立たせて、全体的なまとまりをつけようという構成意識が働いているものと考えられる。しかも、そのいずれにもその中心に散り始めた「桜の花」を据えているのも、全体の統一的展開を図るためのものであろう。

この対比的な作歌方法は東国の美女を巡る求婚をテーマとする2歌（周淮の珠名詠と真間の娘子詠）にすでに見られたものであった。

2-i 難波に下る

I 春三月に諸《もろもろ》の卿大夫《まへつきみたち》等の難波《なには》に下《くだ》りし時の歌二首 并せて短歌

白雲《しらくも》の 龍田《たつた》の山の 滝《たぎ》の上《へ》の 小按《をぐら》の嶺《みね》に 咲きををる 桜《さくら》の花は 山高み 風し止《や》まねば 春雨《はるさめ》の 継《つ》ぎてし降れば 秀《ほ》つ枝《え》は 散り過ぎにけり 下枝《しづえ》に 残れる花は 須臾《しましく》は 散りな乱《みだ》れそ 草枕《くさまくら》 旅行く君が 還《かへ》り来《く》るまで（9一七四七）

反 歌

わが行きは七日《なぬか》は過ぎじ龍田彦《たつたひこ》ゆめこの花を風にな散らし（一七四八）

白雲《しらくも》の 龍田《たつた》の山を 夕暮《ゆふぐれ》に うち越え行けば 滝《たぎ》の上《へ》の 桜の花は 咲きたるは 散り過ぎにけり 含《ふふ》めるは 咲き継《つ》ぎぬべし 彼方此方《こちごち》の 花の盛りに 見えねども 君が御行《みゆき》は 今にしあるべし（一七四九）

反歌

暇《いとま》あらばなづさひ渡り向《むか》つ峯《を》の桜の花も折《を》らましものを（一七五〇）

［歌意］ー　春の三月に、諸卿大夫等《まえつきみたち》が難波に下った時の歌二首

（白雲の〈立つという名の〉）龍田の山の激流のほとりの小桜《おぐら》の嶺に、枝もたわわに咲いている桜の花は、山が高くて吹き下ろす風がやまない上に、春雨がずっと降り続くので、上の方の枝はすっかり散り失せてしまった。下の方の枝に咲き残っている花は、もう暫くは散り乱れないでおくれ。難波への（草枕）旅に出られるわが君が、またここに帰って来られるまでは。

反歌

私たちの旅は七日を越えることはあるまい。だから龍田の風の神よ、この花を決して風で散らさないで下さい。

（白雲の）龍田の山を夕暮れに馬に乗って越えて行くと、激流のほとりの桜の花は、咲いていたのはもう散り失せてしまった。まだつぼみのままなのは、次々にきっと咲くだろう。あちらの花こちらの花もすべてその盛りではないけれど、わが君のおでましには、まさに今が一番ふさわしいにちがいない。

反歌

時間さえあったら、急流を苦労して渡って、向こう岸の峯の桜の花を折り取って来ようものを。

まず、歌の場としての「龍田の山」に虫麻呂は必ず「白雲の」という枕詞と冠するが（一七四七・一七四九、6

九七一）、それは白雲の立つ連想のみならず、遠方の地に旅立つイメージを重ねていると思われる。

龍田は今の奈良県生駒郡三郷町立野あたりで、「龍田山」は信貴山の南から大阪府柏原市にまたがる生駒連峰の一峰を言い、この山を越える龍田道を通って奈良の都から河内・難波へと出たのである。だから、大和・河内・難波の交通の要衝であり、重要な境界であった。そのため、大和から西の遠方の旅に向かう一行をそこまで見送り、別れの地となっていた。そこでは当然送別の宴（餞宴）が張られたわけで、はじめのこの2群はその時披露されたものと考えてよいだろう。

第一群は、小按《おぐら》の嶺に咲いた桜が風雨に見舞われて散る景を丁寧に叙して、下枝に残った花がこのあと散り乱れないことを龍田の祭神龍田彦に重ねて祈念している。それは、「旅行く君」つまり宇合らの一行が帰還の際に再びこの光景を目にすることができることを心から願ったものである。その気持ちは「散りな乱れそ」「風にな散らし」という二つの懇願的な中止表現や、圧縮したような長歌の終末3句に強く込められている。

伊藤博氏は、

往路の歌。長歌は散り残っている花に呼びかけ、反歌は花を支配する風の神に語りかけている。主君宇合のために山頂の春の美景を残しておきたいという心やりに、一七二九～三一の題詞に「宇合卿」と記した姿勢に通じるところがある。万葉びとの人間的紐帯の一齣を垣間見ることができるのがうれしい（『万葉集釈注　五』）。

と捉えられるが、その時の虫麻呂の心のありようを汲み上げた受け止め方と言うべきである。

第二群は、龍田山の桜は散ってしまったのもあれば、じきに咲きそうなものもあって、どこも花盛りというわけにはいかないが、今こそわが君のお出ましの時であると、一行の出立を力強く促している。前群が龍田の祭神に向かって祈りや願望を捧げた歌であったのに対して、この歌では、その祭神の加護を受けた難波行きを、宇合に対して「予祝する」心を直接的に歌いかけている（『同』）。ふつう天皇にしか用いられない「君が御行《みゆき》」という表現をあえて用いたのも、前群と同じ心ばせによるものであろう。なお、「君が御行は　今にしあるべし」の句は、「朝猟《かり》に　今立たすらし　暮猟《ゆふかり》に　今立たすらし」（1三　間人老《はしひとのおゆ》）や、「潮もかなひぬ　今は漕《こ》ぎ出《い》でな」（1八　額田王《ぬかたのおおきみ》）などの句が想念にあったか。

このように2群共眼前に集団を意識した儀礼歌ではあるのだが、その形式を踏まえながら、その中に宇合に対する虫麻呂の敬慕と親密感が深くこもっていることを見落としてはなるまい。最後の反歌で、できれば急流を押し渡って対岸の桜の花を折り取って餞《はなむけ》に捧げたいと強く望んだのも、優しいその心を具体的に表したものであろう。

これは、西海道節度使となった宇合を送る壮行歌（R。250頁）の底にも熱く流れているものと考える。表面だけの単なる儀礼歌に終始していない点に虫麻呂歌の特質を認めることができるだろう。

余滴　虫麻呂歌の枕詞

虫麻呂歌には28例（うち重複3）の枕詞が用いられているが、興味深いことにそのうちの13例（重複2）は地名にかかるものなので、占める割合は大きい。しかもその地名は、すべて虫麻呂が初めて訪れたものばかりである。虫麻呂は新たに足を踏み入れる土地には畏怖や崇敬の念を抱いていたと思われるので、他郷に入らせてもらうという謙虚な心の表われであろう。枕詞をその地への頌《しょう》辞《じ》（ほめたたえることば）とする本来の用法を意識して必須のものとして冠したと考えられる。

しかもその枕詞は、他の歌には見られない虫麻呂固有の1回限りのもので占められているが、それはその地名が集中1例である場合が多いことにもよるのだろう（地名的ではあるが他の用例も多いのは「P鶏が鳴く↓東《あづま》〈9一八〇七〉」ぐらいのもの）。

〈枕詞〉　〈被枕詞〉

Aなまよみの↓甲斐《かひ》〈3三一九〉うち寄する↓駿河《するが》（同）〈「うちえする」で他に1例〉日の本の↓大和（同）

Cしなが鳥↓安房《あは》（9一七三八）〈他に1例、↓猪《ゐ》名《な》〉梓弓《あづさゆみ》↓周淮《すゑ》（同）〈ふつうは、↓末・引く〉

E級《しな》照る↓片足羽川《かたしはがわ》（9一七四二）

G三栗《みつぐり》の↓那賀《なか》（9一七四五）〈他に1例、↓中〉

I・R白雲の↓龍田《たつた》（9一七四七・9一七四九、6九七一）

K衣手↓常陸（9一七五三）〈風土記にもあり〉

O牡牛《ことひうし》の↓三宅《みやけ》（9一七八〇）

Qししくしろ↓黄泉《よみ》（9一八〇九）

これにはその地で言い古されていたものや古伝承によるもの（うち寄する・衣手）とか、他の語に続くものを転用したもの（しなが鳥・梓弓・三栗の）も見られるが、他の半数は虫麻呂の独創による用法と言ってよいかと思われる。

また地名以外の一般語の場合でも、1例（または2例）しかないものが目立つ。

D剣刀《つるぎたち》↓　己《な》（9一七四二）（ふつうは、↓名・身に副《そ》ふ）
E若草の↓　夫《つま》（9一七四二）（他に一例、ふつうは↓妻）　橿《かし》の実の↓独《ひと》り（同）
P望月《もちづき》の↓　満《た》れる（9一八〇七）（他に↓たたはし・いやめづらし）
Q虚木綿《うつゆふ》の↓　隠《こも》り（9一八〇九）　廬屋《ふせや》焼く↓すすし（同）
倭文手纏《しつたま》き↓賤しき（同）（ふつうは、↓数にもあらぬ）　冬蔌蕷葛《ところづら》↓尋《と》め行き（同）
R山たづの↓　迎へ（6九七一）（他に1例）

これに比して、一般に多用されているものと共通しているのは次の5例程度で、右の傾向とは対照的である。

C玉鉾《たまほこ》の↓　道（9一七三八）
I・M草枕↓　旅（9一七四七、9一七五七）
Kうち靡く↓　春（9一七五三）
Q隠《こも》り沼《ぬ》の↓　下延《したは》へ（9一八〇九）
R冬こもり↓　春（6九七一）

このように、虫麻呂は枕詞の使用にも意を払い、平凡で耳慣れた結びつきをなるべく排して、新鮮でイメージや内容の拡がる、聴く者の耳に刺激を与えるような結びつきを求めたことが理解されよう。虫麻呂の鋭敏な言語感覚の一端と使用効果への工夫がここにも窺い知られる。

2-ii　難波から還る

J　難波《なには》に経宿《やど》りて明日《あくるひ》還《かへ》り来《こ》し時の歌一首　并せて短歌

島山を　い行き廻《めぐ》れる　川副《かはぞ》ひの　丘辺《をかへ》の道ゆ　昨日《きのふ》こそ　わが越え来《こ》しか　一夜《ひとよ》のみ　寝《ね》たりしからに　峯《を》の上《うへ》の　桜の花は　滝《たぎ》の瀬ゆ　激《たぎ》ちて流《なが》る　君が見む　その日までには　山下《やまおろし》の風な吹きそと　うち越えて　名に負《お》へる社《もり》に　風祭《かざまつり》せな（一七五一）

反　歌

い行会《ゆきあ》ひの坂の麓《ふもと》に咲きをををる桜の花を見せむ児《こ》もがも（一七五二）

［歌意］J　難波に一泊して翌日帰って来た時の歌一首

島のように見える山を行き巡って流れる川沿いの周辺の道を通って、昨日私は越えて行って来たばかりなのに、たった一晩泊まっただけなのに、峯の上に咲く桜の花は、激流の瀬に散ってもまれながら流れている。わが君が帰り道にご覧になるその日までは、山おろしの風など吹かないでほしいと、龍田道を馬で越えて行って、風の神としてその名も高い龍田の社で風祭りをしたいものだ。

反歌

国境の行き逢い坂の麓に、枝もたわわに咲いている桜の花を手折って見せてやるような愛らしい娘がいたらよいのに。

虫麻呂がこの時宇合の一行に参加できたのは、虫麻呂の立場を造難波宮司の主典《さかん》と考えれば当然でもあるのだが、錦織浩文氏はその理由を、「難波において宇合を中心とする集宴（難波宮完成を祝う集いか）が予定されており、虫麻呂はそこで歌を披露するように宇合から要請をうけていた」と解される（「浦島伝説歌の舞台」『高橋虫麻呂研究』)。ありうることではあるが、そうだとすると、虫麻呂は一介の都の官人で、本来このような晴れがましい一行に加わる資格がないところを、歌人としての力量を見込まれて宇合から個人的な特命を受けたということになる。しかし、式典が挙行され、集宴が設けられたのは確実であろうから、造難波宮司の主典《さがん》である虫麻呂としては、その設営や世話役の務めを果たす必要があったのである。さらにそこで褒賞授与も行われたとすれば、同道はなおさらのことである。第一、そんな晴れの場で大事な歌を詠んだとしたら、虫麻呂がそれを書き留めて虫麻呂歌集に加えないはずはないだろう。私見では、むしろ宇合の難波宮修造の讃歌(3三二)(31頁)こそ、この時のものではないかと考える。しかし、虫麻呂の祝歌がそこで披露された形跡はない。翌日一人で帰京したのは、その任を果たし終え、かつ都での任務(太政官への報告など)が待っていたからであろう。

さて、この帰路の1群が、前日の第一群を踏まえて作歌されていることは、「…須臾《しましく》は　散りな乱れそ　草枕　旅行く君が　還り来までに」(一七四七)・「…龍田彦ゆめこの花を風にな散らし」(一七四八)と、「…君が見む　その日までには　山下の　風な吹きそと　うち越えて　名に負へる社に　風祭せな」との類同表現で明らかであろう。

従って、長歌では桜の花の美景を、立役者である宇合を祝意をこめて迎えるために残しておきたい気持ちをなおさらに強めていることになるのだが、反歌の「…桜の花を見せむ児もがも」では新たな展開を見せている。そこには孤独感からくる人恋しさがのぞいている。

ところで、反歌の「い行会ひの坂」は「隣国の神同士が両側から登りつめて境を決めたという伝承を持つ神聖な坂」（『万葉集釈注　五』）で、これが大和と河内の境界をなす龍田越えの峠であることは言うまでもない。文字通り坂＝峠＝境を示すもので、そこにサク（咲く）サクラ（桜）もサカ（坂）と無関係ではない。三浦佑之氏は、

語源的にいえば、このサカあるいはサキは先端という意味の〈先〉に繋がるであろうし、そこからみれば、花が咲くという意味のサキも、同じ言葉であろう。木の先端についた〈花〉は、神がよりついた、もっとも充足した状態である。

と指摘して、この歌に詠む状態は最も素晴らしい世界であると説かれる（「境界―〈坂〉をめぐって―」『万葉の歌と環境』）。

実は、虫麻呂作歌の「桜の花」の用語全5例は、龍田の峠越えにかかわるこの3群6首に集中している（他に「桜花」が1例〈6九七二〉）。いずれも「滝の上《へ》の」もの（2例）・「向つ峯《を》の・峯の上の」もの（2例）、「坂の麓」のもの（1例）である。

さらに、「い行会ひ」はばったり人に出くわすことを連想させ、しかも一人で帰路に着く（多少の下級官人を伴ったにせよ）心寂しさが、反歌の「桜の花を見せむ児」を呼び起こしたのであろう。本来「境界は神が顕現する場所である、その神を迎える人との出会いの場所である」（都倉義孝氏「東歌・防人歌―その

境界性―」『うたの発生と万葉和歌』）ことを踏まえてもいるか。この連想は、かつて「妻」や「遠妻」を夢想し（9―一七四五、一七四六）、特に黄葉を贈る「妹」を思い描いた（9―一七五八）のと全く同じ発想によるものと言えるだろう。

先にも述べた通り、龍田道は古代交通の要路であり、それに沿う形で龍田神社（生駒郡三郷町立野）が設けられ、祭神として龍田彦（男の神。本来は土地の神）が鎮座した。歌中の「山下の風《やまおろし》」（一七五一）は山から吹きおろす強風で、古来北西の風の通り抜ける激しい気象条件下にあった地だからであろう。そこで執り行った「風祭」は、この風神を祝って風災を防ぐ祈願をしたものであった。風害は作物の収穫に大きな影響を与えるから、やがて四月と七月に五穀豊穣を祈願するための風神祭となった。（天平四年732六月の詔は、春から夏にかけて干害が続いたために、五穀の成育を憂慮して天神地祇へ奉幣を命じたことも伝え、八月には「大風」と雨に見舞われた〈『続日本紀』〉）。

右の一連の歌では、祭神への祈りは花を散らさないためのものであるが、一方ではこの風祭は花鎮め祭としても行われた。この鎮花祭は、大和の大神《おおみわ》神社・狭井《さい》神社のものが知られるが、旧暦三月桜の花が散るころに疫神が病を流行させて人々を悩ませるので、これを鎮めるために行う神事という。とすれば虫麻呂歌の場合も、単に花を散らせないためだけでなく、宇合たちが気候変化の激しい時期に健康を害うことなく、無事につとめを果たして帰京することを合わせ願っていると思われる。

歌は、まず花そのものへ散らぬことを命じ（一七四七）、さらに龍田彦の名を誉げて（一七四八）そのための風祭をしようと、祈願のしかたを具体的に絞りこんでいく。

　このようにこの一連の歌群は、散る桜をめぐってすべて宇合を気遣い、宇合への深い敬慕の念に貫かれていると言ってよいだろう。

　これらの作における桜の花の取り上げ方について、清原和義氏は、「咲き誇る桜の花よりも散り行く桜、言わば後世的なはかなさを帯びた瞬時の桜に興味の中心が置かれていること」に注目し、「一般の持続する美よりも、むしろ、滅びの中に美を見つけている。」と指摘される（「高橋虫麻呂のサクラ」『万葉の空間』）。そんな桜であればこそ激流を渡って対岸の花を折ってきたいと念じ（一七五〇）、散る寸前の枝もたわわな桜花を見せたいと欲する相手を「児《こ》」にまで及ぼす（一七五二）のである。

　一方では、散った桜が「滝の瀬ゆ　激《たぎ》ちて流る」（一七五一）さまを眼前にしている。桜の花びらは次から次へと下流に押し流されて視界から消えていく。消え去ってやがて無に帰すこの相は、河内の大橋の娘子《をとめ》の場合（一七四二）でも水江の浦島子の場合（一七四〇）でも、虫麻呂の視線の先に見えたものであった。

　ところで、この作が天平四年三月下旬のものとすると、時期としてすでに桜は散り残っているはずがないとして、これを天平六年三月十日の難波宮行幸時の作とする見方もある。しかし、当時宇合は節度使として大宰府に在ったはずであり（37頁）、また題詞に行幸であることを明示しないのも問題である（歌中の「君」も天皇を指すことになってしまうが、虫麻呂は天皇行幸に供奉《ぐぶ》したことはない）。やはりここは、これだけ散るのを切に惜しんでいるところからすると、いつもなら散っている花が珍しく未だにわずかに残っているさまを目ざとく捉えたものと考えられはしまいか。その方が虫麻呂の強い気持ちがよく理解できるような気がする。

また、桜が野生種のヤマザクラであること、龍田峠の約300mの標高、山おろしの北西の強風などを勘案すると、花期が多少ずれて、ふつうより長いことも考えられる。もし春先の気温が低かったとすれば、咲いている期間は長くなる。

〔関連小論　「水江浦島子詠―高橋虫麻呂の世界―」『筑紫文学圏と高橋虫麻呂』〕

余滴　**虫麻呂歌の花**

歌が風流を極める表現手段と考える時、花がその恰好の対象となることは当然すぎるほど当然である。都人あるいは都に憧れる人々は意識的に花を多く詠んだ。筑紫文学圏における梅や、特に奈良朝歌人における萩を初めとしてその拡がりは大きい。

しかし、虫麻呂歌にはそのような対し方の花は登場せず、全く対照的である。唯一右に指摘したように5例の「桜の花」がI・J歌に集中しているのは(「花」とだけあるもの3例)、「春三月」難波宮の造営完成という慶事にかかわって、龍田という桜の名所で花に出会ったからであろう。

虫麻呂が眼前の花を取り上げたのは、これを常陸国庁の邸内での「卯の花」と「花橘」(共にL9

一七五五）のみで、龍田道の「丹つつじ」ともう1例の「桜花」は想像した開花である。特に「桜花」（共にR6九七二）には先に触れたように、宇合を花で送り、花で迎えようとする意識がこもっているのであろう。その花々も群がって咲く華やかなものばかりで、小さな草花に目を止めることはない。花の種類もこの4種に限られている。

このように、虫麻呂が他の万葉歌人とは違って積極的に花を素材として取り上げずきわめて限定的だったのは、風雅・風流に遊ぶみやび意識や花に寄せた自己の個人的抒情を主題とする方向へは向わず、専ら事を叙することに重点を置いていたからであろう。

I歌やJ歌は桜の花のさまを叙して展開しているが、それを称えるものではない。テーマの中心は「君」（宇合）への深い思いにあって、桜はそれを盛り立てるための道具立てなのである。

㈡ 京官（式部省の大録または宇合家の家令《けりょう》）として

天平四年732三月の難波宮修造の一応の完成後、造難波宮司の主典《さかん》の任を解かれた虫麻呂がどんな官に就いたかは全く不明だが、宇合が継続して式部卿であることからすると、虫麻呂は再び式部省の役人（大録・正七位上あたりか）として起用されたか、もしくは宇合家の家令《けりょう》に任じられたかと推察される（36頁）。そんな立場で次の一首は献じられたものと考えられる。

R　四年壬申《じんしん》、藤原宇合卿《うまかひのまへつきみ》の西海道節度使《さいかいだうせつどし》に遣《つかは》さえし時に、高橋連虫麻呂の作れる歌一首　并せて短歌

白雲の　龍田《たつた》の山の　露霜《つゆしも》に　色づく時に　うち越えて　旅ゆく君は　五百重山《いほへやま》　い行きさくみ　敵《あた》守る　筑紫に至り　山の極《そき》　野の極《そき》見よと　伴《とも》の部《べ》を　班《あか》ち遣《つかは》し　山彦《やまびこ》の　応《こた》へむ極《きは》み　谷蟇《たにぐく》の　さ渡る極《きは》み　国形《くにかた》を　見《め》し給ひて　冬こもり　春さり行かば　飛ぶ鳥の　早く来まさね　龍田道《たぢ》の　丘辺《をかへ》の道《みち》に　丹《に》つつじの　薫《にほ》はむ時の　桜花　咲きなむ時に　山たづの　迎へ参出《まゐで》む　君が来《き》まさば　(6九七一)

反歌一首

千万《ちよろづ》の軍《いくさ》なりとも言挙《ことあ》げせず取りて来《き》ぬべき男《をのこ》とぞ思ふ　(九七二)

右は、補任《ほにん》の文を検《かむが》ふるに、八月十七日の東山山陰西海の節度使を任ず。

[歌意]　R　天平四年、藤原宇合卿が西海道の節度使として派遣された時に、高橋連虫麻呂が作った歌一首

(白雲の) 龍田山が冷たい露や霜で赤く色づく時に、その山を越えて遠い旅にお出かけになるあなた様は、幾重にも重なる山々を踏み分けて進み、敵から国を守る筑紫に至り着き、山の果て野の果てまでくまなく検分せよと、部下たちを方々に遣わし、山のこだまの響き合う限り、ひきがえ

るの這い廻る限り、国土のありさまをご覧になって、（冬こもり）春になったら、空飛ぶ鳥のように早くお帰り下さい。龍田道の岡のほとりの道に、赤いつつじが色美しく咲き映える時、桜の花が咲きほこるその時に、私は（山たづの）お迎えに参りましょう。あなた様が帰っておいでになったなら。

反歌

相手がたとえ千万の敵軍であろうとも、あれこれ言い立てたりしないで、討ち取って来られるにちがいない立派な男子（節度使）だと、あなた様のことを信じております。

右は、補任の文書を参照すると、八月十七日に東山・山陰・西海の節度使を任命するとある。

宇合が西海道節度使（大宰帥も兼務か）に任じられたのは、天平四年732の八月十七日であったが、十月十一日に白銅の印（節度使が発給する文書に押印するためのもの）を賜わっているので（『続日本紀』）、判官一人・主典《そうかん》四人・医師《くすし》一人・陰陽師一人を伴って筑紫へ向かったのは、初冬のころ「露霜に 色づく時」であった。式部省の大録あるいは宇合家の家令《けりょう》として京官に復していたらしい虫麻呂は、またしても龍田山の国境《くにざかい》まで一行を送り、送別の宴席においてこの一首を主人宇合に捧げたのである。

しかし、宇合の心中は必ずしも天皇の多大な期待（6九七三・九七四）に沿ったものとは言えず、気乗りがしなかった。それは序章に掲げた『懐風藻』の2首の作（91〈42頁〉・93〈33頁〉）ににじみ出ていたように、かつては常陸の按察使や持節大将軍を拝命して東国や陸奥へ赴き、今回は節度使として筑紫へ行くことになって、まさに東奔西走、このまま一生辺土の旅を続けねばならぬのかと、官人としてのわが身の命運の拙さを嘆いている。それこそ〝旅に棲む〟わが人生を強く意識した本心であろう。この「不遇」感こそ、質や程度の違いこそあれ二人に共通し、二人の固い結びつきの根底にあったもので、虫麻呂は宇合に深い同情を寄せたのである。

　虫麻呂がこの時虫麻呂歌集をまとめて宇合に献呈したであろうことは、先に推定した通りであるが、それはそんな宇合の心奥を察知して、自分たちの旅の思い出の詰まった歌集を見せることによって宇合の「旅の憂へ」を慰めようとしたものではなかったか。虫麻呂もまた宇合の心に寄り添いたかったのである。

　虫麻呂が当該の歌作りに腐心しているのはそのためであろう。それは構成の軸として最初と最後に出立と帰還を据えているが、その対比は先の難波往還歌群に見られたものであった。出立時の別離の寂しさには初冬の黄葉を、できれば来春にと祈る帰還時の心はずむ思いを「丹《に》つつじ」や「桜花」を配して、季節的な対比で彩ってまとめ上げている。それは「…つつじ花　香少女《にほえをとめ》　桜花　栄《さかえ》少女…」（13三三〇五、三三〇九）（…つつじの花のようににおいやかな少女よ、桜の花のように照り輝く少女よ…）の句を髣髴とさせ、明るい期待感を強調している。「につつじの　にほはむ時の　さくら花　さきなむ時に」の表現に、「頭韻の効果もねらっている」（平田喜信氏・身崎壽氏『和歌植物表現辞典』）とすれば、耳にも快い躍動感は増幅する。

はからずも虫麻呂にとっては、桜は大切な人を送る花であり（Ｉ歌）、またそれを迎える花となっているが、そこには、散る花と咲く花、往く者と還る者という対比が見られる。この作は明らかに五ヶ月前のＩ歌を意識し、時と場こそ違え、両歌の対応を狙っているものと考えられる。

また「飛ぶ鳥の　早く来まさね」とひたすら待ちかねる気持ちは、そのお帰りの際には自分たちも飛ぶようにして「山たづの　迎え参出む」という心に直結する。それはまさに、山上憶良が遣唐大使多治《たじ》比広成《ひのひろなり》に贈った「好去好来の歌」（5八九四～八九六。天平五年作）で、「…恙無《つつが》く　幸《さき》く坐《いま》して　早帰りませ」（八九四）（…障りなく無事においでになって、早くお帰り下さい）・「難波津に御船泊てぬと聞え来《こ》ば紐解き放《さ》けて立ち走りせむ」（八九六）（難波の港にあなた様の御船が帰り泊まったと聞こえてきたら、私は、衣の紐も解き放つほどの勢いで、走り出てお迎えに参りましょう）と歌いかけた心情に全く重なるものがあり、惜別の思いは深い。

反歌では、天皇の「大夫《ますらを》の伴」（6九七四）（33頁）の呼びかけに呼応するように、宇合のことを「千万《ちよろづ》の軍《いくさ》なりとも…取りて来ぬべき男《をのこ》とそ思ふ」（九七二）と力を込めて激励している。このようにこの歌は、単なる壮行のための形式的な儀礼歌に留まらず、見送りの官人たちの心を代弁すると共に、恩顧を蒙った宇合に対する虫麻呂自身の真情をすみ〴〵にまで張りめぐらせた作であった。こうした詠法は、鹿島郡の刈野橋で大伴旅人を送った折の作（Ｏ。87頁）にすでに見られたものであった。

またあの難波宮修造完成の晴れがましい祝典にかかわる龍田は、新しい大業に向かう予祝の地としてはきわめてふさわしいものであった。宇合たちがその龍田山を越えて広大な筑紫を巡り治め、再び龍田道を経て都に凱旋することを祈念する歌の組み立ては、例の旅のコースを織り交ぜた手法に通ずるが、それでいて少しも冗長には流れていない。かなり完成度の高い作品と言ってよいだろう。

序章末尾（39頁）で宇合の晩年について触れたが、天平九年737八月の死去の記事に「参議式部卿兼大宰帥」と明記されていることは、天平六年に節度使が停止され解任されはしたが、その時まで帥の官に就いて大宰府に在ったことを物語っている。だが、天平九年四月の次兄房前の急逝によって帰京したものの、六月の中納言多治比県守《あがたもり》、七月の弟麻呂及び長兄の武智麻呂らの相次ぐ死去のために、そのまま都に留まったはずで、さらには宇合自身も八月には没してしまったのである。

こうした事情から、虫麻呂が宇合の帰還を出迎えて心から祝福する歌を作る機会は遂に実現せずじまいに終わった。そのため、当該の作が現存最後のものとなったのである。

まとめ

以上二章では帰京後の虫麻呂の作歌活動を見てきたが、難波宮造営にかかわっては難波に在って3群の秀作を成し、京に戻っては宇合の大任にまつわる3群を残した。

虫麻呂は官人としては自己の限界を見通した深い〝愁え〟を心に抱いていたと思われるが、現実には宇合のもとで再び力を揮うことのできる充実感も感じていたことだろう。歌そのものがきわめて高度のものに仕上げられていることがそれを示している。

河内の大橋の娘子《おとめ》歌も情感に溢れた名歌と言ってよいが、とりわけ続く2首の大作の伝説歌は、その筋の構成・流れの巧みさや、人物の具体的な行動描写など、きわめて叙事性に富んだ代表的傑作となった。ストーリーテラーとしての鮮やかな手腕の冴えが窺われる。そればかりか内容的にも、常世・現世・来世をめぐって、人間の存在とは何かにまで踏みこんで、聴く（読む）者に訴えかけるような深みを加え、和歌に、新しい息吹を吹きこんだ。歌による伝承の創造という比類なき作業を成し遂げたのである。また、最終歌となった宇合への壮行歌も、主人に寄り添う敬慕の念に満ちた、形式的にきわめて整然とした餞《はなむけ》の歌となった。いずれも虫麻呂の到り着いた、最高の高みに達した作品群として評価できるだろう。

東国から帰京して得た新たな経験は、歌作の才にさらに研きをかけるものとなり、歌の内容に一層の深化と拡がりを加えて、虫麻呂は万葉歌人の中でもきわめてユニークな位置を占めるに至ったのである。

終章　虫麻呂の生と歌作

見てきたように、髙橋虫麻呂は律令制下の下級官人として、家もなく家族もないまま孤独な一生を送った。

務めた官職としては、不比等家の書吏、常陸国の大掾《だいじょう》兼按察使《あぜち》の典《すけ》（記事）、式部省の大録、造難波宮司の主典《さかん》、宇合家の家令《けりょう》などを想定してみたのだが、それは歴史と歌をすり合わせることで浮上したもので、それによって歌の別の側面に光を当てたり、見えない謎を掘り起こしたりすることが多少とも可能となって、虫麻呂歌の誕生・成長・発展の過程について説明しえたかと思われる。

虫麻呂の位階は常陸国の大掾時代の正七位下のまま生涯変らなかったか。養老七年723ごろ帰京して式部省大録の官を得たとすれば、規定では正七位上である。もし昇叙の機会があったとすれば、天平四年732三月の難波宮修造工事の完成を祝っての褒賞授与の時だが、関係する役職者たちの叙位は果たして行われただろうか。最高責任者である宇合は、すでに神亀二年725閏正月に従三位になっているので対象外だが、六位以下の官人たちに行われたとすれば、記録には残らない。造難波宮司の主典《さかん》としての虫麻呂が賜わったとしても、正七位上だったろうから、変わらないことになる。その上の従六位下はとても無理だろう。万が一それが叶ったとしても、下級官人たちの渇望した、国守クラスの従五位に達することは望みうべくもなかったはずである。

このように位階は精々正七位上止まりだったと考えるが、このレベルの歌人としては高い方だろう。それはやはり藤原宇合という時の貴顕に見出されて仕えたお蔭と言えよう。宇合は虫麻呂の漢籍への造詣（それは藤原家の書吏時代に培われたものであろう）や書記能力に官人としての優れた資質をいち早く見抜いていたものと思われる。理解ある宇合のもとにあって、虫麻呂は官人としてのあり方を学んでその才能を磨き、特に按察使の典《すけ》として宇合に仕えることで大いに発揮されることになったのである。

また、虫麻呂の作歌活動は常陸赴任時に始まったが、筑波山関係の歌や国内巡行の旅の歌などに文人宇合はその歌才の並々ならぬものを認め、さらなる歌作を促したに違いない。それに応えるかのように、虫麻呂は按察使の典（記事）としての官旅において、あるいは造難波宮司の主典として宮の修造にかかわるかたわら、次々と新しい歌境を拓いて行った。

虫麻呂の作品は、ほとんどが宇合の配下として同じ職務に携わった折に詠まれたことに改めて注目しておきたい。宇合が（征夷）持節大将軍や西海道節度使また大宰帥《そち》として遠方に赴いた場合は、虫麻呂はそれに所属して随従することはなかったから、作歌活動は見られない。虫麻呂は宇合の近くに在ってその職責を助けることを通して作歌の機会を与えられ、個性豊かな歌人として成長を遂げたのである。

こうして虫麻呂は、公私にわたって宇合が自分を高く評価してくれたことに心底感謝し、全幅の信頼を寄せて誠心誠意それに応えたのであった。

また、立ち場こそ違え、自己の生についての深い省察はお互いに通じ合うものがあったと思われる。権門の出でもない虫麻呂は、下級官人としての己れの限界や将来性を早くから見据えていたろうから、宇合に添って誠実に精励して臣従することは、官人として世に処して行く上で最上のものと心得、それこそ已れの「身を知る」生き方と認識していたに違いない。それがこの世を生きさる最良の知恵なのである。

律令社会に在っては、個人の行動は著しく制約されるという一定の限界の中で、精一杯の処世を叶えてくれた宇合に対する感謝と敬慕の念は終生変わることなく、晩年の儀礼長歌に深く込められている。宇合との、新鮮な時間と深い思い出を共有する歌日記ともいうべき虫麻呂歌集を編んで、遠く西海道に旅立つ主人宇合に奉呈したのもその心の表れであろう。

しかし、現実の中での処世術としては賢明で恵まれた選択をしたことになるが、それは虫麻呂個人の力で獲得したものではないことにおいて、本心では必ずしも満足のいくものではなかったと思われる。

さて、都を後に旅に出ることは、鄙に身を置くことである。都の貴人たち（宇合も含む）と下級官人虫麻呂とでは、鄙に対して視線を閉ざして背を向けるか、目を見開いてその奥にあるものを見つめようとするか、異郷の受け入れ方が全く正反対であった。虫麻呂は鄙に在ることを愁え嘆くことは一度もなかった。

その「果てなる意識」には筑紫の旅人や憶良は強くさいなまれたが、それを払拭するために、都を志向し雅なるものを求めてやまない心を原動力として文学活動が営まれ、新体の文芸を創出したのである（関連小論「果てなる意識」『筑紫文学圏論　大伴旅人・筑紫文学圏』）。

しかし虫麻呂の場合、常陸に在っても官旅に出ても、都への回帰を希求することはなかった。その地で未知の風物に接し、古くからの習俗に出遭い、古伝承を知ったことで、自分たち以前の古層の世界ともいうべきものを探り当て、そこにこそ人間本来の真実が内在すると確信したのではなかったか。

虫麻呂は地方の伝承や民衆の生き方を目を凝らして見ることによって、そこに生きた人間に、あらゆる束縛を排して自己の意志を貫く直線的な底力を発見した。死すらものともせぬ、純粋で強靱なその生は、都ではすでに失われた古代的エネルギーを秘めていて、強く牽かれ、憧れを感じたのである。律令制に支配されて自由を奪われた現実の閉塞社会にあっては、個人の力はもはやなすすべもない。しかも内外の社会情勢は目まぐるしく変化し、先の見えぬ不透明感やあきらめにも似た空虚感の漂う中で、この世には確固不動の頼れるものや永遠不滅なるものは何一つなく、すべては崩壊を遂げ、やがて消滅して行くに違いないという危機的認識をいよいよ濃厚にしたはずである。旅人や憶良と同様、中央とは対極的な立ち位置が、自ずとそれとは別の方向へ向わせたのである。

虫麻呂の時空を見通す鋭い目は、それをはっきりと見抜いて、自分も浦島子のような最期を迎えると覚悟していたのではなかったか。それは、東国の伝説の女たちのような、己れを貫くための潔い死ではなく、己れを貫けないがための敗北の死でしかない。死の寸前虫麻呂もまた、憶良の「痾《やまひ》に沈みし時の歌」（6九七八）（200頁）と同様、無念に臍《ほぞ》を噬《か》む思いを深めたことだろう。憶良は心中のそんな葛藤を思想として文章に表現したが、虫麻呂は和歌の奥底に重層的に潜ませたのであった。

このように、虫麻呂は律令官人と新時代（万葉第三期）の歌人とのはざまに在って、過去の人物に再び生命を吹き込み、宇合や旅人とのこの世での邂逅を喜び、さらに自己の孤独の心奥に思いを深め、かつ自己の人生の行く末を遠く見つめて、その果てに人間の存在とは何かという根源的な命題を見極めようとしたのである。

虫麻呂は若い時分から官人社会の限界を弁えて、生と死を見つめ、その生き方・死に方に思いをめぐらせていたものと思われる。そして自分に与えられた命は何のためにあるのか、自分の生は一体何なのかなど、歌作を通して自分に問い続けていたのではなかったか。

以上のように虫麻呂の生を捉えてみると、虫麻呂にとって歌とは一体何だったのだろうか。

右の筑紫文学圏の文人たちにとって、歌は飲酒同様、中央官人が鄙に在ることによる「情《こころ》を遣《や》る」（心の憂さを晴らす。3三四六旅人）もの、つまり遣悶の具として機能した（憶良も歌を以て「五蔵の鬱結《むすぼほり》を写《のぞ》かむと欲《ねが》」った〈5八六八前文〉）（関連小論「讃酒歌二首」『筑紫文学圏論　大伴旅人・筑紫文学圏』）。しかし虫麻呂の場合はそうではなかった。鄙は未知なるものや人間の根源的なものの埋蔵の地であり、官人としての使命と深くかかわりながら、その発掘・発見が虫麻呂の歌人としての個性を明確化することにつながった。だが、それは決して自分自身を主張するものではなく、周辺の上司や官人たちの心情に訴えかけるものとして作用した。それによって歌の享受者たちは心癒やされ励まされたのであった。だから虫麻呂の歌は、自己よりは他に資することを第一義に考えて創作されたものと思われる。けれども、それは単に扈従《こしょう》的な奉仕を旨とするものではなく、それこそが虫麻呂の自己表現であり、歌人としての誇りに満ちたものであったろう。虫麻呂自身の思いはその底深く潜ませたのである。歌作という作業は虫麻呂にとってまさに生きる証しであり、それは人間愛、あるいは人間讃歌の心に支えられたものであったと考えたい。

最後に、作歌上の配慮に関して言及が必ずしも十分でなかった2点について補足し、本項を閉じたい。

① 享受者意識

これまでの検討で理解されるように、虫麻呂の歌作は自己の表出を旨とする、自分のためのものではなく、そのほとんどは人に聴かせたり見せたりするために詠んだものばかりだった。

その相手は、第一義的には、宇合であり、常陸（または派遣先）の国司たちであり、帰京してからは宇合とかかわる場に同席する官人集団であった。従ってその披露の場は、国司の館における宴席であったり、別れの場での餞宴（送別・見送りの宴）の席だったりすることが多かった。一般に、歌の享受者を宮廷あるいは都に住む官人層や後宮の女性たちを想定する指摘がよく見られるのだが、それはあくまでも二次的な後時のものであって、直接的には創作時点に最も近い場に居合わせた官人たちであったはずである。それを意識して、歌は常に男の立場で男たちのために詠まれたことを重視したいと思う。

桜井満氏は、虫麻呂の伝説歌や物語的な歌が虫麻呂歌集にまとめられたのは、宇合に奉るためであり、さらにそれは宇合の妹、光明子《こうみょうし》をはじめ聖武後宮に奉仕する藤原一族の女性にもたらされて、漢才に対する大和魂の教育のために伝来したのではないかと具体的な想定を示された（「髙橋虫麻呂」『万葉集の民俗学的研究』）。とすれば、それも享受の第二段階に相当するもので、改めてその具体相を考える必要が生じてこよう。

それが献歌である場合は、相手である旅人や宇合一人を強く意識すればよく、またそこに集う集団に対しては、その意思を代弁して彼らと一体化した形で歌った。逆に言えば、予祝であれ惜別であれ、同席の集団の心を代弁する中に虫麻呂自身の深甚の思いやりを込めたのである。それが伝説歌の披露のように相手が不特定の集団である場合は、その一人々々の心になりきって、悲劇の主人公たちに寄り添うべく、その表現方法にさま〴〵な工夫を凝らした。それによって聴き手集団の高揚感を狙ったのである。

虫麻呂が語り手の主体である〝われ〟を歌の表面に全く浮上させなかったのは、歌が己れの抒情を歌い上げようとするものではないからである。また、歌中のヒロインたちの呼称を、登場時にその呼び名を示した後は、「妹」とか「吾妹《わぎも》（子）」といった親称で呼んだことは（一七三八・一七四〇・一八〇七・一八〇九。伝説歌以外にも一七四二・一七五八など）、聴き手集団が男性官人層であることを踏まえ、かつ物語の中の男たちに彼らを同化させ一体化させて、ヒロインたちに直接向き合わせようと意図したのであろう。現に、聴き手の現時点に戻れば、「（勝鹿の真間の）手児奈」（一八〇八）とか、「葦屋のうなひ処女《をとめ》」（一八一〇）といった、時間的隔たりを置いた元の呼称に戻している。こうして、日常世界に住む聴き手たちを、過去の非日常世界に同時的に生きる人間へと変身させようとしたのである。登場人物同士の対話や心中思惟（心話文）の効果的利用もリアルな臨場感を盛り上げて、伝説の次元に聴き手を呼び入れようとしたものであった。批判的言辞にしても、語り手＝聴き手という一体的立場から、実際は主人公たちに同情的に寄り添って投げかけられたものであった。これらの手法の駆使によって、現在と過去の時間的境界は取り払われて、歌の享受者は現在的過去の中に浸って、事件を直接目の当たりにするのである。

このように、虫麻呂は聴き手（男集団）に提供することを作歌の中心に意識していたから、聴き手側がどう受け止めるか、絶えずその反応を予測しながら作歌したものと考えられる。常に聴き手側に身を置いて、己れの気持をそれに同化させた作歌法を心がけたのであった。享受者の興味をそそる素材を掘り起こして、彫琢を加えて起伏豊かなストーリーに仕上げたのである。歌人としての独自の気配りをそこに見ることができる。

また表現面においては、聴く者の耳に訴えかける方法として、対句（A歌・C歌・D歌他）・枕詞・会話体（D歌・Q歌）・頭韻（R歌）などを多彩に用いて、イメージを拡げたり諧調の妙を狙ったりしている。さらに文字使いにおいても、漢数字を集中的に用いたり（O歌）、漢籍語の用字を好んで多用したり（D歌他）して、歌を単に聴くだけでなく、読む形で享受者に伝える意識が強く働いていることも見逃せない。それによって、歌は同時的な聴覚的伝達から、時間的・空間的に隔たった者への視覚的伝達が可能となり、第一次の披露の場をそのまま再現しうる機能を持つ。こうして見ることによる楽しみを倍加させることになるのである。

漢学の知識など豊かな教養を歌作に反映させもしたが、それは決して自己を誇示する衒学《げんがく》的なものではなく、あくまでも知的レベルを共有する官人集団を享受者として意識して、それに提供するためのものとして活用したのである。

② 演劇的要素

虫麻呂は伝説歌において、その奥に眠る人物たちを今に甦らせることに力を注いだが、それにはどんな配慮をめぐらせていただろうか。

歌中の伝承部分における人物描写に着目すると、まず登場人物を次々と変換させてその心理と行動の移り行きをテンポよく展開させていることはすでに指摘した（213頁）。そのリアルな表現法によって聴き手集団をぐい〳〵と物語の中に引き込み、一気にクライマックスへと導いて行くのである。それはシナリオの構成法にも似て、演劇的効果がきわめて高いと言える。話の組み立ての妙である。

ところで、古くから「倡優《わざをき》」「技人《わざひと》」（俳優）の存在が記紀に伝えられ、本来は滑稽なしぐさや踊りによって神や人の心を慰め、かつ神意を伺ったものという。それは所作や歌謡を伴い、演劇化されて宮廷芸能へと発展し、さらに民間の芸能歌謡を生むに至る。『万葉集』巻十六に残された「乞食者《ほかひびと》の詠《うた》二首」（鹿踊り〈三八八五〉と蟹舞い〈三八八六〉の歌）は、そうした民間芸能者集団の伝えた好例である。

演劇的要素の濃いこのような芸謡がすでに行われていた背景を思う時、虫麻呂が伝説歌の語り口にそれを援用しようと意図したことは十分考えられるのではないか。（伝説世界への導入→主人公と周辺の人物との対比と葛藤↓最高潮場面への盛り上げ↓最後の幕引き↓現時点への回帰」など、すべて計算し尽くした無駄のない流れに貫かれている。それは、ことによったら、語り手のほかに配役を決め、歌に合わせて身体的な所作や振り付けを演じさせて、居並ぶ聴き手たちに見せることすら試みたのではないかと思わせるほどである。歌を聴くという聴覚による単純な享受だけでなく、人物が躍動する三次元的世界を映像として視覚にも訴えることを狙っていることは確実であろう。享受が「聴く」ものから「見る」芸能へと移行していく過程を示しているように思われる。とりわけ伝説歌の最後の二つの大作は、そんな上演のしかたにいかにもぴったりの出来栄えとなっている。

金井清一氏は、「嬥歌会《かがひ》」の歌（N9一七五九・一七六〇）を検税使大伴卿一行の面前で朗唱されたものと見て、「在地の官人らが催す大伴卿歓迎の宴席での、アトラクションの一つとして、虫麻呂が作歌し、下級官人あるいは在地の俳優《わざをぎ》がその歌に登場する『われ』となってある種の仕草を演じる、というような歌だったのではあるまいか。」と推測され（『万葉集全注　巻第九』）、示唆に富んでいて興味深い。歌の披露のしかたとしてありうることである。（天平二年730正月、大宰府で「梅花の宴」が催されて32首が詠まれたが、このうち8首が「挿頭《かざし》」〈頭髪に花の枝を刺すこと〉の歌である。それらは即興の舞を伴いながら節づけをして歌われて風流を尽くしたものと推定したが、これも類似の例であろう〈小論「梅花の宴歌群の展開」『筑紫文学圏論　大伴旅人　筑紫文学圏』〉）

筆者は、虫麻呂の常陸の大掾着任は養老三年719八月中、下旬で、その直後か翌年秋に嬥歌会に出遇って作歌、養老五年夏に大伴卿と共に筑波山登頂と考えているのだが、一年前の秋の嬥歌会の様子を旅人に熱く語った上で、右のようなアトラクションを催したとしたら、私見と重ね合わせることが可能となってくる。

菟原の処女歌の伝説としてのプロットは、その後『大和物語』の「生田川」（一四七段）からさらに謡曲の「求塚」（観阿弥作）へと受け継がれて行くが、様式としては、虫麻呂の詠法が伏流水となって夢幻能に形を変えて新たな開花を見せているようにも思われる。

散文的な民間伝承を和歌に取り込んで、韻文表現によって創作を完成させたところに虫麻呂の伝説歌の真骨頂があるが、散文形式の中に会話部分や音楽的要素を盛り込んで劇的構成をとった、後世の語り物の淵源の一つとしても位置づけることが可能なのではないだろうか。

〔関連小論　「高橋虫麻呂の享受者意識―伝説歌を中心に―」『古筆と和歌』・「墓との出会い―伝説歌の底流―」『筑紫文学圏と高橋虫麻呂』〕

余滴　**憶良歌との接点**

虫麻呂の表現の中に山上憶良のそれと類似したものが散見することはよく指摘されるが、どういう経緯を経てそれが可能になったかについては全く明らかにはされていない。

憶良と虫麻呂の直接的な接触はまずなかったものと考えられるので、作品の成立の先後関係とその入手経路が問題となるが、これはきわめて難問である。

中で井村哲夫氏が11例の共通した表現を取り上げて検討を加えた結果、すべてが憶良から虫麻呂へという道筋を結論づけられたのは注目される（「憶良から虫麻呂へ」『憶良と虫麻呂』）。

氏は虫麻呂の活動期を天平四年732から十年ごろと想定された上での考察であるが、私見ではそれを養老三年719から天平四年までと考えているので、それをもとに氏の挙げられた11例について吟味したい。

	（憶良歌の作歌年時）（私説による虫麻呂作歌年次）	（憶良歌）	（井村氏指摘の類似表現）	（虫麻呂歌）
①	神亀二年725／神亀三年～天平四年732	5九〇三	倭文手纏《しつたまき》	Q9一八〇九
②	神亀五年728／6九七一　天平四年	5八〇〇	谷蟆《たにぐく》のさ渡る極み	R
③	〃／養老五年721	〃	国のまほら	K9一七五三
④	神亀五年728／神亀三年～天平四年	5八〇四	とりつつき	Q9一八〇九
⑤	〃	〃	紅《くれなゐ》の赤裳すそひき	E9一七四二
⑥	〃／一八〇九	〃	大夫《ますらを》の壮士《をとこ》サビスルサマ	Q9
⑦	〃	〃	人ノニワカニ老人トナツタサマ—皺と白髪	D9一七四〇　〃
⑧	天平元年／養老五年721	8一五二〇	さ丹塗《にぬり》の小船《をぶね》・玉纏《たままき》の真《ま》櫂《かい》・小梶・夕塩—対句と語句	O9一七八〇
⑨	天平五年733／神亀三年～天平四年	5八九六	立ち走り	D9一七四〇
⑩	天平四年帰京以前／〃	5九〇四	足ずり	D9一七四〇
⑪	〃／養老四年720	5九〇五	幣《まひ》はせむ	L9一七五五

これらの作品の制作は、憶良の場合は、筑紫に在った時（神亀五年～天平元年）②～⑦、⑧と、国

司解任後帰京してから（天平四年末～同五年）①（本来は神亀二年の作を天平五年時に編入）、⑨、⑩⑪に大別される。また虫麻呂の場合は、常陸に在った時（養老四年・五年）L・KOと、造難波宮司主典として難波に在った時（神亀三年～天平四年）D・E・Q及び解任後京に在った時（天平四年）Rに大別される。

次にこれら作品がどのように動いてそれぞれの目に触れたかを考えてみよう。

右のうち、②の作例は『祝詞《のりと》』（「祈年祭《としごいのまつり》」）に見える表現なので二人共知っていたであろうし、③の場合もすでに記紀歌謡（景行天皇）に類似の先例〈まほろば まほらま〉があって、二人が別々にそれに拠っているとすると、共に影響関係は考えられなくなる。また⑧も古歌（13三二九九）に倣った形跡が認められるので、これも一応除外しておきたい。この3例をはずすと、問題は①、④～⑦、⑨、⑩⑪に絞られてくる。

中で①は本来は神亀二年の単独詠で虫麻呂歌に先行するが、天平五年の老身重病歌（5八九七～九〇三）に組み込まれているので、人目に触れたのはそれ以降となる。従って時間的には⑨に準じて扱ってよいことになろう。しかし、枕詞としてのかかり方からすると、他のもう1例（4六七二 安倍虫麻呂）は憶良の作に倣ったものと見られるが、虫麻呂の場合は被枕詞が異なるので、相互の関係はなく、それぞれ独自に用いたのではないかと思われる。

ところで、大伴旅人は神亀四年727末か五年初めに大宰帥《だざいのそち》に着任したが、その初夏に妻大伴郎女《いらつめ》を喪った。憶良はその際七月二十一日に「日本挽歌」（5七九四～七九九）を旅人に呈上し、さらに同日嘉摩《かま》郡において続く三部作（5八〇〇・八〇一、八〇二・八〇三、八〇四・八〇五）を撰定した。このうち右の④～⑦はその第三作の「世間《よのなか》の住《とどま》り難きを哀しびたる歌」（哀世間難住歌）に集中していることが注目される。

すでに述べた通り、村瀬憲夫氏はこの時旅人は「日本挽歌」を携えて一旦帰京して大伴氏の本拠地で葬儀・供養を行ったと推定されたが、嘉摩三部作も合わせ持ち帰ったことも考えられるのではないか。左注に「上《たてまつる》」（呈上）とは記さないが、憶良は嘉摩郡から戻って、旅人が都へ赴く前にそれを見せたか。

とすれば、神亀五年728時には虫麻呂は造難波宮司に勤めていたが、時々は上京もしていたろうから、かつての養老五年721の常陸での出会いの懐しさから、この時再び旅人に接した可能性が生ずる。そこで虫麻呂は旅人の持ち来った憶良作品を見せてもらい、深く心に留めるものとなった。それが後年D・E・Qに活かされたものと思われる。それが従ってこのグループは、憶良から虫麻呂への流れとして抑えることができる。

ところが⑨・⑩⑪にかかわる虫麻呂のD・Lは天平四、五年以前の作と考えられるので、虫麻呂歌の方が先行することになる。するとこれは、憶良の方が虫麻呂作品に接して詠んだということになってしまうが、そうだとすれば、それは憶良が天平四年完成の虫麻呂歌集に目を通す機会があったことを意味する。

天平四年八月に宇合は西海道節度使兼大宰帥となって筑紫に下向したが、年末までの間に間違いなく大宰府で憶良とも対面し、前年七月都で亡くなった旅人を悼みつつ、携えてきた虫麻呂歌集を憶良に披見させた可能性がある。憶良の「男子の、名は古日《ふるひ》に恋ひたる歌三首」（5九〇四〜九〇六）はその直後に作られたか。5八九六を含む「好去好来の歌一首」（八九四〜八九六）は帰京後天平五年733三月の作である。すると、⑨・⑩⑪は、虫麻呂歌集が先行していることになり、流れは虫麻呂から憶良へと理解される。

このように、虫麻呂と憶良の間には直接的な接触はなかったものの、旅人や宇合を仲立ちとしてそれぞれの作品（またはその一部）が互いの目に触れる機会はあったものと考えられる。虫麻呂はその折、憶良の筑前守時代の初期の作品にしか接することはできなかったが、哀世間難住歌からその無常観を深く受け止めて浦島子詠（9一七四〇・一七四一）に反映させたと思われ、表現のみならず思想的な流れも読み取れる。

一方憶良は、その晩年に虫麻呂の全作品を知ることができて、表現上虫麻呂歌に学ぶものは少なくなかった。旅人から虫麻呂の力のほどは聞き及んでいたはずだから、年齢差を越えて敬意を持って虫麻呂を受け入れるにはやぶさかではなかったと思われる。

このように考えると、すべて憶良から虫麻呂へという一方的な流れのみで両歌の関係を処理するわけにはいかなくなるのではないだろうか。

なお、虫麻呂には、憶良没後（天平五年後半）自分の没する天平九年737ごろまでの間に、家持の手元に残された旅人や憶良の作品を見せてもらう機会はあったかもしれないが、それに反応した歌作は見られず、他の実作も残されていない。

このような、二人の相互の影響関係の想定のしかたにかなりの無理があるとすれば、改めてそれぞれの作歌時期をすり合わせて具体的な接点を別の角度から明らかにしなければならないだろう。なお揺れる面はあるが、今は思いついたところを記すに留めて、今後の課題として残したい。

関連小論　出典一覧

［著書］

1　『筑紫文学圏と高橋虫麻呂』（二〇〇六年二月二〇日　笠間書院）〈これ以前の虫麻呂関係の発表論文を収録〉

2　『万葉集研究余滴』（二〇〇七年二月二二日　私家版）

［論文］

3　「旅と東国」『万葉の東国』（上代文学会編　一九九〇年五月一五日　笠間書院）

4　「高橋虫麻呂の享受者意識―伝説歌を中心に」『古筆と和歌』（久保木哲夫編　二〇〇八年一月三一日　笠間書院）

5　「藤原宇合と高橋虫麻呂作歌」『文科の継承と展開』（都留文科大学国文学科五〇周年記念論文集　二〇一一年三月一〇日　勉誠出版）

6　「虫麻呂伝説歌の流れ」『国文学 言語と文芸』第一二七号（国文学言語と文芸の会　二〇一一年三月一〇日　おうふう）

7　「〈講演録〉歴史の窓から見通した高橋虫麻呂の軌跡」『日本文学文化』第一四号（東洋大学日本文学文化学会　二〇一五年二月二〇日）〈講演は、二〇一四年七月五日、東洋大学日本文学文化学会二〇一四年度大会において実施〉

『万葉集』の引用は、中西進氏『万葉集全訳注原文付』に、『古事記』『日本書紀』『風土記』は新編日本古典文学全集本に、『懐風藻』は日本古典文学大系本に、『続日本紀』は新日本古典文学大系本にそれぞれ拠った。記して深謝申し上げたい。

（付）関係参照事項

1 〔高橋虫麻呂の全作品 一覧〕

A 129頁 不尽山《ふじのやま》を詠《よ》める歌一首 并せて短歌

なまよみの 甲斐《かひ》の国 うち寄する 駿河《するが》の国と こちごちの 国のみ中《なか》ゆ 出で立てる 不尽《ふじ》の高《たか》嶺《ね》は 天雲《あまぐも》も い行きはばかり 飛ぶ鳥も 飛びも上《のぼ》らず 燃ゆる火を 雪もち消《け》ち 降る雪を 火もち消《け》ちつつ 言ひもえず 名《な》づけも知らず 霊《くす》しくも います神かも 石花《せ》の海と 名づけてあるも その山の つつめる海そ 不尽河《ふじがは》と 人の渡るも その山の 水の激《たぎ》ちそ 日《ひ》の本《もと》の 大和《やまと》の国の 鎮《しづめ》とも 座《いま》す神かも 宝《たから》とも 生《な》れる山かも 駿河なる 不尽の高嶺は 見れど飽《あ》かぬかも（3三一九）

反 歌

不尽《ふじ》の嶺《ね》に降り置く雪は六月《みなつき》の十五日《もち》に消《き》ゆればその夜《よ》降りけり（3三二〇）

不尽の嶺を高み恐《かしこ》み天雲《あまぐも》もい行きはばかりたなびくものを（3三二一）

右の一首は、高橋連虫麻呂の歌の中に出づ。類《たぐひ》を以《も》ちてここに載《の》す。

B
62頁　筑波山《つくはのやま》に登らざりしことを惜しめる歌一首
筑波嶺《つくはね》にわが行けりせば霍公鳥《ほととぎす》山彦響《とよ》め鳴かましやそれ（8―一四九七）
右の一首は、高橋連虫麻呂の歌の中に出づ。

C
92頁　上総《かみつふさ》の周淮《すゑ》の珠名娘子《たまなのをとめ》を詠める一首　并せて短歌
しなが鳥　安房《あは》に継《つ》ぎたる　梓弓《あづさゆみ》　周淮《すゑ》の珠名《たまな》は　胸別《むなわけ》の　ひろき吾妹《わぎも》　腰細《こしぼそ》の　すがる娘子《をとめ》の　その姿《かほ》の　端正《きらきら》しきに　花の如《ごと》　咲《ゑ》みて立てれば　玉桙《たまほこ》の　道行く人は　己《おの》が行く　道は行かずて　召《よ》ばなくに　門《かど》に至りぬ　さし並《なら》ぶ　隣の君は　あらかじめ　己妻《おのづま》離《か》れて　乞《こ》はなくに　鍵《かぎ》さへ奉《まつ》る　人皆の　かく迷《まと》へれば　容艶《かほよ》きに　よりてそ妹《いも》は　たはれてありける（9―一七三八）

反歌

金門《かなと》にし人の来《き》立《た》てば夜中にも身はたな知らず出《い》でてそ逢《あ》ひける（9―一七三九）

D
181頁　水江《みづのえ》の浦島《うらしま》の子《こ》を詠める一首　并せて短歌
春の日の　霞《かす》める時に　墨吉《すみのえ》の　岸に出でゐて　釣船《つりふね》の　とをらふ見れば　古《いにしへ》の　事そ思《おも》ほゆる　水《みづ》江《のえ》の　浦島の子が　堅魚《かつを》釣り　鯛《たひ》釣り矜《ほこ》り　七日《なぬか》まで　家にも来《こ》ずて　海界《うなさか》を　過ぎて漕ぎ行くに　海《わた》若《つみ》の　神の女《をとめ》に　たまさかに　い漕ぎ向ひ　相誂《あひあとら》ひ　こと成りしかば　かき結び　常世《とこよ》に至り　海《わた》若《つみ》の　神の宮の　内の重《へ》の　妙《たへ》なる殿に　携《たづさ》はり　二人《ふたり》入り居《ゐ》て　老《おい》もせず　死にもせずして　永き世に　ありけるものを　世の中の　愚人《おろかひと》の　吾妹子《わぎもこ》に　告《つ》げて語らく　須臾《しましく》は　家に帰りて　父母に

事も告《の》らひ　明日《あす》のごと　われは来《き》なむと　言ひければ　妹がいへらく　常世辺《とこよへ》に　また帰り来《き》て　今のごと　逢はむとならば　この篋《くしげ》　開くなゆめと　そこらくに　堅《かた》めし言《こと》を　墨吉《すみのえ》に　還《かへ》り来《きた》りて　家見れど　家も見かねて　里見れど　里も見かねて　恠《あや》しみと　そこに思はく　家ゆ出でて　三歳《みとせ》の間《ほど》に　垣も無く　家滅《う》せめやと　この箱を　開きて見てば　もとの如《ごと》　家はあらむと　玉篋《たまくしげ》　少し開くに　白雲《しらくも》の　箱より出でて　常世辺《とこよへ》に　棚引《たなび》きぬれば　立ち走り　叫《さけ》び袖振り　反側《こいまろ》び　足ずりしつつ　たちまちに　情消失《こころけう》せぬ　若かりし　膚《はだ》も皺《しわ》みぬ　黒かりし　髪も白《しら》けぬ　ゆなゆなは　気《いき》さへ絶えて　後《のち》つひに　命死にける　水江《みづのえ》の　浦島の子が　家地《いへどころ》見ゆ（9―一七四〇）

反歌

常世辺《とこよへ》に住むべきものを剣刀《つるぎたち》己《な》が心から鈍《おそ》やこの君（9―一七四一）

E

149頁　河内《かふち》の大橋を独《ひと》り去《ゆ》く娘子《をとめ》を見たる歌一首　并せて短歌

級照《しなて》る　片足羽《かたしは》川の　さ丹塗《にぬり》の　大橋の上ゆ　紅《くれなゐ》の　赤裳裾《あかもすそ》引き　山藍《あゐ》もち　摺《す》れる衣《きぬ》着て　ただ独り　い渡らす児《こ》は　若草の　夫《つま》かあるらむ　橿《かし》の実の　独りか寝《ぬ》らむ　問はまくの　欲《ほ》しき我妹《わぎも》が　家の知らなく（9―一七四二）

反歌

大橋の頭《つめ》に家あらばうらがなしく独り行く児に宿《やど》貸さましを（9―一七四三）

F

118頁　武蔵《むさし》の小埼《をさき》の沼《ぬま》の鴨《かも》を見て作れる歌一首

埼玉《さきたま》の小埼《をさき》の沼に鴨そ翼《はね》きる　己《おの》が尾に降り置ける霜《しも》を掃《はら》ふとにあらし（9―一七四四）

G 51頁　那賀郡《なかのこほり》の曝井《さらしゐ》の歌一首

三栗《みつくり》の那賀に向へる曝井の絶えず通《かよ》はむそこに妻もが（9―一七四五）

H 51頁　手綱《たづな》の浜の歌一首

遠妻《とほづま》し多珂《たか》にありせば知らずとも手綱の浜の尋《たづ》ね来《き》なまし（9―一七四六）

I 237頁　春三月に諸《もろもろ》の卿大夫等《まへつきみたち》の難波《なには》に下《くだ》りし時の歌二首　并せて短歌

白雲《しらくも》の　龍田《たつた》の山の　滝《たぎ》の上《へ》の　小按《をぐら》の嶺《みね》に　咲きををる　桜《さくら》の花は　山高み　風し止《や》まねば　春雨《はるさめ》の　継《つ》ぎてし降れば　秀《ほ》つ枝《え》は　散り過ぎにけり　下枝《しづえ》に　残れる花は　須臾《しましく》は　散りな乱《みだ》れそ　草《くさ》枕《まくら》　旅行く君が　還り来《く》るまで（9―一七四七）

反歌

わが行きは七日《なぬか》は過ぎじ龍田彦《たつたひこ》ゆめこの花を風にな散らし（9―一七四八）

白雲《しらくも》の　龍田《たつた》の山を　夕暮《ゆふぐれ》に　うち越え行けば　滝《たぎ》の上《へ》の　桜の花は　咲きたるは　散り過ぎにけり　含《ふふ》めるは　咲き継《つ》ぎぬべし　彼方《こち》此方《ごち》の　花の盛りに　見えねども　君が御行《みゆき》は　今にしあるべし（9―一七四九）

反歌

暇《いとま》あらばなづさひ渡り向《むか》つ峯《を》の桜の花も折《を》らましものを（9―一七五〇）

J

242頁　難波《なには》に経宿《やど》りて明日《あくるひ》還《かへ》り来《こ》し時の歌一首　并せて短歌

島山を　い行き廻《めぐ》れる　川副《かはぞ》ひの　丘辺《をかへ》の道ゆ　昨日《きのふ》こそ　わが越え来《こ》しか　一夜《ひとよ》のみ　寝《ね》たりしからに　峯《を》の上《うへ》の　桜の花は　滝《たぎ》の瀬ゆ　激《たぎ》ちて流《なが》る　君が見む　その日までには　山下《やまおろし》の　風な吹きそと　うち越えて　名に負《お》へる社《もり》に　風祭《かざまつり》せな（9―一七五一）

反　歌

い行会《ゆきあ》ひの坂の麓《ふもと》に咲きををる桜の花を見せむ児《こ》もがも（9―一七五二）

K

78頁　検税使《けんぜいし》大伴卿《おほとものまへつきみ》の、筑波山《つくはのやま》に登りし時の歌一首　并せて短歌

衣手《ころもで》　常陸《ひたち》の国に　二並《ふたなら》ぶ　筑波の山を　見まく欲《ほ》り　君来《き》ませりと　熱《あつ》けくに　汗かきなけ　木《こ》の根取り　嘯《うそむ》き登り　峯《を》の上《うへ》を　君に見すれば　男《を》の神も　許し賜《たま》ひ　女《め》の神も　ちはひ給ひて　時となく　雲居《くもゐ》雨降る　筑波嶺《つくはね》を　清《さや》に照らし　いふかりし　国のま秀《ほ》らを　委曲《つばらか》に　示し賜へば　歓《うれ》しみと　紐《ひも》の緒《を》解《と》きて　家の如《ごと》　解けてそ遊ぶ　うち靡《なび》く　春見ましゆは　夏草の　茂くはあれど　今日《けふ》の楽しさ（9―一七五三）

反　歌

今日《けふ》の日にいかにか及《し》かむ筑波嶺《つくはね》に昔の人の来《き》けむその日も（9―一七五四）

L

54頁　霍公鳥《ほととぎす》を詠める一首　并せて短歌

鶯《うぐひす》の　生卵《かひこ》の中に　霍公鳥《ほととぎす》　独《ひと》り生《う》まれて　己《な》が父に　似《に》ては鳴かず　己《な》が母に　似ては鳴かず

卯《う》の花の　咲きたる野辺《のへ》ゆ　飛びかけり　来《き》鳴き響《とよ》もし　橘《たちばな》の　花を居《ゐ》散らし　終日《ひねもす》に　鳴けど聞きよし　幣《まひ》はせむ　遠《とほ》くな行きそ　わが屋戸《やど》の　花橘に　住み渡れ鳥（9―一七五五）

反歌

かき霧《き》らし雨の降る夜《よ》を霍公鳥《ほととぎす》鳴きて行くなりあはれその鳥（9―一七五六）

M64頁　筑波山《つくはのやま》に登れる歌一首　并せて短歌

草枕《くさまくら》　旅の憂《うれ》へを　慰《なぐさ》もる　事もありやと　筑波嶺《つくはね》に　登りて見れば　尾花《をばな》ちる　師付《しづく》の田居《たゐ》に　雁《かり》がねも　寒く来《き》鳴きぬ　新治《にひばり》の　鳥羽《とば》の淡海《あふみ》も　秋風に　白波《しらなみ》立ちぬ　筑波嶺の　よけくを見れば　長きけに　思ひ積み来《こ》し　憂《うれ》へは息《や》みぬ（9―一七五七）

反歌

筑波嶺《つくはね》の裾廻《すそみ》の田井《たゐ》に秋田刈る妹《いも》がり遣《や》らむ黄葉《もみち》手折《たを》らな（9―一七五八）

N71頁　筑波嶺《つくはね》に登りて嬥歌会《かがひ》をせし日に作れる一首　并せて短歌

鷲《わし》の住む　筑波の山の　裳羽服津《もはきつ》の　その津の上《うへ》に　率《あとも》ひて　未通女壮士《をとめをとこ》の　行き集《つど》ひ　かがふ嬥歌《かがひ》に　人妻《ひとづま》に　吾《われ》も交《まじ》らむ　わが妻に　他《ひと》も言《こと》問《と》へ　この山を　領《うしは》く神の　昔より　禁《いさ》めぬ行事《わざ》ぞ　今《け》日《ふ》のみは　めぐしもな見そ　言も咎《とが》むな（嬥歌は東《あづま》の俗語《くにぶりのこと》にかがひと曰《い》ふ）（9―一七五九）

反歌

男《を》の神に雲立ちのぼり時雨《しぐれ》ふり濡れ通るともわれ帰らめや（9―一七六〇）

右の件《くだり》の歌は、高橋連虫麻呂の歌集の中に出づ。

O 87頁　鹿島郡《かしまのこほり》の刈野《かるの》の橋にして大伴　卿《おほとものまへつきみ》に別れたる歌一首　并せて短歌

牡牛《ことひうし》の　三宅《みやけ》の潟《かた》に　さし向ふ　鹿島の崎《さき》に　さ丹塗《にぬり》の　小船《をぶね》を設《ま》け　玉纏《たままき》の　小楫《をかぢ》繁貫《しじぬ》き　夕潮《ゆふしほ》の　満《み》ちのとどみに　御船子《みふなご》を　率《あとも》ひ立てて　呼び立てて　御船《みふね》出でなば　浜も狭《せ》に　後《おく》れ並《な》み居《ゐ》て　反側《こいまろ》び　恋ひかも居《を》らむ　足ずりし　哭《ね》のみや泣かむ　海上《うなかみ》の　その津を指して　君が漕《こ》ぎ行かば

（9―一七八〇）

反　歌

海《うみ》つ路《ぢ》の和《な》ぎなむ時も渡らなむかく立つ波に船出《ふなで》すべしや　（9―一七八一）

右の二首は、高橋連虫麻呂の歌集の中に出づ。

P 101頁　勝鹿《かづしか》の真間娘子《ままのをとめ》を詠める歌一首　并せて短歌

雞《とり》が鳴く　東《あづま》の国に　古《いにしへ》に　ありける事と　今までに　絶えず言ひ来《く》る　勝鹿の　真間の手児奈《てこな》が　麻衣《あさぎぬ》に　青衿《あをくび》着け　直《ひた》さ麻《を》を　裳《も》には織《お》り着《き》て　髪だにも　掻《か》きは梳《けづ》らず　履《くつ》をだに　穿《は》かず行けども　錦綾《にしきあや》の　中につつめる　斎児《いはひご》も　妹《いも》に如《し》かめや　望月《もちづき》の　満《た》れる面《おも》わに　花の如《ごと》　笑《ゑ》みて立てれば　夏虫の　火に入《い》るが如　水門《みなと》入《い》りに　船漕ぐ如く　行きかぐれ　人のいふ時　いくばくも　生《い》けらじものを　何すとか　身をたな知りて　波の音《と》の　騒《さわ》く湊《みなと》の　奥津城《おくつき》に　妹が臥《こや》せる　遠《とほ》き代にありける事を　昨日《きのふ》しも　見けむが如《ごと》も　思ほゆるかも　（9―一八〇七）

反歌

勝鹿の真間《まま》の井《ゐ》を見れば立ち平《なら》し水汲《く》ましけむ手児奈《てこな》し思《おも》ほゆ（9一八〇八）

Q157頁　菟原処女《うはらのをとめ》の墓を見たる歌一首　并せて短歌

葦屋《あしのや》の　うなひ処女《をとめ》の　八年児《やとせご》の　片生《かたおひ》の時ゆ　小放髪《をはなり》に　髪たくまでに　並び居《を》る　家にも見えず　虚木綿《うつゆふ》の　隠《こも》りてませば　見てしかと　悒憤《いぶせ》む時の　垣ほなす　人の誂《と》ふ時　血沼壮士《ちぬをとこ》　うなひ壮士《をとこ》の　廬屋《ふせや》焼く　すすし競《きほ》ひ　相結婚《あひよば》ひ　しける時は　焼太刀《やきたち》の　手柄《たがみ》押しねり　白檀弓《しらまゆみ》　靫《ゆき》取り負《お》ひて　水に入り　火にも入らむと　立ち向ひ　競《きほ》ひし時に　吾妹子《わぎもこ》が　母に語らく　倭文手纏《しつたまき》　賤《いや》しきわがゆゑ　丈夫《ますらを》の　争ふ見れば　生けりとも　逢ふべくあれや　ししくしろ　黄泉《よみ》に待たむと　隠沼《こもりぬ》の　下延《したは》へ置きて　うち嘆き　妹が去《い》ぬれば　血沼壮士　その夜夢《いめ》に見　取り続《つつ》き　追ひ行きければ　後《おく》れたる　菟原壮士《うはらをとこ》い　天仰《あめあふ》ぎ　叫びおらび　足ずりし　牙《き》喫《か》み建《たけ》びて　如己男《もころを》に　負けてはあらじと　懸佩《かけはき》の　小剣《をだち》取り佩《は》き　冬蔌蕷葛《ところづら》　尋《と》め行きければ　親族《うから》どち　い行き集《つど》ひ　永き代に　標《しるし》にせむと　遠き代に　語り継がむと　処女墓《をとめづか》　中に造り置き　壮士墓《をとこづか》　此方彼方《こなたかなた》に　造り置ける　故縁《ゆゑよし》聞きて　知らねども　新喪《にひも》の如《ごと》も　哭泣《ねな》きつるかも（9一八〇九）

反歌

葦屋《あしのや》のうなひ処女《をとめ》の奥津城《おくつき》を往《ゆ》き来《く》と見れば哭《ね》のみし泣かゆ（9一八一〇）

墓《はか》の上《うへ》の木《こ》の枝靡《えなび》けり聞きし如《ごと》血沼壮士《ちぬをとこ》にし寄りにけらしも（9一八一一）

右の五首は、高橋連虫麻呂の歌集の中に出づ。

R250頁　四年壬申《じんしん》、藤原宇合《うまかひのまへつきみ》卿の西海道節度使《さいかいだうせつどし》に遣《つかは》さえし時に、高橋連虫麻呂の作れる歌一首　并せて短歌

白雲の　龍田《たつた》の山の　露霜《つゆしも》に　色づく時に　うち越えて　旅行く君は　五百重山《いほへやま》　い行きさくみ　敵《あた》守る　筑紫に至り　山の極《そき》　野の極《そき》見よと　伴《とも》の部《べ》を　班《あか》ち遣《つかは》し　山彦《やまびこ》の　応《こた》へむ極《きは》み　谷蟇《たにぐく》の　さ渡る極《きは》み　国形《くにかた》を　見《め》し給ひて　冬こもり　春さり行かば　飛ぶ鳥の　早く来まさね　龍田道《たつたぢ》の　丘辺《をかへ》の道《みち》に　丹《に》つつじの　薫《にほ》はむ時の　桜花　咲きなむ時に　山たづの　迎へ参出《まゐで》む　君が来《き》まさば

（6九七一）

反歌一首

千万《ちよろづ》の軍《いくさ》なりとも言挙《ことあ》げせず取りて来《き》ぬべき男《をのこ》とそ思ふ（6九七二）

右は、補任《ほにん》の文を検《かむが》ふるに、八月十七日に東山山陰西海の節度使を任ず。

2 〔虫麻呂の一生　素描〕

序章で推定した虫麻呂の生涯を簡潔にまとめておこう。

出身地は藤原氏の居地大和国高市郡のあたりか。

仮に、天平九年737 43歳位で没したとすると、生年は持統八年694藤原宮に遷都のころか。幼くして両親（少くとも母親）を失ったと思われる。

初め藤原（不比等）家の家政機関に所属して書吏などを5年ほど務めていたのが不比等に注目されて（あるいは宇合に見出されて）官人と歌人への道を歩み出すことになった。

養老三年719七月宇合が常陸守《かみ》兼按察使《あぜち》に任ぜられた時に、常陸大掾《だいじょう》兼按察使の典《すけ》（翌年記事に改称）を拝命、宇合に従って常陸国に下向した。時に正七位下、25歳のころである。

常陸では筑波山を崇敬してよく登り、大掾としては宇合と共に国内を巡行、按察使の典としては管内の安房・上総・下総へも共に赴いて監察に当たった。

さらに、按察使の典や記事の任では、宇合に派遣されて武蔵国や遠江国などの按察使のもとへも情報交換や諸連絡のために足を延ばした。養老三年719冬から四年後半のころか。

養老五年721には中央の高官大伴旅人が検税のために訪問したのを受け、その接待に近しく尽力して、筑波山へも共に登ってその国見を助け、帰京に際しては鹿島神宮への参拝を案内し、鹿島郡まで送った。

常陸国在任中、宇合と共に『常陸国風土記』の作成にもかかわったとする通説は退けざるをえない。

前国司の残した副本は目にし、「実務便覧」として活用したことは確実だろう。
任を終えて帰京したのは遅くても養老七年723か。式部卿宇合の推挙によって式部省の官人（大録あたり）になった可能性がある。

首《おびと》皇子が即位して聖武天皇になると、難波宮の修造という大事業に着手する。神亀三年726十月に造難波宮司という機関を立ち上げ、宇合が知造難波宮事という最高指揮官に任命された。多分それと連動して虫麻呂も造難波宮司の主典《さかん》として再び起用される。

難波に任地を移したことで周辺の「旧聞・異事」に取材して新体の大作を生んだ。特に2首の伝説歌は集大成的な名歌となった。

天平四年732三月には、工事完成を祝う式典のために宇合に随行して難波へ赴き、褒賞を頂戴した（位階の昇叙があったとすれば正七位上か）。その後もとの式部省の官（大録あたり）に復したか（または宇合家の家《け》令《りょう》任命）。

宇合は天平三年713八月参議となって朝政に参画、一年後には西海道の節度使兼大宰帥《そち》となって再び都を離れることになる。虫麻呂は龍田《たつた》の国境《くにざかい》まで宇合一行を見送って、その餞宴で力のこもった壮行歌を詠んだ。天平四年八月のことである。それからあとの作は見当たらず、この送別歌が最後の作となった。

虫麻呂はこの時、この公式歌に添えて、東国時代の歌群と難波時代の作品群とで構成した『高橋連虫麻呂歌集』を編んで、宇合に献上した。

宇合は天平五年733に一時帰京したこともあったが、翌年節度使の派遣は停止されたものの、そのまま帥として大宰府に留まったと見られる。

この後、天平九737春に発生した天然痘は遂に政権の中枢にまで及んで、藤原四子の命を次々と奪った。宇合の死去は最後の八月であった。享年は『懐風藻』には34歳とあり、『公卿補任』『尊卑文脈』には44歳とあるが、54歳の誤記説が一番近いのではないか。

虫麻呂もこの「疫瘡《えきそう》」からは逃れられず、「百姓」「百官」と共にその犠牲となってこのころ没したものと思われる。43歳前後ではなかったか。ふつう、万葉第三期の終焉は、山上憶良の死の天平五年とされているが、虫麻呂はその後数年は官人として生きていたことになる。しかし、その間の歌作はないから、虫麻呂を第三期の歌人と呼ぶには支障はない。

こうして、虫麻呂は宇合のもとにあって有能な律令官人として己れの責務を全うするかたわら、しばしば目的を持った官旅に出て、歌人として18編36首（長歌15首・短歌20首・旋頭歌1首）の歌を世に残したのである。歌は、官人としての一生と表裏一体、不即不離の関係にあったと言えよう。

『高橋連虫麻呂歌集』が宇合家から大伴家持の元に伝わり、『万葉集』の一資料として用いられたことで、虫麻呂の名は長く伝えられることになった。

3 〔虫麻呂の足跡と作歌〕

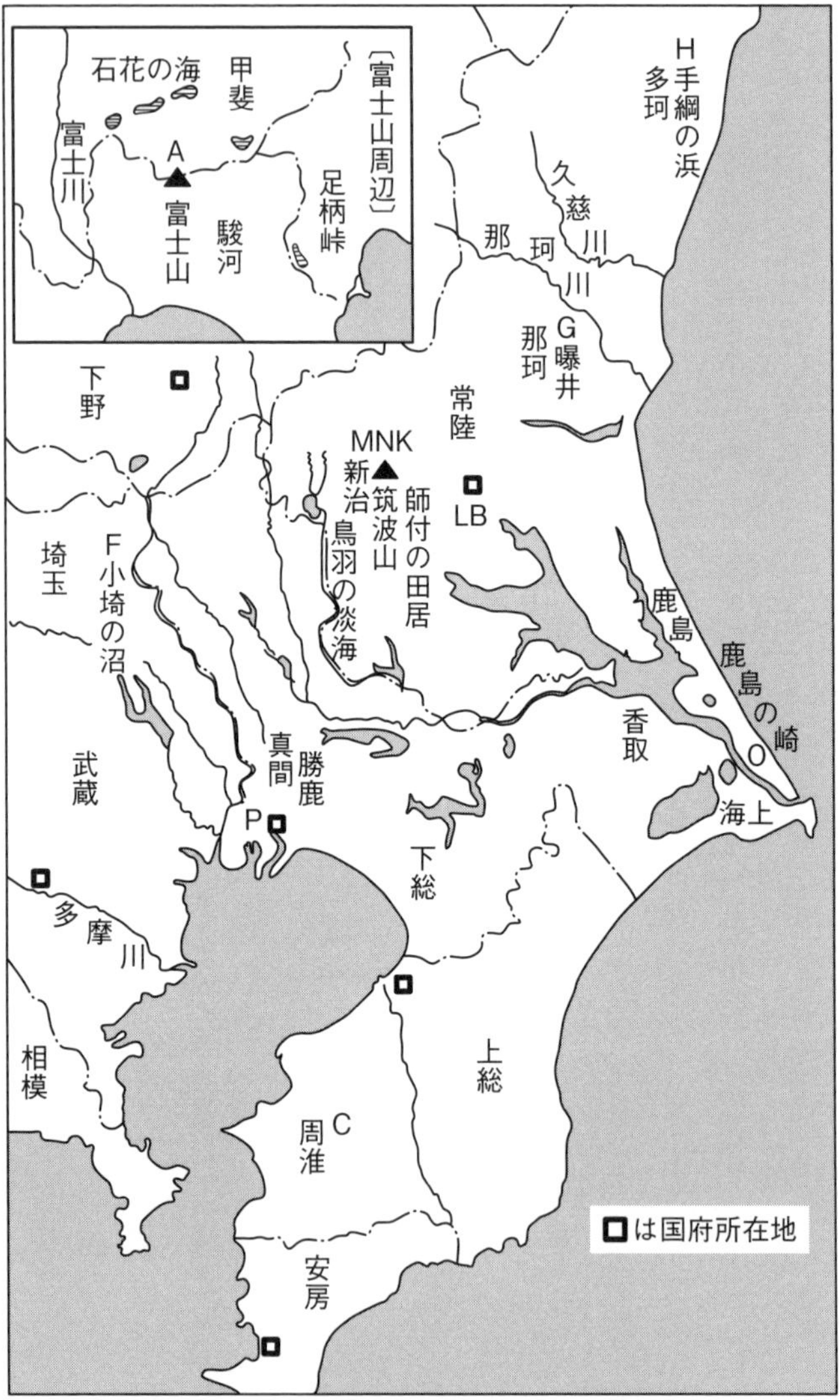

［東国と虫麻呂歌］（『万葉集釈注　五』を参照）

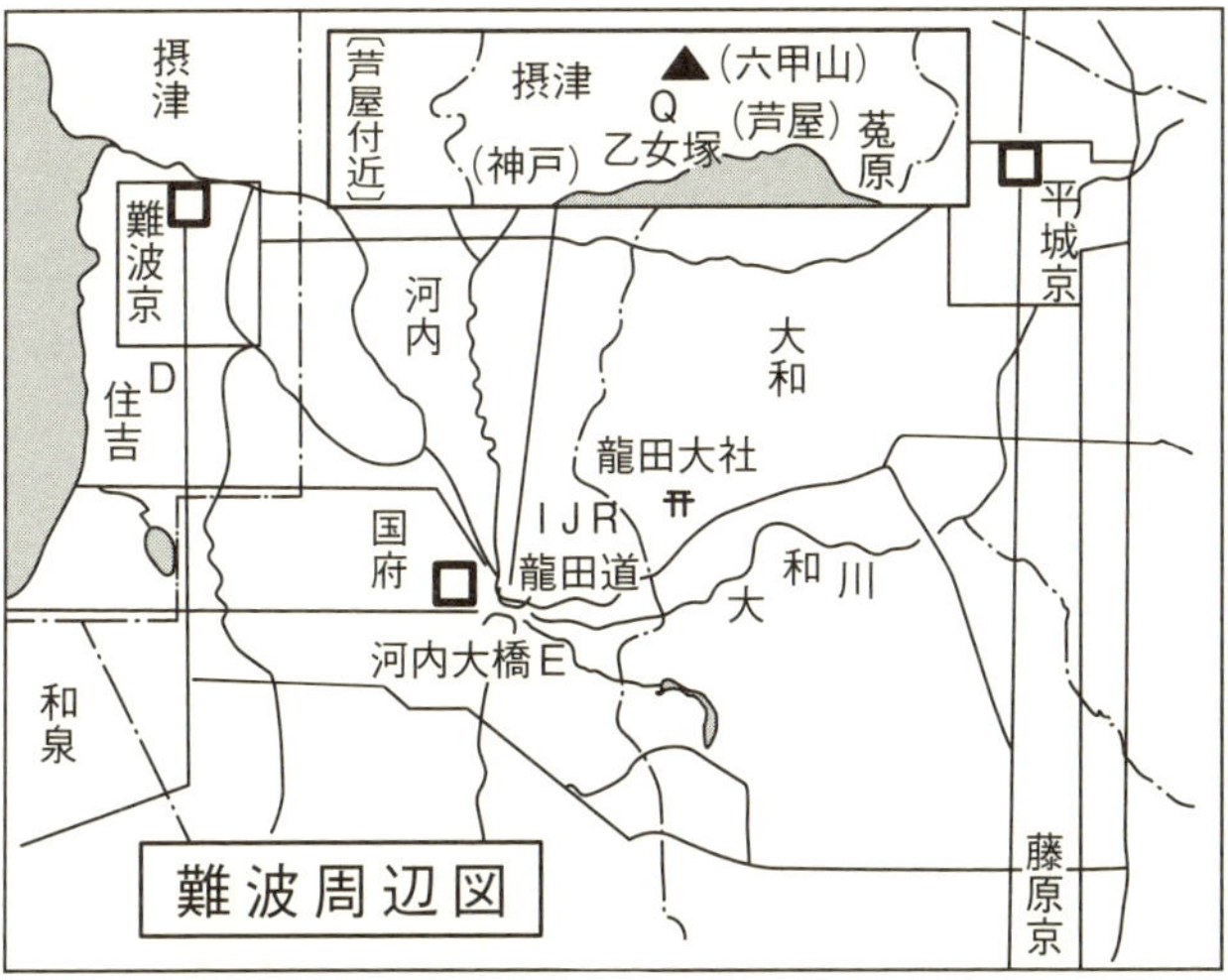
摂津
(芦屋付近)
摂津
(六甲山)
Q
(芦屋)
(神戸)
乙女塚
菟原
難波京
平城京
河内
大和
D
住吉
龍田大社
国府
IJR
龍田道
和
川
大
河内大橋E
和泉
藤原京
難波周辺図

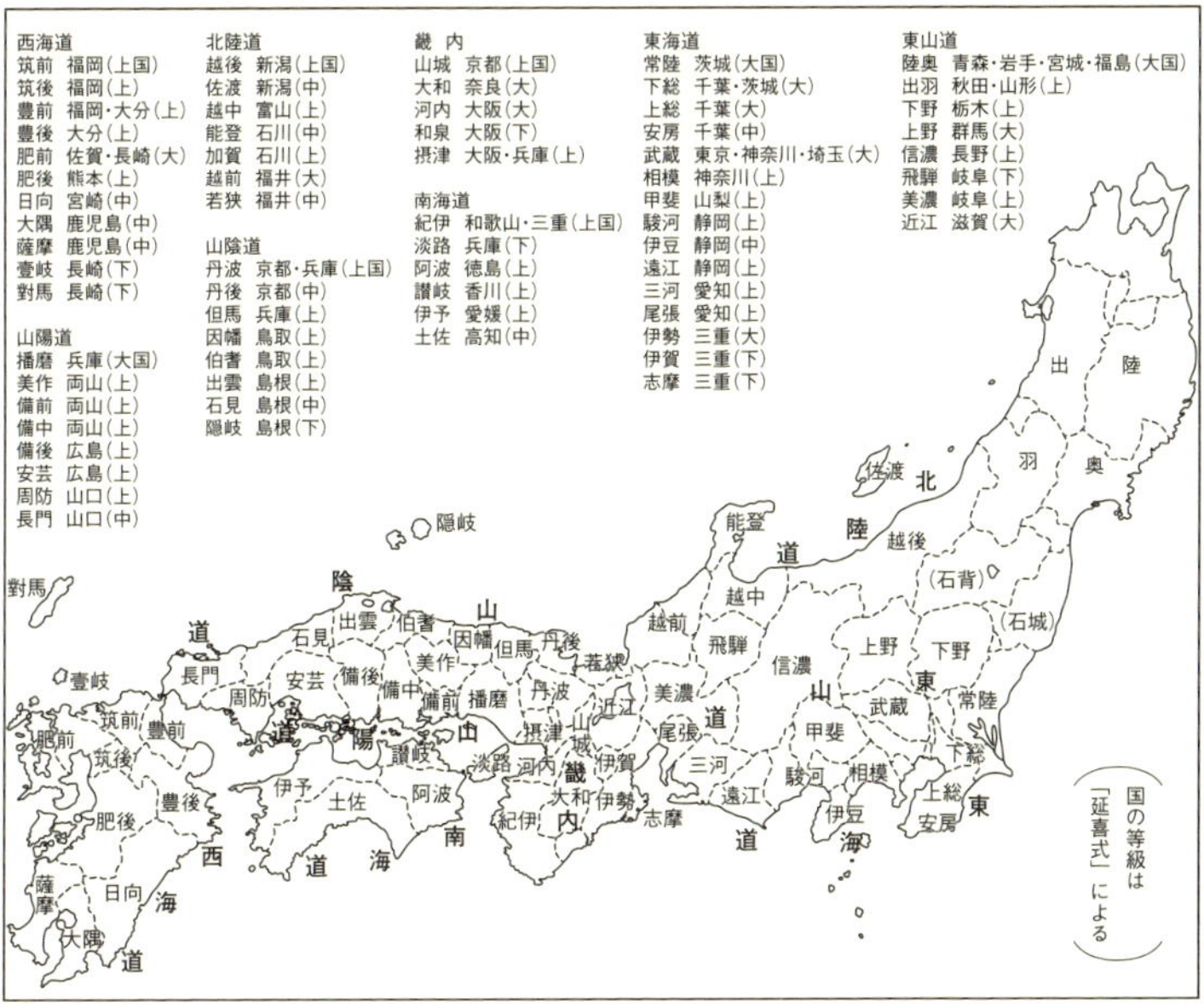
西海道
筑前　福岡(上国)
筑後　福岡(上)
豊前　福岡・大分(上)
豊後　大分(上)
肥前　佐賀・長崎(大)
肥後　熊本(上)
日向　宮崎(中)
大隅　鹿児島(中)
薩摩　鹿児島(中)
壹岐　長崎(下)
對馬　長崎(下)
山陽道
播磨　兵庫(大国)
美作　岡山(上)
備前　岡山(上)
備中　岡山(上)
備後　広島(上)
安芸　広島(上)
周防　山口(上)
長門　山口(中)
北陸道
越後　新潟(上国)
佐渡　新潟(中)
越中　富山(上)
能登　石川(中)
加賀　石川(上)
越前　福井(大)
若狭　福井(中)
山陰道
丹波　京都・兵庫(上国)
丹後　京都(中)
但馬　兵庫(上)
因幡　鳥取(上)
伯耆　鳥取(上)
出雲　島根(上)
石見　島根(中)
隠岐　島根(下)
畿　内
山城　京都(上国)
大和　奈良(大)
河内　大阪(大)
和泉　大阪(下)
摂津　大阪・兵庫(上)
南海道
紀伊　和歌山・三重(上国)
淡路　兵庫(下)
阿波　徳島(上)
讃岐　香川(上)
伊予　愛媛(上)
土佐　高知(中)
東海道
常陸　茨城(大国)
下総　千葉・茨城(大)
上総　千葉(大)
安房　千葉(中)
武蔵　東京・神奈川・埼玉(大)
相模　神奈川(上)
甲斐　山梨(上)
駿河　静岡(上)
伊豆　静岡(中)
遠江　静岡(上)
三河　愛知(上)
尾張　愛知(上)
伊勢　三重(大)
伊賀　三重(下)
志摩　三重(下)
東山道
陸奥　青森・岩手・宮城・福島(大国)
出羽　秋田・山形(上)
下野　栃木(上)
上野　群馬(大)
信濃　長野(上)
飛騨　岐阜(下)
美濃　岐阜(上)
近江　滋賀(大)
国の等級は「延喜式」による
国名図

4 〔藤原宇合　略年譜〕（『続日本紀』による）

（年）（月）（日）

○霊亀二716・八・二〇　「正六位下藤原朝臣馬養を副使（とす）」〈第八次遣唐使任命〉↓八・二六従五位下

霊亀三717・二・二三　拝朝↓一〇唐で朝貢↓養老二718・一〇帰国↓養老三719・正拝謁　正五位上

○養老三719・七・一三　「始めて按察使《あんせちし》を置く。…常陸国守正五位上藤原朝臣宇合は安房・上総・下総の三国（を管《をさ》めしむ）」

養老五721・正・五　正四位上

（神亀元724・三）「海道の蝦夷《えみし》反《そむ》きて、〈陸奥国〉大掾従六位上佐伯宿祢児屋《こや》麻呂を殺せり」

○神亀元724・四・七　「式部卿正四位上藤原朝臣宇合を持節大将軍とす。…海道の蝦夷を征《う》たむが為なり」

神亀元724・一一・二九　「征夷持節大使正四位上藤原宇合、…来帰《まうけ》り」

神亀二725・閏正・二二　「正四位上藤原朝臣宇合に従三位勲二等を授く」

○神亀三726・一〇・二六　「式部卿従三位藤原朝臣宇合を知造難波宮事とす」

神亀六729・二・一〇　「式部卿従三位藤原朝臣宇合…らを遣して六衛《りくゑ》の兵《いくさ》を将《ゐ》て長屋王の宅《いへ》を囲《かく》ましむ」（長屋王の変）

天平三731・八・一一　「式部卿従三位藤原朝臣宇合…並に参議としたまふ」

天平三731・一一・二二　「始めて畿内の惣管《そうくわん》…を置く。…従三位藤原朝臣宇合を副惣管（とす）」

天平四732・三・二六　「知造難波宮事従三位藤原朝臣宇合ら已下《いげ》・仕丁《じちやう》已上《いじやう》、物賜ふこと各《おのおの》差《しな》有り」（一応の完成に伴う褒賞）

○天平四732・八・一七　「従三位藤原朝臣宇合を西海道節度使（とす）」 大宰帥《そち》同時拝命か→天平六734・四諸道の節度使停止

天平五733・一二・二八　県犬養橘宿祢三千代（不比等妻 光明子母）の薨《こう》により一品舎人《とねり》親王らと共に従一位を贈る使者となる

天平六734・正・一七　正三位

○天平九737・八・五　「参議式部卿兼大宰帥正三位藤原朝臣宇合薨《こう》しぬ」
（『懐風藻』34歳、『公卿補任』『尊卑文脈』44歳、54歳の誤記説に従うべきか）

5〔藤原氏系図〕（　）は生没年

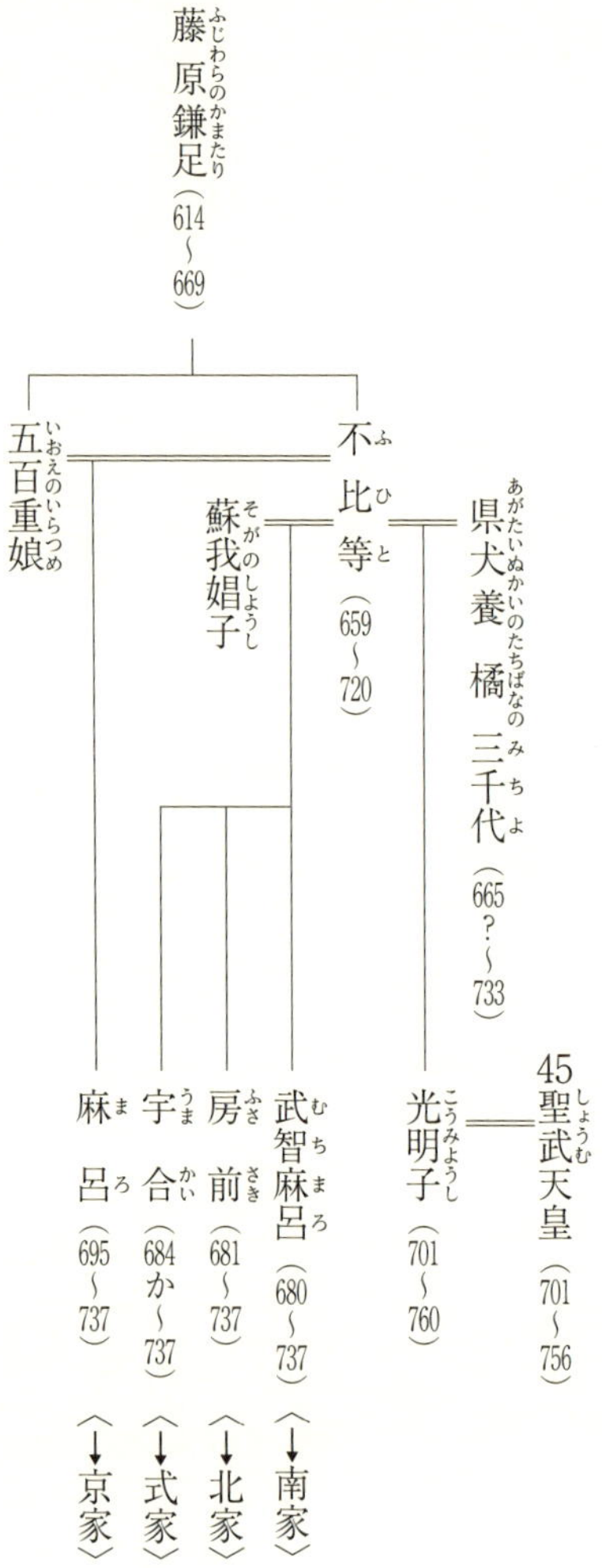
藤原鎌足《ふじわらのかまたり》（614～669）
不比等《ふひと》（659～720）
五百重娘《いおえのいらつめ》
蘇我娼子《そがのしょうし》
県犬養橘三千代《あがたいぬかいのたちばなのみちよ》（665？～733）
武智麻呂《むちまろ》（680～737）〈→南家〉
房前《ふささき》（681～737）〈→北家〉
宇合《うまかい》（684か～737）〈→式家〉
麻呂《まろ》（695～737）〈→京家〉
光明子《こうみょうし》（701～760）
45聖武天皇《しょうむ》（701～756）

あとがき

最近の万葉研究は、微に入り細を穿《うが》つ精緻きわまりないものから、学際的・国際的なものにまで拡大化し、極めて多岐に亘っている。その中にあって筆者は、文学研究は畢竟人間研究にありと頑なに信じ、その根幹である作者と作品の問題はゆるがせにできないと愚直に取り組んできた。

専ら関心の中心は、正統の宮廷和歌の縛りから脱して独特の個性を発揮した万葉第三期（平城京遷都710～天平五年733）にあり、大伴旅人に始まり山上憶良へ、またその総合的な文芸活動としての筑紫文学圏の諸問題、さらには高橋虫麻呂へと移り進んだ。その考察結果は数冊の論集にまとめてみたものの、いずれもすべてを論じ尽くすという完結性にはほど遠く、いわば中間報告にすぎないものであった。せめて一つぐらいは全円的に行き渡った考察を目指したいと思って対象に選んだのが、最後に手がけてきた虫麻呂論である。

その成書化の過程はこうである。最初のきっかけは東洋大学日本文学文化学会の二〇一四年度大会における講演であった。さらにその講演録を一部の研究者にお目にかけたところ、好意に溢れた肯定的感触を得られたことが第二のきっかけとなった。それによって、自分の狙いとする方向性があながち的外れでないことが確認できたように思えて、それが力強い後押しとなり、一書にまとめ上げることをにわかに決意したのである。講演の場を提供してくれた学会の高配と、理解あるご指摘をお寄せ下さった方々には深く感謝申し上げたい。

まず講演内容を検討し直して数度書き改めて序章とし、それを中軸に据えて一首々々を再吟味した上、それにこれまでの個別的な諸論（主として伝説歌及びその周辺の論）を修正しながらつけ合わせて一体化することを図った。抜け落ちた部分については新たに稿を起こして補完し、考察が全体に及ぶように配慮した（一、二章、終章）。

さらに「余滴」を書き加えて文中の各所に挿入、掲出作品にはすべて歌意を現代語訳で示し、末尾には「関係参照事項」を付すなどして利用の便に供した。

かくして、完璧を期すには至らないまでも、多くの先学の成果に導かれながら、自分なりの自由な思考をめぐらせて虫麻呂の人と作品の中に分け入り、その解釈と享受を堪能したように思う。

その中で、パズルを解くような模索の楽しみを味わいつつ、虫麻呂ワールドを気ままに散策できたことに満足して、筆を擱《お》きたいと思う。こうして、官と歌、歌と人との関係性を究めんと願いつつ、〝わが虫麻呂ものがたり〟を一通り語り終えたところだが、今は、虫麻呂のことばを借りれば、「長きけに思ひ積み来《こ》し　憂へは息《や》みぬ」（9一七五七）（65頁）といった感に浸っている。

これまでの万葉探求（特に第三期）の部分的整理にすぎないものではあるが、自分にとっては一つの節目になったように思う。

長年悩まされ続けてきた脊柱管狭窄症による痛みも遂に限界にきて、再校見直し半ばで入院・手術の憂き目に遇い、その後の余波のような網膜症の治療や白内障手術もかいくぐって何とかここまで漕ぎつけることができた。そのため傘寿の記念を期した刊行は大幅に遅れてしまったのだが、何もかも含めてひとまずよしとしたい。

昨今のきわめて厳しい出版事情の中にあって、上梓の機会を与えて下さった笠間書院さんには、深く感謝申し上げるものである。

思えば今回で五冊もの拙著を手がけて頂いたことになり、池田つや子会長・池田圭子社主および橋本孝前編集長のご厚情とご高配には心より御礼申し上げたい。また、編集部の重光徹氏には再三再四ご担当願い、終始細やかな目配りとご面倒を煩わせてしまったが、まことに申し訳なくありがたいことであった。

著者紹介

大久保　廣行（おおくぼ　ひろゆき）

1936　東京・向島の生まれ。
1962　東京教育大学大学院文学研究科（日本文学専攻）修了。
1961 ～ 1971　東京都立竹早高等学校・東京教育大学付属高等学校教諭を歴任。
1971 ～ 2007　都留文科大学文学部教授を経て東洋大学文学部教授。
都留文科大学名誉教授。博士（文学）。
1998 ～ 2000　東洋大学東洋学研究所長。
2003 ～ 2005　上代文学会代表理事。

著　書　『筑紫文学圏論　山上憶良』（1997 年 3 月　笠間書院）
『筑紫文学圏論　大伴旅人・筑紫文学圏』（1998 年 2 月　笠間書院）
『筑紫文学圏と高橋虫麻呂』（2006 年 2 月　笠間書院）
『万葉集研究余滴』（2007 年 2 月　私家版）
『老病死に関する万葉歌文集成』（2007 年 3 月　笠間書院）ほか。

高橋虫麻呂《たかはしのむしまろ》の万葉世界《まんようせかい》——異郷《いきょう》と伝承《でんしょう》の受容《じゅよう》と創造《そうぞう》

2018年 6 月 6 日　第 1 刷発行

著　者　大 久 保 廣 行

装　幀　笠間書院装幀室
発行者　池　田　圭　子

発行所　有限会社 **笠間書院**

〒101-0064　東京都千代田区神田猿楽町2-2-3
☎03-3295-1331　FAX03-3294-0996

ISBN978-4-305-70865-6　組版：ステラ　印刷：モリモト印刷
（本文用紙：中性紙使用）
落丁・乱丁本はお取りかえいたします。
出版目録は上記住所までご請求下さい。
http://www.kasamashoin.co.jp